中国新锐作家

文学经典

第一志愿

李继荣 著

吉林大学出版社

图书在版编目（CIP）数据

第一志愿/李继荣著. -- 长春：吉林大学出版社，
2013.5
（小悦读）
ISBN 978-7-5677-0082-6

Ⅰ.①第… Ⅱ.①李… Ⅲ.①短篇小说－小说集－中
国－当代 Ⅳ.①I247.7

中国版本图书馆CIP数据核字（2013）第111915号

书　名：第一志愿
作　者：李继荣 著

责任编辑：朱进　责任校对：安萌　　　　　　　　　封面设计：林雪
吉林大学出版社出版、发行　　　　　　　三河市嵩川印刷有限公司　　印刷
开本：787×1092　毫米　1/16　　　　　　　　2013年5月 第1版
印张：13　　字数：180千字　　　　　　　　2020年3月 第2次印刷
ISBN 978-7-5677-0082-6　　　　　　　　　　　定价：25.80元

社址：长春市人民大街4059号　邮编：130021
发行部电话：0431-89580026/28/29
网址：http://www.jlup.com.cn
E-mail：jlup@mail.jlu.edu.cn

《第一志愿》自序

李继荣

  作为一名长期站在高中语文课讲台的教师，似乎顺理成章地与文学结下不解之缘。而由舌耕生发为笔耕，由讲文学到弄文学，驰骋文学天地，更领略另一种境界。群星璀灿各显千秋的中外作家群，多姿多彩性格迥异的文学形象徜徉心河，既享波光潋滟的知性雅趣，亦感惊涛拍岸的感喟激扬。沈从文的《边城》、孙犁的《荷花淀》、鲁迅的《阿Q正传》《药》或是巴尔扎克的《守财奴》、莫泊桑的《项链》、高尔基的《母亲》等，既代表性地诠释着小说其实是用文学手法撰写的历史，更是对人性的艺术诠解，因为"文学即人学"，性格决定命运，兴衰之理，成败之由，尽可管窥斑见。所谓小说的三要素：人物、环境、情节，其实也并非什么纯文学要素，小说元素，它其实是对社会与历史的大小环境，或大或小的各种社会角色的定位定性，是对他们在特定历史舞台上千姿百态的表演特征与风格的描摹与界定。这个偌大的历史舞台，是特定社会气候与土壤。此中生长衍生演绎出来的社会人生悲喜剧，大至社稷江山的荣辱兴衰，小至一个家庭的悲欢离合，一个人物的升降沉浮、得失成败，无不尽见毕显。这其中有彩霞虹霓，亦有惊雷闪电；有小桥流水，亦有剑影刀光；有云遮雾障，亦有柳暗花明……无论是林黛玉进贾府寄人篱下的步步留心、时时在意，还是林冲被逼无奈的雪夜上梁山，无论是祥林嫂近乎木刻的眼睛间或一转，还是巴尔扎克笔

下的守财奴逐渐衰竭黯然的"金子"眼光，无不鲜活地揭示了产生和决定他们的性格和命运的社会气候和土壤，即环绕其性格命运形成与发展的一切社会关系的总和。鲁迅在《呐喊·自序》中说，因为被铁屋子憋闷得透不过气来，于是才有了《呐喊》。愤怒出诗人，愤怒也出小说。曹雪芹在"绳床瓦灶举家食粥酒常赊"时才写出《红楼梦》，也和屈原在被放逐后才写出《离骚》一样，都是不平则鸣的产物。

国家不幸诗家幸。文穷而后工。

"写作是激情在燃烧"，是作家尽吐心中块垒的抖落与释放！

钟情文学女神缪斯与忠于教学职守的水乳交融的辩证统一，便构成我几十年一贯之乐此不疲地坚持写"下水作文"的笔耕实践及文学探求。

我的小说处女作《兰花盆景》写的是一则校园故事：教师节临近，某班学生给班主任送去一件节日礼物——兰花盆景。不期遭在学生食堂做临时工的师母一番奚落：人家送那些当官的主任这礼品那礼品，还有红包，你这天底下最小的主任，也就收个贺卡呀、挂历呀，盆景呀什么的，值个屁……正埋头给学生改本子的班主任听着妻子的这番数落和挪揄，愣愣涩涩地盯着妻子，举着红笔的手也无奈地呆愣在空中，好一阵子……这篇小说首发于河南的《百花园》，后刊于同年的《陕西教育》，并参评于1993年度中国社科院第二届全国文学新人创作笔会，获小说一等奖。笔会主持人——某文学博士生导师，在会上说他浏览了所有参赛作品，没有一个超过这个作品的，并说他尤其欣赏班主任妻子数落时，班主任的苦涩与无奈的那个细节……我当时很受鼓舞。我想，他作为一个博士生导师，与我素昧平生，完全没有必要讲言不由衷的话。

描写某中学教师"跳槽"的短篇小说《跳》也是发生在身边的故事，也是生活中孕育的产物，寄给武汉大学《写作》，出其不意地在"创作星空"栏里全文刊载，且在作品之后配发了由黑龙江省作协副主席黄益庸先生撰写的专题评论《评小说〈跳〉》。称这个作品"既有审美价值，也有认知价值"，"作者善用白描手法刻画人物，反映人际关系"，"作者驾驭文字的能力较高，技巧熟练。"

　　上世纪50年代末，《羊城晚报》创刊，《花地》曾是著名散文家秦牧主编的文学副刊。除了虔诚地景仰，我只能视其为可望而不可及的文学"圣地"。然而1994年夏天的一个卖西瓜的故事让我鼓起勇气叩开了这圣地之门。这是一个根据真实故事加工改造升华的短篇小说，原题是《卖西瓜与第一志愿》。讲的是我的同事某英语教师的堂妹俩口子进城卖西瓜，有些迂讷的英语教师东边楼西边院地为之奔走呼号累得满头大汗，也才卖了二百来斤瓜。堂妹心疼堂兄之累，感慨地说她大哥是电力局长，一句话给销了两千斤，二哥是医院副院长，销了七八百斤，都是一秤吊……作为英语教师同事的我买了两只瓜，耳闻目睹这一幕时灵感忽来，一篇小说的故事雏形渐渐浮现于脑际……联想和想象是创作的双翼，在卖西瓜之外安排主人公儿子考大学填志愿，创设另一条线索（暗线），然后两线交接点题……这另一条线索即见联想和想象的翅膀飞过文学天空给《第一志愿》抹过的一道彩虹……也许是作品中的"西瓜"既甜且涩，让编辑产生味觉的共鸣吧，寄出不久便在《花地》的第二条位置全貌刊发出来，仅标题易之为《第一志愿》（更见豁朗洗练）。随后，《临湘报》的《长安》副刊转载了这篇小说。某个下午，我忽儿接到一个读者的电话，称他是市计生办的一名干部，读了《第一志愿》激动不已，特地打电话跟作者聊聊。他说他读这篇小说后激动了好半天不想做任何事情。他说这不是一般的文章，太有生活，太有思考，太有提炼了（均为原话）。他滔滔不绝地一聊就是近半个小时，我连说谢谢鼓励，电话费贵呀，挂了吧，对方却说别挂别挂，不碍事的，他聊兴正浓，欲罢不能……

　　一个作品能如此这般地被读者认可，我也一连激动了好些日子。

　　《第一志愿》后收编《五十年花地精品选·小小说卷》由花城出版社出版，陈建功撰序，并由中国现代文学馆收藏。

　　也因为这一个例子的特殊意义，这个短篇小说集也以"第一志愿"命名。

　　生活是创作的源泉。因为生活的主基地是校园，所以校园文学成为我的作品的主要题材和鲜明特色。在舌耕笔耕培桃育李的实践中让灵感

的火花点缀桃丰李灿，这是校园的景致，也是人生的风景。社会题材的作品大多为退休后所撰，如《回家过年》，《扫墓》等。

曾几何时，寒暑假是我笔耕的黄金季节，校园系列短篇《"文曲星"的检讨》等，即为数易其稿之作，毕竟酷暑严寒奈何不了笔耕的"热"情。双休日也是一块"风水宝地"，大都千方百计地挤而占之舞文弄墨，力争弄出个"豆腐块""萝卜条"。此外的"一亩三分地"便是晚下班，辅导坐堂。一连两个小时甚至三个小时（高三），夏夜的荧光灯下的蚊子嗡嗡营营，冬夜则冷气飕飕，在备课或辅导之余，一旦提起笔来，便忘却了时间的流逝，一切的一切都被炽热的文学神经给麻木了，拂却了。以至于到点鸣钟了，顷刻间学生起座骚动之时，我才恍然大悟，收笔起立之际，学生仍可从我的眼里感悟"笔走风云"的气象。他们也心知肚明，此种状态即表明老师十之八九又弄出得意之作了。而一经真个弄出自我感觉尚可的篇什，我会和学生们一同分享。尤其校园题材的，写学生成长的，比如小说《信》（刊湖南《文艺生活》），小说《匠心》（刊《语文报》），小说《班主任和他的女儿》《请柬》（刊《湖南教育报·"芳州"》）《道歉》（刊《长安文学》）等就都是从"青苹果"园里采撷的，闻得出校园清新的书香气息和"青苹果"般的学子们的青涩味儿来。校园系列短篇《"文曲星"的检讨》《馒头"弹头"案》《小睡狮》《插班生》《万校长·方伟AB》等5篇，是我退休前与所带最后一届高三毕业班的学生们教学相长青蓝互滋的文学性纪实，是实际的体验与感悟，人物呼之欲出，原型有名有姓，他们一个个灵动鲜活在我舌耕笔耕的犁铧里。他们的音容笑貌写满朝气蓬勃又不失稚气的脸，晶晶亮亮的眼里在闪着美好的热望与希冀，他们就是这样的一群不大不小的可爱的孩子。我十分喜欢他们，也感谢他们，时常记起他们。

2012.10.10于岳阳

读小说《"跳——"》
（代序）

黑龙江省作协副主席　黄益庸

　　新时期商品经济大潮，在无数国人的心中激起了或大或小的浪花，影响着甚至改变了他们的某些传统意识。这种影响和改变，很难简单地以"好"或"坏"一字以蔽之，因为其内容和形态太复杂多变、丰富多彩了。小说《"跳——"》，通过对中学教师铮"跳槽"的描写，从一个侧面反映了当前商品大潮在工薪族家庭中激起的一个小的浪花，既有审美价值，也有认识价值。

　　由于短篇小说的篇幅有限，作者在表现商品大潮对主人公铮的家庭冲击时，避开了对夫妻矛盾做具体细致的描写，而是围绕"电话"作文章，点到为止。这样就可以删繁就简，节省了许多篇幅，使情节变得干净利落多了。同时，还有利于集中笔墨描写铮为了增加收入，改善自己在妻子面前被冷落的处境，而不惜以写吹捧"某个头头"的通讯为"敲门砖"，抛弃多年从事的教师工作，当上了"市电台记者"，这是很耐人寻味、引人深思的。

　　作者善于采用白描手法刻画人物，反映人际关系。小说中有许多颇为真实生动的描写，如描写铮在当记者前后和妻子截然不同的关系，就是最精采的描写之一：

　　当记者前："他家里的电话几乎是专人用的专线电话，十有八九是找屋里的女主人。起初，他也接过。对方一听是男的声音，也不吭声，立马撂了话筒。女主人横他一眼，赶紧几步奔过去'突突突突'一阵猛

拨，便立马亲亲昵昵地'喂'上了。随即，她便忙不迭地画眉毛、涂口红，之后，小姐包一挎，旁若无人地飘然而去了。"

当记者后："这一刻，我顺着铮的目光望去，只见校门口有一位花枝招展的女郎正掩口吃吃地笑着，定神一看，原来是铮屋里的女主人。"

读者从妻子奔赴电话机时对丈夫的冷若冰霜，和在校门等丈夫时的温柔妩媚的鲜明对比中，不难看到铮在当上记者后家庭地位是如何直线上升了。

小说也有不足之处。我认为主要是没有写出铮在"跳槽"过程中的复杂微妙的心态。作者在小说的开头曾这样写道："铮素来对教学论文之类情有独钟，且或发表或获奖，小有成果……"可见，他本来是热爱教育事业并有所作为的教师。既然如此，后来他改行当了记者就不会完全是自觉自愿的。与其说他是主动追求当记者，"移情别恋"，还不如说，主要由于环境所逼。他的思想深处，恐怕是高兴中含着苦涩；欣然里带着失落，这才比较合乎情理。如果这种分析是正确的话，小说描写他当上记者后洋洋得意，兴高采烈，就未免过火了。我想，小说倘若描写他的同事们是从别的渠道得知他得了"美差"，"围攻"他，要他"表示表示"和"意思意思"，他才有些尴尬地掏钱买烟为大伙敬烟，而不是像现在描写的这样主动和欣然，那效果也许会更好些吧。

顺便说一句，作者驾驭文字的能力较高，技巧熟练，但偶然也有失误之处。如小说开头"也可称得上'意随词遣'"一句中的"意随词遣"，就显然是"词随意遣"之误。

（注：武汉大学《写作》1997年第8期"创作星空"发表本书作者的短篇小说《"跳——"》，并于同期附作品之后编发由黑龙江省作协副主席黄益庸先生撰写的这篇专题评论，奉此代"序"，谨致谢忱。）

目 录
MU LU

第一志愿

　　罗桂夫妇种的那两亩无籽西瓜丰收时，他们的儿子罗志也要在高考的考场里收获了。

　　考前，罗志回过一趟家。

　　罗桂问儿子："有点把握么？"

　　罗志眼珠子眨巴得灵泛："七八成吧。"

　　罗桂满意地笑笑。

　　朗月下，罗桂夫妇趁凉摘西瓜。西瓜一个个圆溜溜，脆崩崩。他们边摘边谈着儿子考大学的事，估摸着西瓜的收成和儿子上大学的开销，心里甜丝丝的。

　　罗妻说："零卖价是高点，可卖得慢。天太热，捱不得，瓜一倒瓤就分文不值了。"罗桂说："一车拉进城去。找他几个舅舅找销路，你看如何？"罗妻说："好是好。每户得送几十百把斤的情。"罗桂说："那是小菜一碟，几个瓜的事嘛，兄弟间，不求他办事送几个瓜也该。"

　　第二天赶早，他们租了辆农用汽车，拉了一车瓜"嘟嘟嘟"开进城去。罗桂夫妇先找到儿子的大舅——电力局局长老宋。

　　老宋笑呵呵地亲自选了两个顶大的瓜在自来水龙头下冲过了，然后拿到办公室潇洒地一刀刀劈分了。对着殷红鲜丽的西瓜，吩咐秘书说："送到各科室去，大家品尝品尝！"

　　没过一盅茶久的工夫，宋局长笑微微地问姐夫："共运来多少？"

"一车。二千七百多斤。"

"好吧。我给你拿大头，两千。"

"那价格？"罗桂心里有些不踏实，捅直着问。

"市面多少就多少。"宋局长很干脆。

"街上无籽瓜卖五毛，你们就低两分吧。"罗桂嗫嚅着说。

"算了，算了，谁计较你那两分钱。算起来也费劲。拉到后勤处去过磅吧。"宋局长洒脱地打发着姐夫。

当罗桂夫妇笑盈盈地走出电力局大门的时候。只见秘书正在传达室门口的小黑板上写着通知："请各户到后勤处领西瓜，每户100斤。"

罗桂对妻子打趣说："感谢你爸妈哩。"

罗妻眼一瞪："这是什么话。感谢他舅就感谢他舅呗！"

罗桂笑道："你爸妈不送他舅读大学，他今天有局长当吗？"

罗妻这才恍然大悟。"要说读书，那还是他三舅读得多些，他读了五年的外国语学院，大舅好像是四年。"

"二舅呢？"罗桂隐约知道些许，也顺着道出一句。

"二舅只读了高中毕业，就当赤脚医生。他肯钻。后来就调到乡卫生院，再后来公社保送他到卫校读了两年书。他当县医院副院长也是全凭自己的本事。"

罗桂说："我们下一站去找他二舅还是他三舅？"

罗妻说："随你。"

罗桂说："那就照顺序。二舅在先。"

于是，农用车又"嘟嘟嘟"地开到了县医院门口。

于是，夫妇俩在医院的院长室里又经历了和在电力局相仿的一幕。只是宋院长没宋局长那两千斤的口气，不过他较有把握地对姐和姐夫说："给个四五百斤吧，我只是个副院长，又是管医疗业务的。"

这样，农用车里还剩下两三百斤西瓜。就看三舅的了。

三舅在某中学英语教研组的办公椅上坐着。对姐姐姐夫面露难色："我替你们去跑腿。一家家去问。帮你们推销，销一个算一个吧。"说完宋老师尴尬地笑了笑。

于是，罗桂夫妇将剩下的两三百斤西瓜卸下，停放在他三舅所在的某中学的校门口传达室里。他三舅宋老师嘱咐他们，选几个上好的洗净了，有去看的问的想买的，先送他们尝尝……

宋老师单瘦的身影奔走于东边楼房西边平房，挨门挨户串门推销西瓜了。从下午五点到五点半，他脚步匆匆，额头沁出了微汗，脸上挂着平时少有的笑容。

于是，校门口的传达室里陆陆续续来了些买西瓜的了。这个摸摸，那个敲敲。过秤的时候，买主们的眼珠子专注地盯住秤杆。而付钱的时候，五分一毛的零头则在卖主一声大方的笑声里给省去了。到六点半，地板上还剩下七八个西瓜。罗桂说："算了，全给他三舅。"罗妻不满："卖剩的给人家，人家不悦意的。"罗桂说："没事的，他三舅会知道我们的难处。"罗妻说："真为难他三舅了。虽说只卖了两百来斤瓜，可数他最费劲了。"罗桂嘿嘿一笑："三舅读书最多，也就他最费劲。"罗妻又有点不满地瞅了丈夫一眼，想说什么，嘴唇翕动了一下，但终于没开口。

西瓜卖完了。高考也考完了。儿子说他发挥得蛮理想。

填报志愿时，儿子对父亲说："老师动员我们报第一志愿录取的师范院校。"罗桂瞪大眼睛问儿子："师范院校出来是不是像你三舅一样教书？"儿子说："是的，是教书。"罗桂脸一沉。没吱声。愣了半晌，问儿子："你大舅当初报的哪个大学呀？"儿子说："好像是武汉水电学院吧？"罗桂一拍脖子："那你也填这学校，一句话两千斤啦……"

"什么，一句话两千斤？"罗志莫名其妙，呆望着他爸……

（载1995.1.4《羊城晚报·"花地"》）

入选《五十年花地精品选》（小小说卷）

兰花盆景

　　教师节临近。高三文科班的同学三三两两地议论开：该给班主任送份节日礼物吧！这意愿很快形成共识，班委会迅即决定：每人交三毛钱，由班长伍一凡和语文课代表冯彬承办。至于礼物，一致的意见是买高雅一点的，且要带永久性的纪念意义。

　　呼啦啦，钱一下子凑得齐齐整整。

　　午休便上街。经左挑右选，再三比较权衡，伍一凡和冯彬惬意地捧回一件盆景：椭圆形彩釉细瓷花盆玲珑剔透，疏朗有致的淡绿色叶子栩栩如生，星星点点的紫红色兰花点缀其间……伍一凡和冯彬亮着嗓子给同学们注释："青出于蓝（兰）……"

　　"OK！"大家伙情不自禁地鼓起掌来。

　　课业整理时，伍一凡和冯彬捧着兰花盆景轻轻地敲开班主任的家门。班主任不在，在学生食堂烧开水的师母笑眯眯地把他们让进屋。师母谢过他俩，若有所思地问道："这么好看的花是在哪买的呀？"伍一凡和冯彬随口答道："工艺美术商场。"

　　第二天课间操下操回来，文科班每个同学的桌上摆了一个虽说不厚却也不失精美的日记本。课代表冯彬迎着一双双诧异的目光朗声报告："这是班主任回赠给我们的礼物。他建议大家做生活札记本。"顿时，同学们的情感就像那点燃着的花炮引子，嗞嗞嗞地……

　　周末，伍一凡和冯彬一道上班主任家。他们揣摩着：那兰花盆景置于老师的案头该是别有一番情韵的吧！

然而，他俩在班主任家里并未一睹兰花盆景的风采。且直到后来，他们好几次上班主任家都未遂此愿。

"是个谜。"——伍一凡和冯彬想。

斗转星移。第二年秋天，伍一凡和冯彬考进了同一所师范大学的中文系，且伍一凡又当了大学里的班长。

教师节又到了。学子们又计议着要给恩师赠份节日礼品。伍一凡好似胸有成竹地征询着："送个盆景吧！比如兰花盆景，'余既滋兰之九畹兮'……"冯彬心里明白，班长兴许是在寻找一份失落，寻求一种补偿。

伍一凡万万没有想到，他的高见竟遭到一位同窗善意的揶揄："别罗曼蒂克了，还是送一摞洗涤剂吧！"

伍一凡愕然。揶揄他的同窗从抽屉里拿出一本文学期刊递过来："有《菊花盆景》可鉴，开开眼界吧！"他平平淡淡地叙述着。一副超然的神情。

原来，这本文学期刊开篇登着一位未名作者的小说《菊花盆景》。写的是某重点中学学生于教师节那天送给班主任一件菊花盆景。不料反倒引发班主任和他的在某公司任职员的妻子的一场不小的口角风波。他的妻子斜一眼那菊花盆景，触"景"生情："我们这幢楼里的大小主任，恐怕就你这'主任'没哪个烧香。过个元旦教师节什么的开开洋荤，也不外挂历盆景这些玩意，值个屁！"那位班主任恼了，愤然道："俗不可耐，势利至极！"他的妻子并不相让，反唇相讥："你清高什么呢？不就是几个学生眼里……"班主任听到这里，脸上的肌肉都缩紧了，嘴唇翕动着，但他努力抑制着自己。只是平静地摘下近视镜，停在半空中。他怔怔地瞅着他的妻子，许久没有出声。之后，他又默默地改他的作文簿去了。

终于，班主任妻子将菊花盆景折价退给了商场，换回一摞洗涤剂……

伍一凡、冯彬沉重地读着《菊花盆景》，心底泛起一种从未有过的酸涩。他俩不约而同地瞟一眼对方胸前的校徽，又黯然地垂下眼帘……

不久，他们在一份教育报上看到了班主任的名字，赫然地印在省优秀教师的光荣榜里。由此，他俩想得很多，很多。

寒假，伍一凡和冯彬迫不及待地扑向母校。

校园里显得寂寥。刚踏上去教工宿舍的煤屑路，他俩迎面遇见了烧开水的师母。令他俩诧异的是师母面容憔悴，一副黯然神伤的表情。她也认出了伍一凡和冯彬。像是遇见了久别的亲人，拉着他俩的手潸然泪下。伍一凡和冯彬惊愕不已：

"出什么事了，师母？我们班主任好吗？"

"你们班主任——走了。"师母哽咽着。一边撩起旧袄的衣角揩着泪。

原来，班主任去世了，一个多月以前。据说患的是心肌梗塞，讲课的时候突然倒在讲台下，就再也起不来……

伍一凡和冯彬的心里顿时像灌满了铅一样的沉。

在班主任家里，伍一凡和冯彬惊奇地发现一盆美丽的兰花盆景摆在老师卷帙浩繁的案头！然而这不是一年前他们想象中的那种意境，那种氛围。盆景上系着一条白色的缎带，小部分飘忽在书案以下。他们虔诚地用手托起，默念着缎带上的两行字：

"师德永芳

——市人民政府唁赠"

伍一凡和冯彬的心头似有几朵白云浮起，一丝轻风拂过。他们肃穆地端详着这兰花盆景，觉得很像是一年前他们送的那一盆，很像……

[载1993.9.3《临湘报》]

[1994.1期《百花园》（河南）]

[1994.4期《陕西教育》]

"跳———"

（一）

"跳——

跳高、跳远，

跳，蹦蹦跳跳，

跳，上蹿下跳

跳水、跳伞

跳槽

……"

铮写的这篇人物通讯刚好眷写了七页稿子，我是一口气给看完的。虽然立意平平，选材也欠典型，尤其缺乏展示人物性格的鲜活细节，但基本构架尚可，也可称得上词随意遣，文从字顺。他毕竟大学毕业才三五载，且对这类"说项依刘"的文字"染指"不多，一下子就写得那么圆熟老到，显然是过高的企盼，若是仔细推敲，调整润色细腻缝合一番，排成铅字也并非没有可能。鉴此，我于是赶紧在其文末班门弄斧地一口气写下几条管见，开中药铺式地按一二三四的次序摆将开来。但一边运笔遣词，却一边生发出纳闷：铮素来对教学论文之类情有独钟，且或发表或获奖，小有成果，怎么这会儿移情别恋，弄起通讯报告文学这类为他人作嫁衣裳的文字来了？况且又非本行业、本单位的呢？我一边思忖一边走笔，不期言冗纸短，写完"第二"便只剩下一个空格儿了，于是顺势翻到了这叠稿子的封底之页——一张常作中小学生作业本封皮封底的那种橙黄色半硬半软还隐现着暗格条纹的纸。正想在这上面继续

涂鸦，抒尽孔见，不期一翻将过来，这底页上布满了五花八门数不胜数的"跳"，纷纷"跳"入我的眼帘。

我定定神：是铮写的，是他的亲笔，文字虽然七零八落，字迹却是一丝不苟，字如其人。

"第三……"跳过铮的这些个"跳"我倏地没词了。

（二）

通讯发表了。在一家广播电视报上。发得很显赫。那天一上班，铮便笑逐颜开地掏出一包白沙烟来敬我，接下去教研组里挨个递个遍，无论男女，无论老少。接烟的人们也一个个笑眯眯地问："什么好事呀？作东呢，还是请客？"

铮不吱声，只是那笑眯眯的脸上的细纹显得更密也更深了。

只有我心里明白，我淡然地陪着笑脸，铮见我把烟放在桌上，没抽，他愣了一会儿又郑重其事十分恭谦地递给我一支。

"您抽支吧。"旋即"沙嚓"一声，他旋燃了打火机，亮到了我的嘴边上，这微弱的光亮映得他脸上的笑意和诚意是那般地纯然和灿然。

我回报他一个坦诚的浅笑："好吧，我就抽一支，为了你的那个字！"

"哪个字？"众人都懵了，愣怔怔地冲着我们俩喷吐着烟雾："你们不是在说威虎山的那个'天王盖地虎，宝塔镇河妖'吧？"

我仍陪着浅浅的笑脸，铮的脸上刹时红胀起来。一句话把他的心给点燃了，烧了他一个满脸赤红。

（三）

我和"白沙"到底没有缘份："叭哒"两口就给呛得一塌糊涂。边改作业边"叭哒"，别扭得很明显的"功能紊乱"，不像那些老籍烟民们那样的自如得体，飘飘欲仙。更何况，这"白沙"的火光在眼皮底下或闪或烁，把我的心也似炙烤得若焦若燥，怦怦地直蹦直跳起来。并非为我。为铮。为铮的那个"字"。一时间，往昔里那些个像火星子一样炙烤过我的，又一古脑儿地凑着这"白沙"的火星子一齐燃烧起来，叫心口一阵阵发烫。

那是早春的一个寒风料峭的下午，大约是四点半第二节课下课之后，校工会主席夹着个小本子到办公室来了。他是来登记住宅电话号码的，说是登记后统一打印一个表，方便大家。

老师们挨个地报，工会主席不停地记着。本来按办公桌的摆放顺序该铮报号码了，可我见铮仍趴在桌上改他的作文薄，目不斜视，口不吱声，静默默的。

跳过他，我先报了。

主席这才正面问铮："你呢，多少？"

铮这才挪出那堆作文薄，扬起一张凄然的脸："算了吧，我入另册"。

主席一怔："入另册？"

铮苦笑道："就当我没装，事实上我也没投资一分钱。"

说完这句话，他脸上的苦笑迅即化作了满脸的戚然。

主席没再问了，走了。

当办公室里只剩下我和铮两个人的时候，铮便苦笑着把脸转向了我。"唉，恼人。提起电话我就恼。"长长的一声嗟叹之后，铮用略带夸张的口吻对我说，他家里的电话几乎是专人用的专线电话。十有八九是找屋里的女主人。起初，他也接过。对方一听是男的声音，也不吭声，立马撂了话筒。女主人横他一眼，赶紧几步奔过去"突突突突"一阵猛拨，便立马亲亲妮妮地"喂"上了。随之，她便忙不迭地描眉毛，涂口红，之后，小姐包一挎，旁若无人地飘然而去了。

"去哪呢？"

"舞厅呗！"

"那你陪她去嘛！"我掺和着。

铮苦笑："那就叫自讨没趣了——再说，即便打肿脸充胖子，进了那道门，那伍元一杯的茶水，那拾元一包的瓜子都向你摆开凌厉的攻势啊！……"

我陷入了沉默。

临了，铮无奈地叹了口气："我恐怕要成为鲁迅《伤逝》中的男主

角了。"

我们彼此默对良久。

（四）

铮跳了。不是跳高，不是跳远，也不是跳伞、跳水。

是跳槽。

他的那篇通讯是敲门砖，写某个头头的。外搭两个月薪水。

那天铮从校长室办完签字手续出来，看见我老远就喜形于色地高声招呼着，那声音格外响亮，格外富有感染力。我和他共事五年，还从来没见过他这么兴高采烈地张扬过。

"祝贺。"我重重地握住他的手："你这是成功的三级跳远啦！"

铮一边急忙掏出"红塔山"来敬我，一边俏皮地开心道："不，我这是狗急跳墙哩！"

"狗急跳墙？——哈哈——"

我忍俊不禁地大笑起来。

"哈哈——"这位刚上任两星期的市电台记者也莫名地呼应着我的朗笑。

紧接着，铮自得地掏出一张名片，乐滋滋地递给我："您记着，办公室的、住宅的电话号码都在上边。"他边说边和我握别，目光不经意地转向了校门口。

这一刻，我顺着铮的目光望去，只见校门口有一位花枝招展的女郎正掩口吃吃地笑着，定神一看，原来是铮屋里的女主人。

我的心头泛起一阵酸楚。心口突突地跳。

信

（一）

又是杨帆！又是"内详"！

高二甲班班主任迟建中自开学以来这是第8次还是第9次收到杨帆的信了？迟老师留意过，写信封的笔迹也是出于一人之手。且底下的落款地址也是清一色的"内详"。

迟老师翻出周历，这是第13周，段考后的第2周。差不多每周一信。

迟老师又从抽屉里翻出成绩册。杨帆的段考成绩比上学期期考总分低出3分，排名滞后一名！

迟老师真想拆开看看。他认为这些信十有八九带那种色彩：早恋！

他把这"信"的事情在办公室任课老师面前抖了抖，询问各位同仁，杨帆的课堂表现及完成作业的情况如何？有的说不错，有的说可以，有的说没什么明显的变化。

当迟老师硬要将这封信弄个水落石出时，有老师一旁参言：先别忙，不妨找该生谈谈，看看她的反应。如有那种事，女孩子脸上一定藏不住的。再说，公民有通信的自由，班主任不能越过公民权这道篱栅。信，还是不拆的好。

迟老师斟酌再三，想出个两全之策：通知家长，再叫来学生本人，三人当六面，让学生自拆自念，势必真相大白。若真是那么回事。教师家长当场会诊，对症下药，问题也许就迎刃而解。

为了使这步棋走得有把握，迟老师在通知家长之前，召集有关学生进行调查了解，以便弄些辅助材料作为佐证。迟老师叫来杨帆的同桌、同路，以及初中时期她处得好的同学，还有部分班干部，科代表等，向他们提出两个问题：一、杨帆在校外跟些什么人来往，尤其关系密切的，女生还是男生？二、杨帆在生活细节上有些什么异常的改变？比如说穿着打扮方面，用不用化妆品？爱不爱照镜子？——因为迟建中回忆起，当年刚进大一时，他当年的同学，现在的妻子，就主要在这些方面传递给他若干信息的。迟老师想到这儿，忽儿觉得自己是不是"酷"了点儿？有点儿"法海"了，不，不能这么比，自己当年毕竟是"大三"，而杨帆她们才高二嘛！虽然说时代在日新月异一日千里地嬗变，但中学生的早恋绝不能视为进步的"一斑"吧？

调查会自然开得严肃认真。同学们虽然也七嘴八舌，但迟建中经过筛滤却几乎没有获得可以证明她"早恋"的材料，有些发言明显地是形贬神褒。

也许是她过于早熟，涉世未深便老成练达了？没有明显早恋迹象不等于她就没有早恋嘛，这接踵而至的神秘"信"难道不可视为一种迹象？

正当迟老师苦苦支撑自己的观点时，有个女生向他提供了一条线索，那女生掏出一张初中毕业时的合照来，指着照片对迟老师锐，站在杨帆左边的是当时班里的"秀才"，语文科代表，得过地区的作文竞赛一等奖。一个很优秀的男孩，长得也很帅。他进了重点高中。杨帆当时就很羡慕他写的作文。

迟老师详细询问那男生姓甚名谁家住哪里等一些细枝末节，不禁对自己的判断平添了几分信心。

迟老师经过认真准备之后，拨通了杨帆家里的电话，郑重地邀请杨帆的父母。家长接电话的时候从迟老师的语气里隐隐地察觉到女儿肯定发生了什么异常的情况，要请他们去"综合治理"了，为了做到心中有数，家长去学校前先找女儿突击谈话。

父亲居高临下地问杨帆："你干了什么光彩的事业也让我们去增光呀？"

杨帆只觉得云天雾地，频频地闪着秋水般的眸子："我没做什么呀！"

母亲关切而慈爱地接过话头："不管发生了什么你都要实说，诚实是第一重要的品质。老师是为你好才要我们去，也是为了教育你，帮助你进步。说出来让我们有个心理准备，别在老师那儿太别扭。"

杨帆仍是闪着秋水般的眸子："真个没什么事，我真个不骗你们！"

爸妈心里踏实了许多。

三堂会审终于举行。杨帆的父母被请到了迟老师的办公室。坐在迟老师的旁边。一会儿杨帆也被通知进了办公室。见迟老师的脸沉着，爸妈也在座，杨帆脸上虽平静，也没吭一声，内心里却不禁怦怦直跳。

"你站这儿！"迟老师指着他办公桌的西侧对杨帆道。

杨帆遵命。笔挺地站在了迟老师的斜对面。她觑了父母一眼，又觑一眼迟老师，大家的脸都绷着，她更莫名地紧张起来。

气氛很严肃，也很压抑。迟老师很自然地拉开抽屉，取出那封信，尽量调整情绪和语气，平和而不失庄重地问："杨帆，你说说，这是第几封了？"

杨帆有些腼腆地略作思忖后正面答道："嗯，第8封或第9封吧？"

"十次圆满，就差一封了！"迟老师不冷不热地接过话头。

杨帆的父母一见迟老师手里的信，又听女儿说第8封第9封，焦灼不安的情绪笼罩了整个面部。

迟老师接着说："老师和家长都一个心愿，希望你勤学上进，立志成才。你可不能让老师和家长失望呵！"

"当然，当然，那是当然"——杨帆的父母旋即呼应迟老师的观点。

迟老师恰到好处地给家长打了个意在相互理解相互配合教育孩子的那种照面后，扬了扬手中的信说："杨帆很诚实，这的确是第9封信了。但前8封都原封不动地如期给了你，是吧？"

杨帆点了点头。迟老师接着说："但这封我压了两天，对不起，我先说明信是前天收到的。你本期的学习没明显进步，至少是原地踏步。与信有没有关系我不敢主观臆断。为了弄清楚所以才把你爸妈请来，当着你的面做调查研究。现在请你当着家长和老师的面，拆开这封信，如果不属于个人隐私，请当面念给我们听听，可以吗？"

迟老师又向家长投去征询的目光。

杨帆的妈妈立即做出反馈："老师是为你好，和家长一样的心情，你就按老师说的念吧。"

迟老师这时特别留意杨帆的表情。她爸妈也关注着这瞬间的反应。然而令他们惊奇的是，杨帆这会儿一对闪亮的眸子仍然静若秋水。刚才进办公室的那份腼腆与局促也荡然无存。

迟老师的心反而绷紧了。

场面霎时变得安静。少顷，杨帆从容而亲切地对迟老师说："老师，我有个请求。"

"你说吧。"迟老师应道。

"信我拆，但我不念。"

"谁念？"迟老师问。

"请您给念吧。"杨帆平和地道。

扫一眼杨帆的表情，迟老师的心更莫名地缩紧了。杨帆看出了老师的窘处，连忙改口："那就让我爸或我妈念，好吗？"迟老师顺势权变："也好。"杨帆妈想迟老师一言既出，也只好由家长"折中"了。

信由迟老师传到了家长手中。杨帆妈从容地拆开了，取出信来，原来是一张短小的信笺，仅写了几行娟秀的字：

扬帆同学：

你寄来的稿子收到了，比第8次又改得好多了。但……你还能再改一改吗？第9次，第10次？我可以郑重承诺：也许再下一次你收到的，便是《中学生作文》的样刊了。

祝你学习进步！扬帆远航！

信的正文下另有一行附言，杨帆妈随即接念：

"所以没用编辑部公用信封，且落款'内详'，是免得周围环境对你形成某种压力。若班主任对此生疑过问，那是老师关心你；若没过问，那是对你的信任。理解万岁！

　编辑大姐田英

迟老师尴尬地笑起来："原来是这样，好，好，好！"

迟老师又立马补充道："明天的班会上，由我向全班同学宣读这封信，大力表扬杨帆同学的进取精神！"

一直平平静静的杨帆这会儿抑制不住了，她"哇"的一声，放声哭起来……

[原载《文艺生活》（湖南出版）2000.12期。刊号：ISSN —1005—5312，CN43—1143/1]

长 辫 子

（一）

　　这是高三文科办公室，设在教学楼的4楼，与教室垂直，中间隔着走廊。办公室很宽敞，三面装有铝合金玻璃窗，很明亮。我的办公桌垂直靠着南窗。东边窗下坐的是与我同教高三语文的108班班主任黄祥老师。他三十七八岁年纪，留着齐刷刷的平头，中等个，微胖。他最初给我的印象是敦实，憨厚。我们共事已有两年。这日刚上班，第一节没课，我打开抽屉取出教科书来准备写教案，却怎么也静不下心来。黄祥老师正在找一个学生谈话。一个女生。她面向东窗站立，恰好背向我这边。只能看到她的背影。这女生个子很修长，穿着也较入时，上身是女式夹克，略显短而紧束的牛仔型，浅蓝色，和下身的牛仔裤同质，显然是一袭的套装。她的背上垂着一条又黑又长的大辫子。黄祥老师平和地端坐着，正略带微笑地侃侃而谈，脸上显出激动的表情，女生的头平抬着，她的背影给人的感觉是两眼盯着窗外，目光投向远处，感觉不出她的表情跟黄祥老师的谈话内容的协调处，她那纹丝不动的大辫子背影甚至让你觉出"姑妄言之姑妄听之"的意味来。我最初确有过一丝儿的疑问从心里头掠过：怎么没让这学生去上课呢？而目睹这生硬与僵持时，我感觉到了这次谈话的意义远远超出让这女生进教室去听课。尽管这女生有些麻木不仁，黄祥老师仍很有耐心，他反复强调说，这不是我个人的观点，是学校的态度和意见，我是代表学校在耐心地向你做工作，阐析这中间的道理，动员你积极参与进来，最后的抉择权仍然在你自己。黄老师间或用亲和的眼光瞟一眼女生，观察着她的眉宇间有没有微妙的哪怕是一丁点儿的变化，但实际情况是让黄老师一次次感到失落与失望。于是黄老师的语气渐渐变得严峻起来，在平和与庄肃的主格调里绵里藏针，柔中显刚了。他说学校动员高中部走读生在校开晚餐是经过反复的理论论证和实际操作考虑的，是可能的也是可行的。这一举措的出台，也是在广大家长的强烈呼声中走到这一步的，城区四所中学中已有两所在我们前面做出了样子，取得了经验，说明这只"螃蟹"是可吃的，学习和推广他校的经验，跟着"吃螃蟹"是顺应潮流，是大势所趋；更主要的是，它确实有利于学生的学习，因为从放晚学到晚自习，中间只有1个小时，学生疲于在路上奔走，不少家长这段时间无条件为学生准备晚餐，一些学生空着肚子来自习，或在路边摊点上胡乱地买些吃食，花了钱，吃不好，又不卫生，这个情况你不会不知道。再一个是从安全的角度考虑。从放晚学到上晚自习那一阵子，正是下班的高峰期，路上车稠人密，学生匆匆往返，大多踩的自行车，这中间潜伏着不可忽视的交通事故隐患……所以，从多方面计议，让走读生在学校统一开晚餐具有种种的好处，或者说是优越性……

我的教科书和教案本已摊开在办公桌上，笔也放在桌上，却没抽开，我的大脑神经被黄老师缜密的论证给牵去了。虽然几天前，在全校教工会上，这番叙述这番道理是校长精辟地阐述过的，黄老师不过是克隆式的"照本宣科"罢了；但感觉起来，因为对象不同，效果是不一样的。校长的论证旨在统一老师的思想认识，班主任的说教，则要让学生从兜里抠出钞票来。所以班主任的战略方针是既要晓理，更要动情。于是黄祥老师讲着讲着，又面带笑容，语气里又不时地夹进修饰性的微笑。他的办公桌与东窗垂直而置，因此他和面窗而立的女生并非面对面地正面相对，这便给谈话的双方留有调节面部表情或情绪反应的空间或余地。黄老师坐在靠背椅上，身子略朝后仰，讲到激动处，还伸出两根手指在办公桌的桌沿上十分得体地轻敲两下，以增强他阐述的说服力和感染力。

但我分明看到，拖着长辫子的女生从背影上看仍是纹丝不动。长辫子静静地垂着，未见丝毫的摆动偏移。女生的背影显示，她仍是目视前

方，一声未吱。

谈话的气氛依然生硬地僵持着。

尽管是热脸对冷面，但黄祥老师并未灰心，并未退阵，他的谈话仍呈现居高临下之势头，主动进攻之态势，且更加深了一层。他仍扬着笑脸问道，你想想看，全班54名同学，已有51名报了名，交了费，个个都是家长点了头的，签了字的，你能说这51名同学都不如你聪明？他们的家长都不如你父母高明？黄祥老师略带轻蔑地浅笑一声："恐怕不能这么讲吧。"黄祥老师乘着这谈话的势头，又忽儿把语气一扬说："而且，这51名同学中有不少同学的家长是下岗职工。他们的家境不会比你们家好到哪里去。所以，从情上理上说，他们能接受，你也应该可以接受。"黄祥老师睨一眼长辫子女生，亲和地微微一笑："你说呢？"

长辫子依旧纹丝不动，她的伫立的背影令我忽儿想起一个美术概念：塑雕。

一尊塑雕。

长辫子女生的策略很明显，以静制动，以柔克刚。

黄祥老师的耐心受到严峻的考验与挑战。他脸上的笑意顿然荡尽，虽然培植这笑意并非易事。他抬起左腕看了看表，霍地站起，打破这沉闷的僵局说："这样吧，我也没时间和你较劲了，我还要备课上课。你先回班上去，好好考虑，考虑好了，你就到班长那里报名登记吧。"

长辫子女生机械地转过身来，一脸木然的神情，悻悻然地出了办公室。

这当儿黄祥老师同我打过一个照面。带着几分腼腆的表情，黄祥老师对着长辫子女生离去的背影说，这个孩子太世故，早熟，势利。我冲他理解地笑笑，他更激动地提高声音说，其实她家里条件特好，开三个门面做生意，还有两辆中巴跑运输，暑假她还上中巴卖过十几天票，后来天一热，她才撤兵，她家里还缺钱？——那真是笑话！我又轻轻一笑。黄祥老师接着说，这孩子其实是一个小市民，小市侩，接触社会早，什么事都是从钱孔里看世界，总以为学校要赚她几个晚餐钱，一副小肚鸡肠……

"真的是……"我自觉不自觉地"共鸣"了一下。

我和黄祥老师一同夹着教案去上课。进到走廊，黄祥老师像是自言自语又像是对我续语道："她硬要和老师作对和学校作对的话，也不是没有办法，学校少了她一个还关门了不成？"

……

（二）

也许是黄祥老师的这个反问句语气过于强烈，令我猛地一怔。我依稀记得，好像是去年下学期的某一次吧，黄老师曾把这位长辫子女生叫到办公室，给她面批过一次作文。面批中，黄老师曾夸奖长辫子女生那篇写童年琐忆的文章选材不错，事例运用得好，表现出了那晶莹剔透的纯真童稚。长辫子女生走后，黄老师还饶有兴味地给我复述过那个细节事例。说长辫子女生小时候很逗人喜爱。她爸爸的几个朋友常逗她玩。有一回，她爸的朋友拧着她的小脸蛋说，你就做我的干女儿吧。长辫子女生撅起嘴，白了他爸爸的朋友一眼，他爸爸的朋友坏笑着催道："喊呀，喊爸爸呀，只喊一声这一百元就是你的啦！"他爸的朋友扬起手里的一张大钞。

"叔叔——"长辫子女孩扯起嗓子长叫了一声。

"咳——"她爸爸的朋友十分扫兴地摇起头来……

这故事好像给了我一种情绪，走进教室后好一阵都没有从那情绪里走出来。

当天下午两点钟，我刚走到办公室门口，便听见黄祥老师在打电话。他声音洪亮，几层楼都可听见："……学校工作只能请家长理解和支持，密切配合。学校一切工作也都是为学生服务，替学生着想的，不会想从学生身上揩什么油的。同时，学校更郑重承诺，高中部走读生在校开晚餐有几个可以放心：一是卫生条件可以放心。学校食堂实行封闭式管理，有严格的卫生制度和严密的监督机制作保证。并且实行分餐制，不存在疾病交叉感染的问题；二是饭菜的数量质量可以放心。大米、面粉、蔬菜、肉蛋等的采购都是由三个后勤人员负责，且货比三

家，择优选购，无霉质、腐烂食品进校；烹饪制作都有专业厨师主理，持有正规营业执照和健康合格证；三是开餐管理秩序可以放心，以班为单位组织开餐，班主任下班督餐陪餐，与学生一道进餐。"说到这里，黄祥老师突然爆发一个"哈哈"，爽爽朗朗、开开心心地笑道："既然班主任老师都能吃，学生还有什么不能吃的呢……您说呢？最起码老师是生产者，学生还只是消费者吧？除非贵族学校的学生还差不多，其他的就再娇气又怎么样呢……"

"哈哈……是吧……"

黄祥老师在严谨缜密的论证后辅之以轻松的调侃，高屋建瓴地握着谈话的主动权。我走进办公室后，竟没有坐下，就伫立在办公室"旁听"，他的第六神经仿佛感觉到了我的存在和我的关注，连忙十分得体地侧过脸来微笑着同我打了个照面。我轻轻一笑："转移战场了？"黄祥老师立马用左手捂住话筒，诡秘兮兮地冲我一笑："商战——后方分战场！"

我捂住嘴吃吃一笑。

黄祥老师的左手早已移开了话筒，又放开喉咙喊起来："对，全班也就剩三个，她是其中之一！"

"什么？情况特殊？——怎么个特殊呀？"

刚刚坐下来的我又情不自禁地站起来，关注着这"特殊"二字。

黄祥老师接连"哦""嗯"的几声之后，忽儿一个惊咋："什么？她有乙肝？"

他这一咋，又让我凝神注目了。

黄祥老师似乎意识到家长语出有诈，连忙反问："既有乙肝，怎么没听她讲？"

"什么呀，有化验单呀？"

我忽闪着疑惑的双眸关注着事态，也关注着黄祥老师。

黄祥老师这会儿显然有些失落了，沮丧了，好像久经鏖战之后终于败下阵来。

他抬起左手轻轻揩着额上冒出的碎汗。

学校规定，一个班级如有三人（含三人）以上不在校开晚餐，班主任的津贴下调10%。

但面对这盘陷于危局的棋黄祥老师并未放弃，并未言败。

睿智的黄祥老师反应敏捷，以子之矛攻子之盾，立马转守为攻变被动为主动。他长长地"呵"了一声，吁了口气之后，语调又变得峥嵘锋利起来：

"那好哇，既然这样，按照规定，患有乙肝这样的传染病的学生是不能继续学习完成学业的，得立即办理休学手续，以免传染给其他学生。那就先休一年吧。治好了病再说吧！……"

黄祥老师用一种毋庸置疑的语气说完最后一句的那个"吧"字，"砰"的一声将电话挂断了。

（三）

三天后的上午，长辫子女生又站在办公室东窗之下。从背影给我的感觉看，她的双眼仍倔强地盯着远处。

黄祥老师已经查验过了她那张各项指标均正常的乙肝检测化验单，嘴里还在喋喋不休地咕噜："差点给你蒙了呢——"

女生的长辫子似乎很不服气地摆了两下，但没吭声。

黄祥老师的态度转为平和，他指点着桌上的一份表格，让长辫子女生在自愿在校用晚餐的简易文书上签了名。长辫子女生当即交了一个月的70元晚餐费。

黄祥老师问："那余下几个月的什么时候交？"

长辫子女生答："那得问我爸妈。"

黄祥老师嗔道："你爸妈真啰嗦，拖泥带水。"

长辫子女生侧过身嘬起嘴："先赚一个月再说呗！"

黄祥老师气恼地说："你说什么？先赚一个月的？你把学校当商场，把老师当商人啦？"

长辫子女生一不做二不休，干脆和盘托出："那天我在厕所里都听两个女老师议论这事呢——"

　　黄祥老师紧兜着问："两个女老师说什么了？"

　　"她们说一天就赚——"长辫子女生扬起一只右手，伸开了五根葱根般的手指！

　　黄祥老师愣诧了一下，长辫子女生已悻悻地走到门边，忽儿转过脸，抖落出最后两个字："五百！"

　　黄祥老师和我下意识地目光骤遇，彼此都掩饰不住几分窘涩与尴尬：好似让学生给抓住了"长辫子"……

　　　　　　　　　　载2009.7期《视点》（《岳阳文学》前身）

道 歉

　　实习生肖玲从中南师大文学院来到这座县城的这所完全中学实习试教转眼间两星期过去了。从讲台下到讲台上的角色转换渐至由陌生到熟稔，由不大适应到基本得心应手了。有老师评价她的课如行云流水挥洒自如，她听罢有点飘飘欲仙的感觉，明知许是溢美的过誉之辞，仍觉爽利可心难以自抑。只是同来实习的同窗好友小梅间或提醒她几句，诸如"自信过头便是自负呵！""课堂里还是不能太过飘逸，还是来点采石场采石石（实）打石（实）的靠得住些呵——"小肖冲小梅闪动几下美丽的双眸："死党，你该不是嫉妒我吧！"小梅随即伸过手去掐了小肖的左臂一下，虽然那力度恰到好处，小肖还是"哎哟"一声笑了："这是不是叫'木秀于林，风必掐（摧）之'？"

　　这天是星期四，吃早点时小肖边啃馒头边对小梅讲，我今天抽到（抽签试教）98班的第一节，讲徐志摩的《再别康桥》，恭请你去指导如何？小梅"唆啰"一声喝完最后一口鸡蛋汤，淡然一笑："再好不过了，你怎么不早说，让我留点余地进精神早餐啦？——徐志摩的也是你的？或者说你诠释演绎的……"

　　小肖踌躇满志地走上了98班的讲台。

　　小梅发现前来观摩指导的教师在教室后边坐了整整两溜儿，其中包括实习单位年过半百的高级教师"邢教授"（实习单位的同行们习惯于这样称呼他）。

　　小梅惊讶地发现，这个小肖就是小肖，走上讲台便"目中无人"，简直如入无人之境地挥洒开来。

小肖导入新课的方式也很新颖、独特。她扣住"别离"这个词眼，一古脑儿就引导学生抖落出一串儿离诗别辞。诸如"海内存知己，天涯若比邻"、"劝君更尽一杯酒，西出阳关无故人"、"感时花溅泪，恨别鸟惊心""醉不成欢惨将别，别时茫茫江浸月"……

有了这么一番离情别绪的渲染铺垫，再兼之动情的感情朗读《再别康桥》全诗，小肖硬是一下子将学生们带进了诗的意境，全场鸦雀无声。

小肖不禁得意地微笑着问学生："这诗美不美？"

"美！"前排的几个女生甜甜地呼应着答道。

"想不想了解一下这诗的作者？"小肖随问。

"不想！"坐在中间第二排的一个男生"脱颖而出"，插科打诨了，且声音尖亮。

天哪，这可是小肖始料未及的！怎么会出现这样的另类怪音呢？小肖只觉得头脑"轰"的一下给击蒙了，脑子里成了一片空白。如果是在别的场合听到这个男生的稚嫩而俏皮的怪叫，她兴许会情不自禁地开心一笑，比如说不是在她的课堂上，而是在别人的课堂上，比如小梅……

然而这当儿小肖还真来不及自我审视自己"皮袍底下藏着的小"了，因为这怪音明明是冲她来的，想要转嫁危机都是不可能的了，不过好在小肖也仅只是在那一瞬间被噎住了一下而已，当她立马回过神来完成"变脸"运作时，她已经换成了一张不大自然的夸张笑脸大步走向前排的几位女生居高临下地再度发问："想不想？"

"想！"前排的几个女生脆生生齐刷刷地异口同声道。

小肖胜利了。她露出几许的得意：毕竟邪不压正。紧接着小肖用一个胜利者的骄矜目光剑一般犀利地扫了那个男生一眼。这目光似乎是向男生宣战："等着瞧吧，秋（课）后算账，吃不了让你兜着走！"

小肖开始激动地介绍徐志摩了。从他的人生理想谈到他的爱情观，从他的自由主张说到唯美主义，延及徐诗与雪莱的文学渊源关系，等等，小肖讲述如数家珍，滔滔不绝……当延及这位才华横溢的青年诗人因飞机失事而罹难时，小肖的眼眶都差点湿润了。

接下来的分节朗读与串讲分析，也都是行云流水一般，开合有度，张弛相济，左右逢源……

讲台下的学生和听课的老师全都被带入了诗的意境之中，带到了康河之畔的剑桥，一同挥手"作别那西天的云彩……"

但这节课上，却有一名学生属于例外，或曰另类，他似乎与这种境界无缘。他便是那个"不想"的男生。他在接受小肖老师那美丽却又冷峻凌厉的目光横扫时，一颗稚嫩的心倏忽间缩紧了。这骤然的一"紧"之后，就再也没有松弛过。

下课了，学生们走散了。听课的老师离去了。

果不其然，那"不想"的男生接到小肖老师威严的指令："到我办公室去一下！"

"不想"的男生低着头进了办公室。小肖老师再一次用峻峭的目光迎接他。

"怎么，想拆我的台，是吧？"小肖鄙夷地问。

"不想。"男生头勾着，口气很硬。

"又不想！"小肖拍案而起怒斥道："想起我就火冒三丈！真'不想'吗？"

男生忐忐忑忑地稍稍抬了抬头："老师你指的是哪个'不想'？课堂上的那个，还是刚才的这个？"

小肖气不打一处出，又重重地一拍桌面："全班就你会搅合，插科打诨，耍小聪明！成事不足，败事有余！"

小肖蓄势已久，开始重炮出击："我告诉你，像你这样的，听课也听不进什么，学习也学不到什么，反正你不想接纳知识嘛，不想即是拒绝嘛！何必强按水牛喝水都受罪呢？我给你指点一下发展方向吧，像你这样油嘴滑舌爱出点小风头的角儿可以去报考马戏团的小丑一角，那可是个要滑头出风头的行当！从明天起你不必听我的语文课了，你不想听，我还不想教呢。"

男生的头又渐渐勾下去了，勾得很下很下。小肖老师的重炮轰击产生效应了。

少许沉默之后，小肖发现仍勾着头的男生抬起他的右手背在他的眼前晃了一下。

继之，小肖清晰地听到了勾头的男生嘤嘤的啜泣声。

忍俊了许久的小肖老师再也忍不住了，泪水夺眶而出，边哭边喝道：

"你哭什么呢？你知道那会儿我有多伤心吗？当着那么多同学和老师，你搅我的课堂，拆我的台，我真个伤心透了呢，你知道我有多憋屈，多难受吗？……"

"哇——"

小肖老师彻底爆发了，嚎啕大哭起来。

这当儿男生的班主任走进办公室。诧异中问清事由之后，魁梧高大的中年班主任正颜厉色地正告男生：

"立即给小肖老师赔礼道歉，深刻认识诚恳检讨自己的错误，并提出保证来，不然的话，不光语文课……"

"呜哇——呜哇——"

男生哭嚎着求告："老师，我错了，真对不起，请您原谅，我保证，保证……"

小肖老师掏出她的白丝手帕揩了揩她的一对杏眼，破涕为笑："算了吧，原谅你这一次，下不为例啊——

……

自信与自得对于实习老师小肖来说似乎又失而复得了。她回寝室时对死党小梅乐不可支地讲起这事时开心地笑道："你还别说，那个楞头青似的男孩哭的样子，还挺可爱的呢！兴许是女性的母爱基因使然吧，他一哭一道歉，我的心就软了，饶了他了。"

但小肖却没料到，小梅的反应竟是淡然木然，丝毫也没与她产生共鸣。小梅脸上的表情似乎很复杂，冷峻中蕴含着睿智与深邃。

这让小肖大惑不解。

沉默少许之后小梅仍未对小肖的故事做任何评论，只是口头转达实习小组指导老师的两个通知：一是课业整理时在教工会议室参加评课；

二是今晚在学校礼堂参加"做文明学生创和谐校园"专题演讲会，并担任评委。

小肖刚刚松弛下来的心不禁一下子莫名地紧了。

评课时，"邢教授"幽然地微笑着首先发言。

"我不是作家，写不出遑遑大作，我只是个评论家，叽哩呱啦的凑合几条子丑寅卯。所以我向来认为评论家吃的作家的饭。小肖的课很耐听，很美，我讲不出，只能傍着作家吃蹭饭。"

评课的气氛一下子轻松起来，小肖刚才绷紧的心也顿时轻松了几许。

邢教授一口气讲了小肖这堂课的五六条优点，肯定她的课教得既稳且活，知识容量大，既厚实凝重又活泼轻松，邢教授说，初上讲台能教成这样确实难能可贵……

小肖听到这儿，真有点儿心花怒放了。她激动不已地听着记着，笔下沙沙作响，胸口突突直跳。

"但——"

邢教授话锋一转，幽默地诵念起《再别康桥》中的那句诗：

"但我不能放歌——"

邢教授语气变得肃然起来：《再别康桥》里的这个"但"十分精彩，是由扬而抑的转折点。诗人欲抑先扬，把对康桥的喜爱和留恋借助一系列的意象铺陈渲染到极致，然后用"但"字领起来一个大跌宕的陡转，掀起情感的巨大波澜。如果说对这种情感的表现前边更多的是表现为微波轻烟式的描叙的话，那么由这个'但'字领起的别离的惆怅与无奈的情感跌宕就无异于狂澜巨涛了。这一跌宕既使诗歌扣紧贴牢了题旨，更避免了形式上的平铺直叙，在起伏跌宕中泛起离愁生发的几许凄美的感情涟漪……

邢教授幽然一笑道，我上边的这个'但'与徐志摩的那个'但'不可同日而语，只不过是想借光附会一下我的一孔拙见。讲到这儿，邢教授转而用一种委婉而蔼然的语气道：

"我想和小肖老师商榷的是，你在介绍作者徐志摩之前的那个想不

想知道的提问是基于什么样的考虑呢？换句话说，有那个必要吗？"

"对——"一位教同年级同科的青年教师呼应邢教授的观点紧续道：

"像这种'想不想'、'对不对'之类的近乎于卖关子式的提问对于小学生、初中生也许不无些许意义，或许多少可以提起点儿他们的兴趣什么的，但对于高中生——"

青年教师讲到这儿嘎然而止，省略了人尽皆知的下文，转而谐然笑道："我也东施效颦'但'它一回。"

实习单位的语文教研组长是个资深的高三把关教师，年逾不惑的他前额光光亮亮话也爽爽朗朗："那个男生的行为固然有些唐突冒失，但换个角度看，不恰恰折现了他独立思考不以为然的个性张扬么？"

小肖的脸上倏忽间泛起了红晕。似乎是为了掩饰她脸上的灼热，头也微微地勾下了。

这会儿评课的小会场里忒静。没有谁再出声。只有小梅递过去一个抚慰的眼神，恰好被偶一抬眼的小肖接收到了。

然而让小肖大感意外的是小梅也立马掺和进了支持组长观点的高论。小梅表情肃然，言之凿凿："谁说不是这样的呢？"说到这里，小梅关切地睨了一眼小肖续道："在教者眼里也许那个男生的确有点冒然不恭，但作为教者你只能理解，只能接纳，只能宽容，除此之外，别无选择。兴许他的'可恶'之处正是他的可贵之处呢。你还应该感谢他用锋利的小刀割掉了你讲解中的赘疣呢。"

小肖的额头和两颊都几近滚烫了。她再也没有勇气抬起眼来看小梅。

走出这个评课的小会议室时，小肖急不可待地伏在小梅的肩头啜泣起来："死党，你厉害啊！——高啊！"

"你先回寝室休息一会，调整一下情绪，我替你打饭。"小梅反手伸上自个的肩膀，搭在小肖的手背上。

"不，我得去找那个男生！"

"现在？"

"现在。"

"干嘛？"小梅的眼里闪烁着疑惑与不安。

"道歉。向那个男生。"

"那我陪你去。"小梅微笑着释然道："也好，道过歉，吃饭会香些。"

小肖偕小梅转身去了教学区。

她俩径奔K栋教学楼3楼高98班教室，却被门口正在打扫中弥漫的灰尘挡住。两名手握扫把的女生几乎是异口同声地告诉小肖老师和小梅老师：那名男生今晚要参加全校的演讲比赛，这会儿正在田径场边的小树林里抓紧讲练呢，他是高一年级的初赛第二名……

小肖和小梅双眸闪闪，面面相觑。

俩人下楼时，小肖重重地拍了一下小梅的肩头："死党，我郑重宣布：明天在课堂上公开道歉！"

小梅猛地转过身来紧紧地拥抱小肖，美丽的眸子里闪耀着晶莹的泪花："好，太好了！"

（原载2007年第4期《长安文学》）

琴

　　"五·四"校园联欢晚会添浓了盎然春意。高一男孩郝乐以一曲铮铮亮亮、激情澎湃的钢琴独奏《黄河大合唱》崭露头角。捧回一等奖证书的当晚，郝乐一篇得意的周记也一挥而就。

　　郝乐的班主任兼语文老师严莉正在批阅这篇周记。她欣赏兼审视的目光流淌在周记的字里行间。汹涌澎湃的黄河巨涛又仿佛奔腾于她的脑际。严莉很激动，很感慨。真可谓活力四射激情飞溅呀！小伙子青春昂扬的头激动地晃悠着，那闪耀着作品思想火花的十指激越地跳跃着，豪情激荡地诠释着《黄河大合唱》，令人无比感奋，荡气回肠！

　　"胜蓝之材呀！到底是音协副主席的儿子！"严莉老师由衷地在心里感慨。

　　然而审视的严峻目光又令严老师犯起嘀咕来：怎么回事哦，这孩子钢琴弹得这么好，怎么"钢琴"的"琴"字就写不好呢？这"琴"字是个典型的上形下声的形声字，上下结构哦！下半部是"今"字呀，怎么写成了"令"呢？而且……而且，看得出这绝非偶尔疏忽的笔误，整篇周记里一"令"到底，七八个吧？清一色的画蛇添足，"令"成一串了！严莉老师挥起朱笔，逐个逐个地在写错的"琴"字下一边数数一边重重地划上一道红杠杠！

　　在逐一给予更正时，严老师又仔细梳理起这篇周记。偶或给作些眉批与评点。毕竟是瑕不掩瑜，文章很耐读，且堪称郝家的"琴史"：

　　我们家三代与琴结缘。

　　"我爷爷当年是地方上草台戏班里拉胡琴的，山前岭后红白喜事或逢年过节，或冬闲之时人们寻个乐，便唱个一出两出，大都是《刘海砍樵》，《梁山伯与祝英台》之类。都是爷爷拉琴伴奏，那些戏文曲谱爷爷都熟如流水，爷爷拉得摇头晃脑娴熟自如，激动时拉得大汗淋漓。爷爷的琴也是自制的土产品，比京胡大，比二胡小，木白头杆子，山上砍来的竹筒子，蛇皮也是自产自销，村里人逮了蛇，蛇肉炖汤大家伙打了牙祭，爷爷就谋了蛇皮绷了琴……土琴土艺，也合乡亲们的口味，都夸爷爷的琴拉得好，称爷爷是本乡本土的'瞎子'阿炳……

爸爸说那时候他是爷爷屁股后边的跟屁虫，戏唱到哪，爸就跟到哪。平日里，爷爷闲着没事，心也闲，就自拉自唱，悠哉游哉，好不乐嗬。我爸就当他的忠实观众兼学徒，恭恭敬敬地站立一旁，呆呆地垂着不自在的双手，竖起耳朵听着。听着听着就心里痒痒了，爷爷见爸眼馋得不行，便把胡琴'塞'给爸：你小子试试吧！爸乐不可支地接过爷爷手里的琴，'嘎嗞嘎嗞'地拉响了，像杀黄牛犊子的叫声……爷爷咧着嘴笑痛了肚子，用捂住肚子的手从爸手里接过琴来，手把手地教我爸拉开了……

爸爸刚进初中就成了学校里的文艺骨干，他的二胡拉响了校园，一曲《珊瑚颂》拉得男女同学里三层外三层地把他给严严实实地包围了……进入初三的第一个学期，爸便被县剧团给'挖'走了。

文化大革命爆发了。一个秋雨梧桐寒凄凄的秋夜，爷爷走了。弥留之际，老人家还用吃力的眼光斜瞅着那把挂在壁上的半把琴，也就是一根孤零零的琴杆。琴筒子被造反派一脚踩破了，当着'四旧'破了。爷爷是挨了批斗后病倒的。造反派给爷爷戴了高帽子，挂了黑牌子，说他是宣扬'四旧'的封建余孽，专为封建亡灵招魂……爷爷挨批斗后还被押着游了乡，之后便一病不起。

"爸爸常说自己初中没毕业又赶上'文革'，文化先天不足，要好好培养我。"

"时代的悲剧！"严老师一边读着郝家的琴史，一边在心里感喟。

严老师接下来从郝乐的周记里了解到，他爸爸现在是市文联下属的音协副主席，本市的首席二胡演奏家。郝乐的周记里还写到有关他爸

爸的一些趣闻。说是当别人赞扬他二胡拉到了家，也拉成了家，可与阿炳媲美时，他咧咧一笑道：阿炳是"二泉映月"，我可是"双全"（泉）……意思是他还会弹钢琴……众人便打趣："你拉倒吧，论二胡你是王子，要说钢琴，你是茄子！"

郝乐的爸爸，音协副主席胀红了脸，怅然若失地自寻解脱道："钢琴是替我儿子买的，我这辈子也就只能"胡"（胡琴）拉了，钢琴是我们家的希望之琴……"

为了培养儿子，音协副主席还特地给儿子请了专业老师，定期辅导……

郝乐在周记里写到，专业老师常挂在嘴边的一句话叫"功夫在诗外"，并说这句话既管写诗，也管弹钢琴，技巧固然重要，文化积淀、艺术修养尤不可少。为此，专业老师给郝乐开出了一个长长的书单，既有相关音乐家的传纪，如贝多芬，约翰·斯特劳斯等等，还有包括《红与黑》、《飘》在内，也包括《红岩》、《青春之歌》在内的十几部中外名著……

"知音！有见地！"严莉老师引发了共鸣。

是啊，名著固然要读，要积淀，要积累，这个基础的"琴"字你也得给我写准了吧？弹琴的人连"琴"字都写不好，简直是乱弹琴！

翌日，严老师把郝乐叫到了办公室。

她先是浮光掠影地肯定他这篇周记言之有物，融情寓理，但马上"但是"一转，递过周记本问："你自己数数，这篇周记里有多少个'琴'字？"

郝乐愣涩涩地瞅着周记，默然不语。

"数呀！"——严莉老师用了命令、祈使语气。

郝乐低下头，翻开周记，戚戚地也是机械地数着那些个"琴"字。数完了，沮丧地垂着双手，浑身不自在。

"多少个？"严老师厉声问。

"10个。"郝乐怯怯地答。

严老师从案头顺手取出一本《新华字典》塞给郝乐："自己查，钢琴的'琴'字怎么写的？"

郝乐没有查，怯生生道："我多写了一点，'今'字写成'令'了。"

"怎么办？"严老师步步紧逼。

"抄呗。"

严老师忽儿变得轻言细语："这条规矩，谁也不例外，错一个，抄一百，你错10个，该抄多少，自己乘！"

"一千个呗。"

郝乐耷拉着脑袋走出严老师的办公室。

……

当天下午的作文课上，严莉老师讲评周记时公布了这一周周记写得好的表扬名单，郝乐的名字排在第一。但紧接着她又公布了另一个第一，错别字第一，同一个字连错10遍！创吉尼斯纪录！

严老师刀砍斧斫地说："给我老老实实抄一千遍！"

全班的目光投向郝乐。但完全不是他在台上得意弹奏《黄河大合唱》时大家投给他的那欣赏的钦佩的目光。

郝乐深深地埋下了头。

这个周末，郝乐无奈地给专业老师打电话请假，嗫嗫嚅嚅道："功课一大堆，这周得请假……"

这个周末，他没有练钢琴，一个人关在屋子里抄"琴"字，抄得天昏地暗！

让严莉老师感到诧异的是，此后的某一天，师生二人邂逅于去图书馆的林荫道上，郝乐一瞅见严老师，便蔫头耷脑远远地绕开了……

在严老师的记忆里，以前的郝乐不是这样，他会主动热情地跟老师打招呼，叫得很阳光，很响亮，也很亲切……

严莉老师心里突突地跳个不停。她怅然若失地凝视着郝乐绕道而离的背影良久……

转眼便是"七一"，市里举行庆"七一"文艺晚会。宣传部点名郝乐出节目，仍弹奏那首《黄河大合唱》，他的班主任严莉等学校的文艺

骨干被作为特邀嘉宾出席。

然而令所有观众，包括郝乐的老爸，他的专业辅导老师，也包括严莉老师，他所在学校的文艺骨干们都感到惊讶的是，这一回郝乐弹奏的《黄河大合唱》较"五·四"的那一次大为逊色！郝乐再也不摇头晃脑了，十指像是被冻僵了似的，失去了先前的"弹"性，弹不出黄河的汹涌澎湃了。

观众忿忿然："这是《黄河大合唱》吗？简直变成了'黄河小合唱'嘛！"

郝乐的爸爸在台下直跺脚，焦躁不安地在心里冲着儿子直喊："怎么回事？怎么今不如昔？！"

郝乐的钢琴老师也大跌眼镜，但他也只能无奈地干瞪眼！

此时此刻，只有一个人心里正翻滚着黄河一般的狂澜巨涛，她便是频频地摘下眼镜擦拭着镜片的郝乐的班主任兼语文老师严莉。

2011.5.10于岳阳

第46名

满眼晶莹。昨夜的雪好大哟！

女教师徐文莹洗漱停当，很舒展地哈了口气，提了提羽绒服的领子，利利索索地两脚伸进高筒靴，便匆匆提了包踏雪出门了。

她是初三甲班的班主任兼语文老师。早读下班辅导她是从不误点的，不，准确地说，总是提前5分钟左右到校，亲自开了教室门，十分敬业地立于教室门口，用亲切与爱抚的目光迎接班里的每一位学生，点亮他们新的一天的追求。而今天，她更关切的是班里那位因幼年疾病而使成长发育有所局限，成绩居于46名的女生康娜。

在徐老师的印象里，康娜感知周围事物的目光似乎有点滞涩，感悟与认知好像总是慢半拍似的。比如语文考试，则常常出现对题意理解失之偏颇的现象，发挥总是不怎么理想，但令人欣然的是尽管这样，同学和老师为之惋惜，而康娜自己似乎从来就没有气馁过。红扑扑的苹果脸上，总是阳光灿烂。而且她偶尔还带给全班一点儿惊奇。比如有一次由徐文莹老师主讲的公开课上，且有好几名外地老师前来听课呢，康娜竟然小胳膊"当"的一声举了手，霍地站起来，回答了一道改错题即："角色"的"角"读音之误，即"角"不念jiǎo，而念jué。

徐文莹眼下想的是，康娜身体偏胖，因为身材不怎么苗条，这个爱美的女孩常常穿得有点少。今天下大雪，这个康娜该不至于只顾风度，扔了温度吧！

迎着班主任的爱心和责任心，随即燎燃了早读的一片星火。琅琅的书声似春雷在滚动，似骏马在奔腾，挟裹着知识和理想。

　　徐老师很宽慰地看到康娜进了教室，入了座，好哇，她今天穿了一件白色羽绒服，这显然是她奶奶与之较量的胜利成果。

　　学校近期正举行读书月活动。徐老师给她的学生开出了书目单。这一周，重点推出篇目为《把信送给加西亚》。所以，这早读的滚滚春雷里"送信"的气息顽强地执着地激荡着，奔涌着。对于加西亚，对于工作恪尽职守，对上级负责，也对自己负责的虔诚与执着，都奔涌在这早读的热浪里……

　　徐老师很欣赏这一片琅琅的读书声，她自己就是从这热浪里"奔涌"出来的。她现在手里就握着《把信送给加西亚》的单行本，信步于课桌间逡视。她的思路正顺着关于读书心得报告会在延宕，思考着怎么弄得更活跃，让更多的学生有充分的机会生动展示鲜活的个性张扬。

　　徐老师在课桌间踱过来踱过去，从左到右，由前至后，不时跟学生们打个照面，扫大家几眼，可学生们都在埋头读自己的书，正读得热火朝天呢，几乎没有人与之照面，有的好似在有意避着她的目光。

　　但后来她渐渐发现有好些个学生注意力不大集中，走神似的目光在徐老师身上闪闪烁烁疑疑惑惑地上下游移，可当撞着了徐老师督学的严峻目光，那些个学生愣愣涩涩的目光又立马收回去了。立刻回归于桌上的读本了。

　　然而竟有一个学生的这种目光很顽强，很执着，接二连三地对接甚至撞击着徐老师的目光，而且她那目光里似乎还注入了某种诡谲和诧异，又让人觉有一种异乎寻常的热情关切似的。

　　这道目光恰恰来自于第6行第4座的女生康娜。

　　她今天是怎么啦？怎么早读心神不定的？时不时地盯几眼老师，是不是觉得老师的羽绒服比她的更漂亮？心里不平衡？或者还朝下瞟几眼，是不是对她的这个年龄这个身份还不甚合宜的高筒靴产生了兴趣，竟为此而心动走神？

　　再或者……

　　这个康娜呀，还真是令人读不懂呢！

　　在徐文莹的印象里，康娜虽然成绩排名滞后，但一股认真劲则堪可嘉许。比如上期末的任科老师座谈会上化学老师就特别点名表扬过康娜。说一次实验课上，全班同学都在分组做实验，大家都忙这忙那的，却见康娜好像插不上手似的愣在一旁干瞪眼。当各组依次报告试验结果时，都说跟老师在讲台上演示的结果完全一致。可就在这个时候，康娜的一张苹果脸胀得更红了，冲着讲台上的化学老师就直嚷嚷："不对，我们组的结果不一样——"简直是石破天惊！康娜的那个组，不，全班同学都面面相觑，将诧异的目光投射过来！

化学老师急忙走过来实地查验，证实了康娜的话是真的，并查出问题出在试剂拿错了！化学老师当场表扬了康娜的实事求是精神，于是在老师指导下，重新做过一遍，这回特地指定让康娜主持操作……

这个期末，徐文莹将康娜列入受表扬的学生名单里报到校长室，结果却被删掉了，也许就因为她成绩排名在46？……对此，徐老师一直觉得有一种遗憾，甚至上升到人才观念的层面思考过……

徐老师走下讲台，缓缓地踱到康娜的课桌边，深情地凝视她的侧影。而此时的康娜，则将目光凝聚于书本，正轰轰烈烈地读起了《把信送给加西亚》。

早自习的下课铃响了。叮铃叮铃的一长串，显得欢快而激情。学生们井然有序地走出了教室。准备去大操场参加升国旗仪式。

徐文莹老师很快平静地步入走廊，不经意中忽有一个学生急切地从她身边擦过，又倏忽间停下脚步，扭头回望着徐老师。

"康娜？"徐文莹诧异地唤一声。

"徐老师！我正找您呢。"康娜闪着明亮的大眼。

"有什么事吗？"徐老师问。

"办公室说吧。"康娜垂了垂眼皮。

师生二人随之跨进了走廊拐弯处的教研组办公室。

康娜忍不住了，先是仰起头，急不可待地低声道："老师，您的靴子穿错了，一只红，一只黑呢！"

……

康娜说着，双手捧着的那本《把信送给加西亚》紧贴于胸前，下意

识地勾下了头。

　　徐文莹一惊，也下意识地勾下了头，瞅着自己急切中穿乱了的"红"与"黑"，啼笑皆非中，眼眶忽儿湿润了。

　　"好孩子，谢谢你！——我差点就这样去参加升旗了呢！"

　　徐老师深情地搂住了康娜说。

　　明亮的玻璃窗外，白皑皑的一片晶莹。

2011.2.18–2011.2.25 于岳阳

灵　魂

崔人怡校长有清早到学校巡视的习惯，一是巡视早读，二是巡视早餐。近来似乎更倾向于后者，因为崔校长发现赶早到学校捡馒头的络绎不绝，一个个满载而归。每当看到一群穿红着绿的主妇（多是学校附近的居民）提着满满一桶子或一袋子馒头有说有笑地走出校门，崔校长心里便涩兮兮的，甚至有几许煎熬感，这景观实与一个市级文明单位，一个红旗校长领导下的红旗学校太不相称了呵！

为此，崔人怡亲自主持召开班主任会议，专题研究学生扔馒头的问题。会上，有人主张罚款，甚至连罚，甚至重罚；有人提出对扔馒头的学生给处分，甚至记过，甚至除名……崔校长托着下巴，脸沉着，眉皱着，嘴抿着。沉默少许之后，崔校长突然爆发一个朗笑：“你们的意思是学生扔馒头，我们就扔学生，是吧？——别忘了，爱，可是教育的灵魂呵——”崔校长把“爱”字念得很重。罚款派和处分派都不再吱声了，一时间再无别的观点亮相。

会场忒静。空气僵持着。半晌之后，一个班主任看似在憋了许久后终于开口，却是从评论的角度切入的：“按说，比起红军长征吃的树皮呀，草根呀，这馒头还是挺不错的嘛！”另一个班主任盯了评论者一眼随即接话：“你尝没尝过梨子的滋味哟？”崔人怡校长立马用一种诡谲的目光扫了扫这二人，眉头拧得更紧了。二人也就屏气敛声。崔人怡按了几下手机，一会儿政教处主任、教导处主任便都到了场。

崔校长对刚刚落座的政教处主任发话：你说说，你是做学生思想政治工作的领导和专家，你说这学生乱扔馒头的问题该怎么治？除了罚款

啦处分啦还有没有别的中策或上策？

一年前由崔人怡亲手提拔的政教处主任嗅出了会场的气氛，也心领神会校长的意图，不假思索便道："我认为没有落后的群众，只有落后的工作，对待学生也一样。没有教不好的学生，关键是会不会教，善不善教。再怎么样我们也还得做工作，而且要做细做好。班主任是第一要做，政教处同样也要做。"崔人怡校长赶紧插话："我当校长的也要做。"崔校长话音刚落，政教处主任即时不我待地呼应校长："当然大头还是班主任啰！"崔校长像唱双簧似的立马又接过政教处主任的话说，"班主任工作的特点是'润物细无声'，当然也不排除'有声'，既要有耳濡目染的浸润，也要有大张旗鼓的灌输，且要刚柔相济，点面结合，广播墙报可以出专刊嘛，开展专题讨论嘛，语文课可以结合写作文嘛。"崔校长瞅了瞅教导主任说，"要把思想品德教育渗透到学科教学中去嘛，比如说就让学生写读'锄禾日当午'的心得体会呀，搞作文竞赛呀，是不是……"教导主任连忙笑眯眯地迎着校长微微颔首表示赞同。

崔人怡又随即转对政教处主任说，政教处的班级目标管理也要把乱扔馒头这一项列入其中，要扣班级的文明分，影响班级的评比考核，班主任业绩考核，与班主任津贴挂钩……这一连串的校长指示可是画龙点睛，让在座的班主任大眼瞪小眼地瞪上了。

崔人怡校长身先士卒雷厉风行，第二天一早便带头做工作了。第二天的早餐巡视显然不再是一般性的考察，他腋下夹了个工作日记本，本子里夹了支钢笔，他甲班进乙班出，见着哪个在哪儿扔下馒头旋即在本子上记下，并寻根刨底地打听清楚姓名班级学号，学生们只见崔校长一脸的肃然与严峻……

这天上午课间操时，崔人怡递给政教处主任一份名单，并在名单上边附了一句话。操刚做完，政教处主任便高音大嗓地在喇叭里郑重通知：下列学生明天早晨五点半务必赶到学校食堂，参加实践活动。有关班主任要切实督促相关学生准时到位。云云。

翌日清晨，崔人怡校长亲自在校门口迎候名单上的那一拨学生。他拿着那份名单，点一个名打一个勾。果然一人没漏。然后，崔人怡校长领着他们去了食堂，进了厨间，围着大师傅和面的大案板站定。崔校长很兴奋地脱了罩衣，换上了洁白的工作服，然后挌起袖子，在自来水龙头底下搓着手濯洗几下，尔后郑重地回到案板前给和面的大师傅打起了下手。学生们愣愣地立于四周，面面相觑。厨房里热气弥漫，雾气朦胧。崔校长一个劲地揉着面团，左手捅过去，面团上捅出一个软绵绵的窝窝，右手又是一个劲地扳转过来，双手沉沉地揉和几下，然后将面团提了起来，在案板上"咚"的一声擂响，然后，崔人怡校长乐滋滋地招呼一旁的学生道："来，你们来，学着做。"

在崔人怡校长的引领下，学生们带着几分茫然几分欣然地投入其中了。

和面，切块，上蒸笼……崔人怡校长挥汗如雨，不时地转着手背拭着额头的碎汗，学生们在几分茫然几分欣然几分紧张几分忙乎中也一个个额头渗出了亮晶晶的汗珠……待到馒头的香味弥满了厨间，崔人怡校长开心地问大家："闻到香味了吗？""闻到了。"学生们茫茫然地开心答道。崔人怡又问："是不是比平时香些呀？"学生齐答："香些！"崔人怡因势利导地问："为什么呢？"学生们讷讷地答道，"……自己……嘿嘿……"

这天早餐，崔人怡校长亲自陪着这一拨参加"实践活动"的学生一块儿在食堂吃馒头，学生们都说好吃。崔人怡边吃边问学生："你们还舍得扔吗？"学生们愣愣地低头窃笑，只顾吃，没吱声。

崔人怡校长见好就收地总结说，好，你们这是"黄埔"一期，毕业了。明天起是二期，三期……

第三天中午，政教处与团委会学生会联办的关于"乱扔馒头与精神文明建设"的专题讨论专刊显显赫赫地张贴出来了；教导处和语文组联办的《"锄禾日当午"读后》作文竞赛选优专刊也光光鲜鲜地刊登出来了。两刊前围满了好奇的学生。"校园之声"的有线广播开辟了"你扔掉了什么"的专题讨论……铺天盖地的舆论声势，使得扔馒头者成了过街老鼠……

　　崔人怡校长并无丝毫的松懈，他仍夹着本子夹着笔进甲班出乙班，狡黠地微笑着和别人打招呼时便得意地说："黄埔x期招生，招生……"——他的本子上基本没什么可记了，他的脸上也平和了许多，滋润了许多……

　　这景象可扫了先前频频光顾屡屡丰收的拾馒头的妇人们的兴，相关不相关的人们七嘴八舌地议论说："这个崔校长真有招！"

　　此等太平气象大约延续了一星期。

　　就在这个周末的教师工作例会上，崔人怡校长的报告是以扔馒头问题为中心展开与生发的。崔校长很感慨，也很激动。他说，"我们每个老师尤其是班主任都是做学生思想工作的，这个工作要做细做活做到位，要深入要深透，要触及灵魂，须知我们在座的每一位都是灵魂的工程师呵。"

　　讲着讲着，崔校长围绕着"灵魂工程师"大发感慨了，联系他的"黄埔"一期、二期、三期，阐发他的感受体会或曰经验之一，之二，之三……

　　崔人怡校长的招数和即兴讲话不久就在政教处主任的笔下变成了洋洋洒洒几千言的典型经验材料打印了出来，呈到了上边。随后，崔人怡校长便在全县的学生思想政治工作经验交流会上洋洋洒洒地介绍其经验体会了。听过的人尤其欣赏这经验材料的标题做得精：《灵魂工程师的新课题》。有人给正讲得唾沫横飞的崔人怡校长递条子："请问，当年黄埔军校的校长何许人也？今在何处？"崔人怡垂下眼瞟了瞟台下的递条人，乃是一年前因不捧他的脚而被他撵走的原政教处主任。崔人怡校长眯缝着小眼，扫一眼那字条，脸色骤变。

　　递条的人在台下捂住嘴巴哂笑："是不是触及黄埔新校长的灵魂啦！……哈哈……"

　　就在崔人怡校长介绍经验后的第三天，赶早进校拾馒头的主妇又趋之若鹜了，三三两两地说说笑笑满载而归……

　　可校园里再没出现崔人怡校长巡视早餐的身影。却也有人巡视，换了另一拨人。他们都比崔校长的官儿大，其中有教委的纪检书记，有质量技术监督局的局长，卫生局和公安局的局长副局长等。他们用审视的目光前来调查考察。他们进了教室又出了食堂，走访了老师学生，又去找厨房工友……

之后，这一行官员随即去了医院，那里有两名"黄埔"三期的学生因吃了霉变的面粉做的馒头而中毒住院，上呕下泻……

崔人怡校长已被停职审查。眼下他正趴在教委纪检监察室的办公桌上写书面交代，已经写了三遍了，没过关。教委的一把手和县里主管教育的副县长很气愤地把他的检讨还给他，副县长一脸森严地说，老崔呀，我们开诚布公地给你讲，你的问题恐怕不只是个领导责任的问题，你必须深刻认识，彻底检讨，必须触及灵魂……

"灵魂！"——崔人怡的心倏忽间缩紧了。他在会上会下人前人后常用的一个词，此时此地像利刃一样刺得他的心在颤栗，在痉挛……

崔人怡下意识地勾下了头。面对带有几分愠怒的上司，他的整个身心都在颤栗，他的声音尤其显得苍白与沮丧，似乎还夹进了几分怨尤与乞怜："我毕竟……"

教委主任的脸板着。副县长威严地接过他的话头："老崔呀，过去归过去，现在归现在，此一时彼一时，成绩是成绩，问题是问题，芝麻抵不得豆子账的呀……"

副县长顿了顿又道："我问你，你们去年盖的教学楼都有几层呀？"

崔人怡讷讷地："七层呀。"

副县长揶揄道："可人家说是十层。"

崔人怡嗫嗫嚅嚅道："七层，分明是七层嘛。"

主任沉沉地插进话来："有人说还有三层盖在城东沿河大道18号！像发馒头一样发起来的！"

崔人怡眨了眨小眼睛，勾下头去。原来，学校盖七层教学楼，崔人怡盖了三层小洋楼，都是同一个基建老板。小洋楼还先期竣工。

经查实，崔楼的三万元地皮费即是基建老板给的"好处"。个中猫腻，乃是被基建老板遗弃的黄脸婆吵架中抖出来的……

又经查实，崔人怡校长利用职权，购买他一个远房姨侄的劣质面粉，两年多里共接受回扣贿赂二万六千余元……

崔人怡在他最后的一份交代里说，他那个远房姨侄其实开的是二级批发店，他上头的那个批发部老板乃是本县常务副县长的二舅……

"黄埔三期"中的一个严重中毒者的腹泻终于没能止住，三天后死于中毒性痢疾。

崔人怡蔫蔫萎萎地被反扭了双手关进了看守所，他的躯体，连同他的灵魂……

[原载2005年5期《野草》（浙江绍兴出版）]

生 命 线

　　H校高三月考总结汇报会上，文科1班班主任Q的发言有些低调：全班67名学生中，男女几乎对半，生态倒是平衡，可学业成绩极不平衡：前10名中清一色女生，令一大批阳光男孩心中失却艳阳天；后10多名也几乎全是女生，也让另外的小半边天没法撑亮。说到这里，Q不无伤感地说，这小半边天非但没有亮色，简直一片阴晦，并且出现了一种异乎寻常的"惧考"现象：每逢月考，考前考后总有那么一些女伢子眼皮先是垂着，继之肿着，鼻子酸酸的，一个个都或公开或隐匿或明或暗地哭了。Q说，我归纳此种情形为"哭考"现象，就像封建时代那些不满包办婚姻的女子"哭嫁"似的……校长P插进话来问道：你分析她们为什么哭呢？Q如数家珍地摆了三种原因：一是基础差，知识底子薄，经不得考；二是心理素质差，脸皮薄，不敢面对那令人羞愧的玩尾巴考分；三是陷在上不着天下不着地欲上不能欲弃不忍的困窘中进退维谷……校长p好像听得有点不耐烦了，连忙插话："好了，好了，你讲的这些都是面上概括吧，有没有典型个例，具体解剖一下？"Q随道，"有呀，有面就有点呗，我的汇报就是点面结合的，我这里正要切入点上，校长刚好问到这儿了，那我也就和盘而托了：本班就有这么一个女生叫王雁，今天上午竟离校出走了！"P校长的眼睛顿时瞪大了，保养得颇滋润的脸上旋即牵扯出一束皱纹和疑虑，迫不及待地打断道：这个王雁是什么背景呀？家是农村的还是城镇的？父母是做什么的？……迎着p校长连珠炮似的一连三问，Q立马回话："王雁是山区农村来的，父母种田打土，没听说过有什么特殊的背景。"P校长似觉Q误会了他的意

思，以为是了解该生有无一官半职的社会关系背景，因为如是这样，似乎显得有点儿势利眼了，连忙就"背景"一说做具体解释："我是问你这个王雁出走的背景，比如说有没有与同学或老师发生什么矛盾呀，冲突呀，或其他的偶发事件呀，不是指她有没有姑爷舅父当科长局长的背景……"Q释然道："矛盾？冲突？——没有吧？——呵"，Q忽儿从一种深邃的思索中洞开一线天："哦，是这样，也不能说完全没什么背景，上两个星期吧，学校开运动会的时候，说是发生过这么一件事：这个王雁呢，她是参加400米接力的，据说比赛前她因为疏忽忘了拉T恤衫的拉链，露出了胸罩，惹得一些个好奇的男生过了一次笑的足瘾……此后，王雁便一直阴郁着，很沮丧。再加之这次月考又排名倒数第三，就更是雪上加霜了……"Q动容地描绘说，"我记得那天公布分数与排名时，王雁的眼睛就看不到了，她紧紧地趴在桌面上，嘤嘤的啜泣声从掐紧了的手指缝里隐隐淌溢出来……"见P校长和同事们听得很专注，Q紧接着肃然道，据一些女生反映说，那天中午王雁又在寝室里哭了，一边哭还一边喊着：'姐啊，姐，我对不起你呵……'"P校长连忙插话："她姐又是什么背景呀？"Q如实告之："关于她姐的背景我可就不清楚了，王雁也从没跟我提过，也没见她姐来过学校找过她或找过老师"——为了表述得更准确，Q接道，"当然也不排除在我的掌握之外的情况……"

"你散会以后赶快与王雁的家长取得联系"，P校长指示说，"要快，直接的也好，间接的也好，电话或托人带信，反正要迅速与家长通气，明确三点：1）确保该生的人身安全，防止包括由主客观因素导致的各种意外；2）学校不对该生的出走行为做任何追究，返校学习，欢迎；辍学，表示遗憾，但尊重选择；3）在此前提下，王雁的未来发展走向学校不再承担任何责任……"Q洗耳恭听校长的指示，并认认真真地在工作本上"刷刷刷"地走笔记录，且时不时地朝着校长睐眼蹙眉，以示领悟会意。Q的这幅情态似乎又像催化剂一样反过来促成P校长情绪的激化与升华，P校长继之敦促Q说，这样吧，你可以提前退会了，赶紧去处理王雁的事情，一定要跟人家讲清楚，约法三章，明确责任界限，割断尾巴，不留后患……

Q握着夹有钢笔的工作本连忙起身。别的班主任时不我待地紧接着发言。可P校长的注意力好像还被Q手里的笔记本牵着，Q走到门边时，P校长叫住他盼咐道："你听着，处理王雁的事情一定要注意策略，讲究方法；另外，班里的复习迎考不能因王雁事件受任何影响，特别对那几个种子选手要死死盯住盯紧，所谓紧就是从起床到就寝全天紧，全天候，明白吗？——"Q紧急立定在门边，侧过脸来聆听校长指示，P校长又马上接上了："……还要注意为几个尖子生创造或者说优化学习环境，得留心他们平时都跟哪些学生在一起，包括买早点上厕所有没有差生掺和，千万不能让差生给搅和了，搅浑了……好了，你先走吧，走吧——"P校长打发走了Q，随即转向其他几位班主任说，"你们当班主任的对这些情况都要心中有数，什么叫做扎实细致的工作呀，细就细在这些方面，当然还远不止这些，还要更细些，比如说学生中午在干什么？晚上6点钟读外语前在干什么？这两大块时间可不可以看书，可不可以做题？……"P校长顿了顿，语气忽儿平缓了许多，好似转入了自己的经验之谈："我当过十几届的高三班主任，不是要夸张，完全是实话实说，或者叫现身说法，当高三毕业班的班主任哪，工作要细到什么程度呢？精明细致的班主任就连学生起床后讲他们头天晚上做的什么梦，哪个学生说过什么梦话他都留意——日有所思夜有所梦呗！夜里的梦吆可折现学生日之所思所为呗！当然不只是停留在观察了解上，更要有的放矢地做好做细相应工作，还要因人因事制宜，总的原则是鼓劲，打气，排除干扰……对于那些升学希望不大的学生主要是做稳定工作，稳住他们的心，稳住他们的身，不让他们影响学习环境，破坏学习氛围。"讲到这儿，P校长饶有兴味地接着说，"我最近从电视和报纸上看过几则这样的报道，好几个三十大几四十老几的商家老板，有男也有女，先前因了各种原因没能和学校结上缘份，等到他们赚了些钱发了点小财也尝过没文化的苦头之后，再回头插到小学或初中的班里'补火'，可以用这些活生生的实例来开导启发那些不读书没希望的学生。对于那些个女生，你甚至可以对她们如是说：文化知识也是你们的

身价砝码哩，哪怕你日后南下打工什么的，就是当服务小姐，你有文化，素质高才能陪高级客人，才有高收入耶……"

P校长延宕发挥到这份上，脸上显出些许腼腆的笑容，在座的班主任们也朝他睐着带有同样笑意的目光。行至门边的Q也是带着这笑意而离的。

又一位班主任K在P校长"耶"的尾声里随即在膝盖上摊开了他的小本本准备发言。片刻的静场似乎加剧了他原本就有几分紧张的情绪，他的声音有点儿颤栗。他首先通报班上的人数："开学时班里57人，两次月考后大浪淘沙，走了3人，这次月考后又走——""什么呀？——"P校长紧急打断K："我说你真是屁弹琴，怎么越考越少了呢？"K主任的脸上显出了尴尬的红晕，连忙胀红了脸解释道："校长，走的客都不是上馆子的角，兜里空空如也"，见P校长在耐着性子等候他的下文，K主任于是正色道："我这比喻也许差劲，蹩脚，可走的都不是读书的料，是金字塔塔底的卵石……"P校长按耐不住了，霍地站起身猛一挥手打断道："我说你真是屁弹琴，没有塔底，哪来的塔尖呀！大石头还得小石头扶吧？他成绩再差，花名册上总有一格吧，收费栏里总少不了一行吧？你知不知道，成绩差的学生往往比成绩好的交费积极得多……"讲到这儿，P校长以一种高屋建瓴的姿态展开他的宏论了："我说要你们更新观念，要树立市场意识这不是抽象的呀！说白了，学生是我们的上帝，是你我的衣食父母呢，知道么？这就叫市场意识产业意识知道么？这是一种全新的理念知道么？……你们想过没有，仅凭国家给你的那一份饿不死的工资，你讲话有这么大的口气吗？没有生源你就是无源之水，无本之木，你就要枯竭呀，衰败呀。大家可以算一笔账，减少一半学生意味着什么呢？意味着你干一个月只能拿半个月的钱，懂吗？……没有学生，早餐收入，小卖部收入，还有补课费，资料费，等等从哪里来？你总不能让我这个当校长的领了你们拦在国道上去收费吧？……"P校长越说越激动，好似从历史的隧道里钻出来，披了一身历史的风尘与沧桑道："过去曾有一个很响亮的口号叫'生命线'，生命线自然是维系生命的啦，生死攸关的啦，还有什么比这更重要的吗？我今天也想借用这个词来形容一下，学生或者说学额也就是一所学校的生命线啦，你想想看，没有学生，学校这块牌子怎么挂？你老师往哪里摆？——这就叫皮之不存，毛将焉附嘛！你赶走学生，就是甩你自个的饭碗呢。"P校长讲到这里，觉得虽然彻底，却也太直露，忽儿又一下上升到哲学理论的高度上加以论证："当然我们又要辩证地认识质与量的关系。有量才会有质。反过来，有质才能有量。所以说，学生进来了，还得让他学得好，教学质量上去了，升学率上去了，才能吸引学生上你的门，才有学额，才有量。这是一种良性循环规律。反过来也是这样。所以我们既要抓质量，又要保学额。大家掂量清楚了，就不会拆自己的台。"P校长在经过了这样一番既深入浅出又鞭辟入里的论证之后，以一种无庸置疑的语气指示道："……所以我说K老师呀，我得责令你给我追回那几个流失了的学生，今后决不允许流失一个学生，哪个年级都不例外，哪个班都不例外。哪个班流失了就扣哪个班的班主任津贴！不扣得你心疼了，你没法理解'生命线'！"

众班主任的汇报和P校长的即兴插话指示交替进行，情形是同中有异，异中见同，个性与共性的统一。P校长区别情况做有的放矢的分类指导，虽然说东道西，但无不打水落泥，紧紧扣住"生命线"这个大主题。P校长自我感觉从理论和实践的结合上讲清了问题，廓清了认识，大家都心明眼亮，高三复习迎考的工作会扬起顺风帆，自信与自得写满P校长保养极佳的整个面部。

这次月考总结汇报会即将结束时，那个奉了P校长之命紧急调查处理王雁出走事件的班主任Q忽儿又折了回来，于是话题又回到王雁这个焦点上。Q面带难色地禀报校长说，这一时半会要找到王雁，或是弄清她去向的准信都不大现实，再说我也不能为了这一只鸭子而放弃了一群。但他说他会认真落实校长的指示，落实后再做专门的汇报。P校长问Q有没有需要学校帮忙的，Q说那倒不需要劳驾校长什么，只说他刚才翻了一下班工作札记，又忆起关于王雁的一件事来，也可以说是一个教训吧。Q说王雁文化成绩不怎么样，可她歌唱得不错，据说初中起就一直是班里的文艺委员。可进高中后无人问津，她个人仍保持着这种爱好，同学说即便是课前10分钟唱歌，王雁的歌声也独树一帜地让人感觉得出来。高二分科时，王雁选报了音乐小专业。可在做专业测试时，音乐教师N也许是见她其貌不扬、形象欠佳、对她另眼相看，把她给打入另册了。对此，王雁很不满，很抵触，有同学见她在一本教科书的扉页上写过这样一句话："N老师，总有一天，我会叫你承认我，接受我的，你等着瞧！"Q讲到这不无感慨地说："这不能不说是遗珠之憾哩！专业老师怎能以貌取人呢？……"

P校长对Q提供的这个反面教训很感兴趣，他颇有兴致地接过话头即兴发挥道："大家听听，大家都听明白了吧，凡是学生就都有自尊心，上进心。我们做班主任做教师的就是要因材施教多做披沙拣金，点石成金的工作嘛，不能埋没人才耶！……"

按照惯例，月考总结会后有一顿颇为丰盛的工作餐，可这次免了。P校长只字未提，其他人更不便插嘴。大家在走廊里走散时难免叽里咕噜。有人说，P校长心里压着王雁这块石头，哪有心思吃呀喝呀？还有人说，开学两个月，招待费已破万元关，也只能外松内紧啰！

刚散会的人们正在七嘴八舌地释放各种感觉，P校长忽从后边追赶上来，猛拍一下Q的肩膀道："王雁——有消息马上向我报告，记住了？"

Q转过脸郑重答话："记住了，记住了。"

第三天下午，Q风急火燎地赶到校长室汇报了。Q显然动了恻隐之心。他的声音有些凄楚。其汇报内容的要点是：王雁的父亲是个残疾人，母亲也多病，其学费全靠在广东打工的姐姐提供。最近听说她姐也病了，住院了，且得的稀奇病。P校长瞪大眼睛插话："什么病？"

"艾滋病。"

"那就完了。"

P校长嘘了一声，失望地朝老板椅上一个后仰，双手托着后脑勺。

Q接着补充说，所谓出走，其实是王雁得知她姐住院后赶去服侍她姐去了。这情况是学校对面的小吃店的老板娘提供的，王雁走之前在她的店里打过一个电话。打完电话便哭起来。老板娘问她怎么回事，她便如实说了。

P校长又忽儿从躺椅里反弹起来，好似这一信息触到了他的"生命线"，P校长目光如炬地紧紧盯住问：

"王雁这期的费用都交清了吗？"

Q的某一根神经好像也被触动了。他瞪大了双眼愣愣呆呆地瞅着P校长，好一会没有出声……

面 具

段考总结工作除了统计各科考分，排出名次，确定前5名报学校表彰，前15名班里表彰，特别是还要做好后进生的稳定工作之外，还有一个对段考操作中出现的违反考纪考规事件的处理问题，这个问题涉及的人数不少，作弊的形式五花八门，大宗手段为交头接耳，递纸条，染此者不在半数以下，得抓几个典型，处分教育，以儆效尤。

从监考记录中发现，有名有姓有"事迹"记载的有七八个。而这其中"作案"频率最高的集中在一个学生身上——所以，班主任涂刚决定拿这个学生"开涮"了。

这学生姓陈名铁，生就一副篮球运动员的身板，年仅17岁，个子已超出1米75。同学们说他瞄准了空中发展。各门功课，尤其是语数外他几乎都很糟糕，任课老师讨他的作业都讨得烦了，简直像讨债一样。比如作文，星期一说星期二交，到了星期二说明天交，到了星期五，陈铁不好意思了，老师无可奈何地冲他一笑：星期八能交吗？陈铁沉默半刻，似乎在心里紧张地数了数日子，认定星期八是哪一天，这才满有把握地回答老师，终于在下周一等在语文组门口交了作文。

这陈铁的段考作文竟与另一个学生的几乎一模一样。语文老师认定，十之八九是抄的那个同学的。40分的作文，语文老师还是给打了20分。数理化的状况简直糟透了！科科记载舞弊，均有监考老师签名。数学是抄书，物理是传纸条，化学偷看资料。

班主任涂刚把陈铁叫到了办公室。先将这几科监考老师的监考记载状况出示给陈铁。陈铁勾了头，垂了眉，呆呆地站在那儿不言不语。涂刚问：你怎么科科作弊呀？你还是个学生吗？都像你这样，那还考得成器吗？那不乱了？反了？劈头劈脑的几个问题压过来，陈铁的头又勾下去了许多。涂刚开始进一层分析陈铁作弊的危害，一是欺骗自己，二是欺骗老师、家长，概括起来是自欺欺人；三是败坏了考风，影响了学风、班风、校风，如此这般不学无术，将来走向社会于国家于自己都不利，一害自己，二害家庭，三害国家。涂刚问陈铁："你说是不是？"陈铁说："是，是。"涂刚再进一层剖析陈铁作弊的原因：一是没认真读书，心中没底，考起来心慌发怵，只好搞邪门歪道；二是虚荣心强，怕考分低了，同学笑话，老师批评，家长指责，于是走捷径，三是……涂刚稍稍顿了顿，边思索揣摩边措辞推理："当然也受环境影响，以为现在考试都这样，高考也有作弊的，大学里也有作弊的，你也赶潮流来了，是不是？"陈铁连忙答道："是是是。"涂刚接着论述："你为什么就不学好样呢？对消极腐败的东西你怎么就那么敏感地同化接受，对积极进步的东西你怎么就无动于衷呢？"涂刚接着归纳两点告诫陈铁："对前者（指消极腐败的东西）我们不能随波逐流，甚至同流合污，而对后者（指积极进步的东西），我们要跟上形势，甚至趋之若鹜嘛……对不对？"陈铁的头稍稍抬起了点，眼睑也似略略上挑了点，那意思似乎是想问：这问题要不要回答？涂刚已经看见陈铁愣愣的目光了，连忙做结："当然应该这样啦，是不是？"陈铁这下迫不及待地接上："是是是。"

涂刚训示一番后，摊开了处理方案："第一，你写出深刻检查，在班会上检讨；第二，通知你的家长来校，与家长通气，与家长协调教育；第三……嗯"——涂刚想了一阵，似乎没想出合适的条款，加之兜里的呼机"哒哒"叫起来，便煞尾说："今天写检讨，明天通知你家长来校，就这样——总之……"涂刚带总结性地结束他的训话：你要理解，老师可是恨铁不成钢呵——"

可陈铁第二天交检讨书时却怎么也没找着涂老师，那天的课也是别的老师给代上的。

第三天也是如此。据说，涂老师请了假。

陈铁庆幸：兴许检讨可以免了。

没人知道涂刚请的什么假，本来好好的，说是去地区医院查病，说身体不舒服好些日子了，在县医院吃了好些药不见效，得进一步检查……教导主任说他只能批一天假，涂刚于是又去了校长室……

涂刚的妻子在学校食堂做事，关心她的同事姐妹自然要关切地打听：涂老师患什么病了？不要紧吧？

涂妻是个直肠子，她抿嘴笑了笑："看什么病，给人帮忙去了！"

"帮忙？——帮什么忙呀？"

涂妻干脆透了底："一个表哥考成人本科——"

姐妹们"呵"了一声。释然地笑了。

涂妻当然有没透露的："代考费，每科200元！"

周末，涂刚完成特殊使命回校。表哥打电话来，无论如何今晚要陪老弟去潇洒潇洒，洗洗尘。

富有戏剧性的是在县城最豪华的皇冠舞厅门口，涂刚遇见了他的学生陈铁。师生隔了这几日，在此时此地见面，彼此的目光都有些愣涩。

但陈铁还是叫了一声"涂老师"，涂刚"嗯"了一声，也没问陈铁怎么到这地方来了？

殊不知他俩都是与"表哥"沾亲带故之人。

涂刚和陈铁在一张有机玻璃桌面的圆桌边就餐。有一位穿着入时的漂亮小姐正在忙着摆水果，拿饮料，开心地拾掇着。涂刚的"表哥"——市委机关的小字辈，办公室副主任也帮着拾掇，打着下手。主任风度怡人，笑容可掬。

更富有戏剧性的是，涂刚的表哥和涂刚的学生几乎同时指着漂亮小姐给他做介绍。表哥说："这位是一位同学的表妹，她表兄就是监察局的副局长徐钢，他让我先代为谢你，这两天辛苦表弟你了——不过还真巧，你们俩一个徐钢，一个涂刚，年龄，长相也差不多，身份证上还真难分出来，真乃缘份呵——"

听着"表哥"的这番介绍，涂刚心里捣鼓了。还没来得及做出反应，陈铁指着漂亮小姐介绍说："这是我二姐，"又指着涂刚："这是我的班主任——"

涂刚向来在学生面前显得严峻的脸这会儿在陈铁面前，刹地"红"了。因为他心里没了底：陈铁是不是知道他捉刀代考收了六百元？天哪！

……

恰在这时，监察副局长携着娇妻满面春风地跨了进来，稍稍寒暄了几句之后，便去取来几只面具，有虎头，猴头，狐头，副局长给每人发一个，开心地说：不好意思呵，每人戴个面具跳，放肆些，洒脱些，开心些，徐钢副局长说到这儿，特地瞟了一眼涂刚道："涂老师，不好意思呵，辛苦您了！"

陈铁这会儿开心了许多，他断定他的检讨八成可免了。

阿 强

阿强到底还是混出个人样儿了。虽说官阶不高，主任前边还加个"副"字，但在这小城里还是让主任前主任后的叫得挺热乎。尽管他这把交椅的"价格"不菲，几乎豁出去好些年的苦心经营与积攒，但他总认定一个字：值。大小是个官儿。人争一口气。为争这口气，不要说抛出去一摞摞钞票，哪怕就是搭进去半条小命，他阿强也在所不惜哩。现如今这口气终于顺了，当年让他怄气憋气的那场面，那情景，那多年来一直历历在目拂之不去，一直燎灼着他的心的那一切的一切，也该了结了结了。这的确是阿强的一桩夙愿。

当年，也是在这座小城里，就在城东的那所破旧中学里，在那间灰不溜湫的教室里，虽然论表现论成绩他阿强都让班主任———位慈眉善目却刚正凌厉的中年女教师常皱眉头，但阿强仗着自己周围聚了一帮子"哥们"的优势，仍一门心思想在班里出人头地，混个什么"官儿"过过瘾。他暗自思忖，做学习委员纪律委员也许不是那么合适对口，因为毕竟打铁还要本身硬；但若是挂个生活委员卫生委员什么的"官衔"还是混得过去的。于是他得意兮兮地发表了一通竞选班委的演说。然而举手投票的时候，果然除了几个哥们大方出手之外，其余便是一片吃吃的笑声。"官"没当上，脸皮丢了。阿强好不恼怒，好不沮丧。蔫蔫的他又去光顾电子游戏室了，成了那儿的常客了。另外，以前本来就常有同学到班主任那儿告状，说在哪儿哪儿比如厕所里呀操场边上呀嘴皮上叼了一支烟，这会儿又有这方面的新发现，有同学见他闷在课桌里吐烟圈……忽儿又有一个女生哭哭啼啼地拉着班主任的手诉冤，说是阿强又给她取了个什么绰号，怪难听的，该女生的眼睛都让眼泪泡成两个桃了……如此这般，每发一次"案"，班主任都要找阿强个别谈话，核实情况，耐心劝教，谆谆告诫一番，之后阿强便蔫头耷脑着认错，写检讨。如此这般，阿强的检讨都累起一摞，都快成检讨作家了。就在那一次周五的班会上，中年女教师抱出阿强的那一摞"作品"，摊放在讲桌上，然后对全班说，同学们，今天不是作文讲评，是开班会，但讲台上摆放着的都是一个同学的作文，一人多篇，写的都是同一个题目，你们猜猜，这个同学是谁，这个作文题目又是什么呢——

"我能猜着。"一个男生用胳膊肘在课桌面上"砰"地一顿，举起了手。

"我也能猜着。"——又一个男生"砰"地举手。

"我也——"一个女生脆脆的怯怯的声音。

阿强的头埋了下去。

中年女教师偏偏这会儿喊了一声阿强，正面向他：阿强，你说说，是哪个同学的，什么题目？

"我的。都是检讨。"阿强缓缓地抬起头，冲班主任滴溜着贼亮的眼珠子。

"完全正确"，班主任说，"阿强同学有自知之明，能认识自己的缺点和错误，这就是进步的开端呗！"

这下子全班几十双眼睛像探照灯似的聚攒于阿强的一脸一身，阿强只觉得浑身上下都火烧火燎的不自在，就像有一盆滚烫的猪血从头顶上扣下来，他的两颊和颈脖整个儿的胀个通红……

"同学们，我们今天的班会不谈这个，不谈检讨的事，批评的事，我们换个新鲜的话题，高兴的话题——"班主任话题一转，用亢奋与激扬的语气接着说，"我们来谈理想，谈抱负，谈将来……"为了让大家更加清楚明白这班会的主旨，班主任又作了个直白的解释："换句话说就是你长大了想干什么？"

还没等大家反应过来，班主任便热情诚恳地一抬手，笑盈盈地对阿强说：

　　"阿强，我们还是请你先谈，好吗？你说说，你长大后干什么？"

　　没想到阿强忽儿扬起了头，响响亮亮地答道："长大当官呗！"

　　"当官？"——班主任善意地微微一笑，语气里带着反问。教室里可听到吃吃的哂笑声。

　　"这还新鲜吗？我们家隔壁的涛涛上幼儿园都想当班长官儿，哭着鼻子嚷着让他爸妈给幼儿园阿姨送红包哩——"

　　阿强发觉四下里这会儿很静，没人插话也没人取笑了，心理顿觉平衡了许多，好像顿时找到了自己争着当班委的理由，正好把憋在肚子里的话全给吐了：

　　"如今只有当官吃香呗！我表哥也就一个副主任，也盖了一栋4层的漂亮洋房，可比我们班主任那鸡笼子宿舍强一百倍哩——"

　　班主任这会儿仍没吱声，愣愣地瞪着阿强。学生中却有人忿忿不平地起哄道：

　　"你表哥八成是个贪官吧？"

　　"班主任也是主任呀，怎么就没洋房？"

　　"班主任？班主任也是官吗？"——阿强扑哧一笑，甩过头去反问他的学友。

　　班主任一脸肃然地郑重发话了：

　　"阿强，你将来要能当上我这个主任就谢天谢地啰！"

　　班主任说完雍容地却又涩涩地一笑，全班同学都跟着笑起来。

　　"猪血盆子"又刹地从阿强的头顶扣到他的颈根……

　　此后，哥们常拿阿强开涮："喂，当官的！"阿强头一扬："你们笑我，我偏要当官！"哥们笑道："你当官可别贪呵！"阿强脱口而出："不贪白不贪——"

　　阿强终于混完了初中。不久，在南下打工族中开始出现他来去匆匆的身影。几年后他回这座小城开了一家店。先是经营那"五元三样"的日杂，卖些个勺子、梳子、指甲钳子之类，半条街上整天都可听到他那半导体喇叭里嚷出的嘶哑的叫卖声。但后来，店门口挂出了"门面转让"的牌子……

阿强去找他当副主任的表哥诉苦，诉讲只想当官的衷肠。先是挨了副主任一顿臭骂，然后是听副主任指点迷津。于是，阿强又把店子弄到了县政府的衙门边。这回不卖"五元三样"了，转做广告策划，再转做电脑文印，县衙里的"官"面孔一张张地熟了起来……

三年过去，阿强的表哥坐上了主任的交椅。阿强则从衙外"挤"进衙内来了。再后来，他成了表哥左右手之一的"副主任"。

阿强终于混上个官儿，如愿以偿了。

当上官儿的阿强首先想到的，便是他那从畸型心理出发的"绿叶"对根的"情意"。他要让他的班主任，那个当年的中年女教师，现如今的半老婆子认一认他，忆一忆当初那情景，她们那些话语，教室里的那片笑声。然后对他刮目相看。当年，那个初中班级的破卫生委员他都没当上，可如今，整个县衙内的卫生都归他管了，每一片树叶都归他管了，因为他是堂堂正正的勤务科副主任。他真想出资让那个半老婆子再替他开一次班会，为他"平反昭雪"，证明他是当官的料，但他又明白这想法又未免不够现实，同学们都天各一方，半老婆子或许都退休了吧，也没这能耐了。见见那个老婆子算了，想必她也还有那记性的，也让她尝尝脸上火辣辣的滋味。让她明白这世上蛇有蛇路，鳖有鳖路。三十年河东，三十年河西。别门缝里瞧扁了人。顺便也让老婆子那脑壳开开窍，知道如今当官是热门，别以为肚里喝了些墨水就臭清高。

阿强开着机关的小车兜着风先去了超市。思忖再三，他选了几盒"脑白金"。这礼物带有火药味，寓意是让老太婆换换脑筋。知道世人怎么就想着当官。当官的都有多厚的油水。老实说，他阿强也开始"扭亏增盈"了。他没法抵御那些个诱人的红包，更没法抗拒那可餐的秀色。他新官上任三把火，是明里也烧，暗里也烧，也许口碑不佳，也许半老婆子闻之一二，可又奈之若何呢，她管得着吗——

阿强的小车一阵风似地风驰电掣般地驶进了城东的那所中学，又一阵风似地掀着喇叭一路张扬着"嗖嗖"地驶入了教工宿舍区。

阿强冲冲地敲开了班主任老太婆的鸡笼子式的宿舍门。他看见的仍是一张慈祥肃穆的脸，只是苍老了许多。

"老师，你还认识我吗？"

"怎么不认识，你是阿强呗！"

"对对对，谢谢您能记着我。"阿强见班主任还能记起自己的名字，一时有些得意，顿时一改原来的思路，逢场作戏似地接着道："就凭这些年了您还记着我这个不争气的学生，我也该来看看您，报答您。"阿强边说边从包里取出"脑白金"，道："这点小意思，是学生的一点心意，我阿强能有今天，得感谢您当年的栽培啊——"

"别这样，别这样，今年过节不收礼嘛！"老太婆似乎悟出阿强此行有点徒弟打师傅的来者不善的势头，有意插科打诨，想缓和一下气氛。

不料阿强更得意地反唇相讥："收礼只收脑白金呗！"

"好吧，好吧，我收，我收。"老太婆只好识时务了。

寒暄几句之后，阿强七扭八拐地将话题绕到了"官"上，滔滔不绝地絮叨机关里怎么个忙，时间怎么个紧，情况怎么个复杂，要不然早该来看望老师的，一捱再捱，一拖再拖，真不好意思，还是无官一身轻……

阿强把"官"字念成重音并也斜了老婆子一眼。

老婆子心领神会地迎着阿强的浅薄轻轻一笑，姑且让这不善的来者喧宾夺主。

临了，阿强从笔挺的毛料西服里掏出他的名片毕恭毕敬地递给老婆子，边递边道："老师您有什么困难需要帮忙的，您尽管开口，有什么要求尽管告诉我，打个电话就行，这上面有我的电话号码，办公室的，家里的，您打哪儿都行，学生我虽只是个半粒芝麻官，"阿强再一次将"官"字加重了当着一记重炮轰击老婆子，见老师果然接过了名片，兴致更高了，再一次不失时机地升华主题："有什么难处，有什么要求你尽管开口，尽管打电话，千万别不好意思，千万——"

阿强连发了几个"官"炮，也该鸣金收兵了，他感觉老太婆也心知肚明他此行的真正用意了，余下的也只好让她自个儿闷在肚里消化他的几发"官"炮了，也让她来个消化不良……

　　阿强扬着一副胜利者的骄矜之态起身告辞，老太婆从容淡定地随口道，"慢着"，语气里透着郑重与庄严，"阿强，你等等——"

　　老太婆边说边走进书房。

　　阿强一愣，立定在那儿，他睨一眼老太婆的背影，心里窃笑道："知识分子就是虚伪，明明有要求，还不好意思开口……"

　　一会儿功夫，老太婆出来了。手里握着一个信封。

　　老太婆的脸色很严肃，语气更庄重："我的要求都写在这里边，你回去以后再仔细看看，好吗？"

　　"好哇——"阿强得意兮兮地接过，夸张地点点头："告辞了。"

　　当那辆小车屁股后边的一溜浓烟消失在校门口时，阿强按捺不住地掏出那个信封，迫不及待地抠起来，边抠边在心里嘀咕："这老太婆真不知趣，给她一棒槌她还当针（真）哩！"

　　阿强从信封里抠出了几张硬铮铮的钞票，一数，刚好是那几盒脑白金的售价！阿强还从信封里抠出一张纸条，展开一看，上面写的是：

　　"我要求你好好做人！"

　　……

　　阿强的脑袋顿时"嗡"的一声，又像是猪血盆子从头顶扣下来。

（2002年暑期）

今夜无眠

"今夜无眠——"周冰倩的《今夜无眠》唱得婉转缠绵，柔美动人，T不止一次地尽情欣赏过，却不曾有过"无眠"的体验，倒是那绵邈无穷的余韵每每将她带上梦中的珊瑚岛。那叫艺术欣赏。那叫罗曼谛克。

今夜，现实中的T，正真真切切地体味着"今夜无眠"。她独自一人。在这个深夜。四周万籁俱寂。女儿在 隔壁睡得正酣。她关严了门，拉紧了窗帘，低低地放着周冰倩的"今夜无眠"，她企望沉醉到美妙的曲子中去，进入那往日的"珊瑚岛"；尽管T着意地这般地努力了，再努力了，然而仍然不能……

T刚从一个充满了时尚气息的舞会上归来。她的裙裾上似乎还流淌着那意犹未尽的余波。舞会之前是颇为丰盛的饭局。三十多岁的男主人恭谦地欠着身子给她面前晶亮晶亮的高脚杯里斟满了殷红透亮的香槟酒，之后是频频地举杯敬酒，频频地提箸夹菜，简直让她应接不暇。她的脸上荡漾着矜持的笑靥，她当仁不让，受之不愧，因为自己是有功受禄……吃也罢，舞也罢，旋出舞池时塞给她红包也罢，她全都一条龙似地欣欣然打了收条——须知这是她下午3点至5点在英语考场里紧张而有序地笔走龙蛇之酬劳。代人捉刀，枪手。专升本连带评职称。决定人家的前途，改变人家的命运。准拿高分。没有高分又哪来高酬？——T的英语水平在这小城里可是出了大名的。

T对女儿的功课也盯得很紧。一早一晚，上学放学，开口便是"抓紧点呵"。每每她当枪手归来，吃得喝得满脸红光灿烂，舞之蹈之得尽兴尽意了，兜里的红包揣了个实实在在了，T会因势利导地开导女儿说："知识还是值钱啦！你没知识没本事，人家能请你去白吃白喝白拿吗？——妈又不是当官的！……"每每话说到这儿，T的眼角嘴边难免露出几许的黯然神伤，女儿似乎听得明白也听得透彻了，动容地朝她眨巴几下大眼睛，像星星那样闪烁几下，然后或是无声地扒饭，或是黯然地写作业。T很欣赏这无声胜有声的境界。

对女儿的学习与成长，T既管得紧，更管得细，管得到位。除了老师布置的那一大摊子作业外，T亲自过目的还有每天雷打不动的日记。她要求女儿写成生活札记，带点儿文学色彩，既要具体实在，又要灵动鲜活，不能记流水账。她告诉女儿，太阳每天都是新的，世界上没有完全相同的两片叶子。T认为督促女儿写好日记有诸多好处，除了训练文笔、训练观察与思维外，更能把握孩子的心理脉搏，成长轨迹，尤其女孩子……T想再稍后些，或者具体地说等她进初二时，她的钱攒够了，再给女儿开一门新课——钢琴。如今这个时兴，上品位。有一次在T当枪手归来的亢奋情绪里不经意地透露给女儿这一信息时她发现女儿除了兴奋，也很受鼓舞。因为在妈妈眼里，女儿的那一对美丽的大眼睛比任何时候都眨巴得晶亮。

这晚，T以枪手的身份宴罢归来，尽管疲惫不已，却也亢奋不已。她仍没淡忘她督学的责任。她悄然地走进女儿的房间。轻悄地捻亮了台灯。写字台上的一摊子井然有序地摆放着，静候着。一种快感在她心底里升腾上来。这种环境氛围和心理氛围构成一种意境，诗意一般。台灯平静与柔和的光亮映着女儿熟睡的脸。很甜，很满足的那种。T很满足，很陶醉，因为女儿很严谨，很用功。T像欣赏一幅美术大师的名画那样凝视着女儿熟睡的姿态，浅浅地抿嘴一笑。然后她悄然地坐在写字台前，轻轻地打开了女儿的日记本。

"×年×月×日星期×晴

我今天到校早，教室里仅三四个同学。男生甲一进教室，甩下书包，便用一种莫名的眼光瞅我一眼。然后跟男生乙搭讪道："考考你——你知道什么叫枪手吗？"男生乙随道："替人考试呗，弄虚作假，电视里常有。"男生甲说："我说的不是电视里，是我们周围。"男生乙诧异："我们周围？谁当枪手了？"男生甲耸耸肩头挤眉弄眼诡秘地道："谁知道呢？"……稍后又道："你知道吗，枪手可杀黑哩！吃了喝了唱了跳了还要拿——"男生乙问："拿什么呀？"男生甲忿忿然道："还有什么——红包呗！"男生乙问："你怎么知道这许多呀？"男生甲冲冲地抖落说："我医院的叔叔评职称，要考英语，请个枪手，女的，花了好几百！——我叔说比请三陪还贵！"男生甲说到这儿，忽又斜睨了我一眼，然后走过去拍一下男生乙的肩："不说了，反正一枪也挨了——"

俩男生随后走出教室，肩挨肩地走进走廊，压低了声音嘀咕开来，看样子仍是刚才的那个话题……

我大惑不解的是，男生甲干嘛要用那种眼光瞅我睨我呀？关我什么事，招他了，还是惹他了？

莫名其妙……

我……

……

T的心跳猛然加快了，她周身的每一根神经都骤然绷紧了，她几乎听得见自己"怦怦""突突"的心跳。台灯的光亮依然无比柔和，平静，可T的心里却像黑夜中的大海波翻浪涌，激荡澎湃,俨如乌黑的巨浪撞击灰暗的礁石……她茫然地盯住女儿的日记好一阵，脑子里顿觉一片茫然，一片混沌……刚才她逐字逐句地审看女儿的日记，眼下那一字一句就像钉子一样刺着她的心。她好像没有勇气再正面看一眼女儿那熟睡的甜甜的脸。她猛然记起来，昨日中午的饭局上，主人提及过他的侄子在××校上初一，他爸很想给他请个英语家教……她当时只是不经意地"哦"了一声，溜出一句"我女儿也在那所学校"……她旋即举起杯子，把话题给岔开了。没想到这么巧……

T无奈地合上女儿的日记本。然后站起身，给女儿披了披被。然后她轻轻地摁灭了台灯，静静地伫立在这片静谧里，黑暗里。她茫然四顾，心乱如麻。

　　她不知道她是何时回到自己房间的，怎么回的。她只知道一进门，也没摘下腋下的小坤包，便整个儿地仰倒在席梦思上了。她拉过毛巾被来蒙住了头。她蒙在毛巾被里呜呜直哭。她边哭边喊（这是她憋了很久之后的爆发）：为什么会这样？为什么要对我女儿……为什么只许州官放火？……她的丈夫也曾是个"州官"，一年前她们翻了脸，分了手。看似偶然，实是必然。她丈夫是交通局长。前年春节，上门给这位"州官"拜年的络绎不绝，一摞摞红包涌进她们家。作为主妇的T一边指导女儿练英语听力一边忙于接待客人，她难免顾此失彼。她隐隐约约地读到了局长的那幅挂着愠怒的脸。待香客们走后她和丈夫清点红包时，丈夫递给她一个挑战型的轻蔑眼神："你说权力和知识哪个更值钱？"T顿觉受了羞辱一般，一手拂去桌上的红包反唇相讥道："你说清白和肮脏哪个更值钱？"交通局长恼羞成怒，一气之下狠狠地搧了她一个耳光！读英语的女儿给吓得大哭起来！结果，这一耳光搧掉了这个家庭的一切，一个教师和一个局长之间的一切的一切。T心里当然明白，这160平米的四室两厅豪华大套间里，她挣的那点工资值不了几块地板砖，所有的富丽堂皇几乎都是权力辐射的光芒！就在那一刻，这满屋满眼的富丽堂皇都在她的眼里黯然失色了，也游离了她的物质与精神世界了。T十分冷静十分理智地对交通局长的这一耳光做出反馈说："好吧，我一个平头百姓的两条腿是怎么也配不上敌不过你交通局长的四个汽车轮子的（这话给人的印象是借用电影《南征北战》里国民党军长的话及其意而用之），你奔你的阳光大道，我走我的独木桥！你凭你的大红印把子发财，我凭我的穷酸知识活命！"随后，T毅然搬到了她供职的学校去了。之后，交通局长东窗事发，被撤职查处。再之后，T起诉离婚，二人分道扬镳……再后来，是T在沉默中爆发，从低谷中崛起，她重新审视社会，审视环境，重新认识自己，开发自己，她要使出全身解数发光发热，兴业兴家，让那个下台的腐败局长睁开眼睛看看她的一道风景……她开始联系外语家教，一家两家三家……夜里家教精神焕发，白天上班萎靡不振……她开始代人捉刀充当枪手，从县城考到地区，不断地变换照片名姓，一次次接受警察审视小偷的那种目光，那种尴尬和无奈，久经"沙场"……之后她获得了完全属于她的80平米套间，虽然谈不上富丽堂皇，却也宽敞明亮，整洁光亮……她正在紧锣密鼓地筹划着女儿的钢琴，决计选一台进口的，最好的……她想象着未来的生活将更加有声有色，她憧憬着明天的日子涂满了五色油彩，然而……

T就这样天花乱坠地想着，时而姹紫嫣红，时而雨打芭蕉，剪不断，理还乱……她的眼前甚至幻化出这样一幅清晰无比的画面：有那么一天，她终于攒够了钱，豪华典雅的进口钢琴已经摆在女儿的房间里了，然而女儿的脸上并没有春和景明，反倒是秋风萧瑟，女儿那过早地沉郁的目光里似乎还流淌出了当初她那交通局长的父亲眼里的几许轻蔑……女儿的脸总绷着，不舒展，但怎么也抠不出何以如此低调的说辞……但很快，T便从女儿的日记里找到了答案：原来当听说她们家买了钢琴时，不少同学用嘲弄的语气打听道：你们家的钢琴是什么牌子呀？是不是"枪手"牌？

女儿傻眼了，美丽的大眼睛里涌出委屈的泪……

真可怕！完全可能是这样！可为什么会是这样呵？……

T不敢再往下想，她有了套间，有了钢琴，会不会失去女儿？会不会忽儿有一天，女儿扔了钢琴，扔了她，从这儿搬出去？……

T不敢再往下想，但她又不能不想……

……

"今夜无眠——"周冰倩优美的旋律在她的心海里荡起涟漪："今夜无眠——"那兴许是因为喜悦，因为激动吧，可我……

T今夜无眠，却是被惆怅，被失落，甚至被惶恐围困了，严严实实地给包围了。

其实这种被围被困的感觉她一次一次地经历过体验过，她曾一次又一次地接受过警察审视小偷的那犀利逼人的目光，一次次地体味那种尴尬与无奈。有一次，她替农业局的一名农技师考试，申报高级农技师的，没料到"她"的考号位置摆在前排第一桌的"碉堡"底下。刚开考不久，一名挑剔的副主考便盯住了她。那位副主考傍桌而立，用居高临下的咄咄逼人的目光死死地盯住准考证上的照片，然后又死死地盯住她的人，紧盯不放，直盯得她心里发慌发怵……因为一旦败露，考砸了拿不到分文不说，还会被曝光，被通报，让她声名狼藉，在单位里抬不起头……所幸的是，当那位挑剔的副主考死死盯她的时候，也有人盯他了，那便是主考，好像还诡秘地浅笑了一声，T这才得以解脱……T在心底里轻轻嘘了一声，记起委托人也曾暗示她：您尽管做题，别的嘛……T在心底也滋生一份怨尤："既然打点，怎么就少了副主考的一份子呢，弄得我好生窘迫一阵……"后来T渐渐有了经验，且事先与当事人谈妥这方面的相关事宜，以便她任意驰骋，正常发挥……T于是越考"胆"越大。真可谓久经沙场了……然而尽管如此，换一个环境，换一种角色，或者说还其高中英语教师的本来面目，当她堂而皇之地站在由她主考的考场里，冠冕堂皇滔滔不绝地面对她的学生宣布考场纪律，训导学生要诚实作答不可舞弊造假时，她明显地感觉自己底气不足，心里发虚……她明显地感觉到过去那种坦然地面对学生理直气壮自然而然地对学生们要求这强调那的心境情景和氛围，都已经和她"拜拜"了。剩下的只有矫揉造作，故作镇静，装腔作势……她似乎感觉到了这种潜伏的危机，这危机在伴着她的"枪手"事业潜滋暗长……而今天终于浮出了水面，且在自己家里，在她和女儿之间，以这样一种雅致而严峻的形式出现……

T突然有一种感悟：自己成功了，却同时也失败了。她充当了"枪手"，自己却挨"枪"了……

对于这个成功的失败者来说，T今夜无眠。

随　便

　　本小说的主人公名字与小说标题谐音，主人公徐翩常郑重其事地对人们说："不才姓徐，徐特立的徐，翩，风度翩翩的翩。"说完抿嘴一笑。可他越是文绉绉的"翩翩"，众人越是叫他"随便"。

　　徐翩也耐着性子给众人纠正说："翩，读一声；便，念四声，'翩'者非'便'也。"徐翩又抿嘴一笑。众人齐笑。

　　徐翩是中文系毕业的，正牌中学语文教师。其实，徐翩得此"随便"绰号，也并非全是出于谐音，而是另有他因：

　　故事一：某次徐翩出席某同事的婚宴，桌上摆了白酒啤酒饮料等三种酒水。自告奋勇的中年席长问他："请问你用哪种？"徐翩漫不经心地回道："随便。"中年席长无所适从，跳过他挨个给其他席员斟满所需之后，便偕众畅饮了。徐翩被凉一边，索然无奈地用筷子数了几颗花生米，然后呷了几口冬瓜排骨汤，悻悻然离席了。

　　故事二：放暑假了，工会组织教工旅游；拟兵分三路，各自选择——一路张家界，二路葛州坝，三路沪苏杭。工会主席发下单子各自打圈。徐翩又在栏里写了个正楷的"随便"。第二天，工会主席亲自把6张"老人头"塞在徐翩手里，淡淡地对他笑道："出游者每人开支一千，'随便'者六百自理！"

　　……

　　接二连三的故事让徐翩名声大噪。

　　可学子们说徐老师不随便。有一次某学子在作文里写了"惹事生非"，徐翩在"事"字下划了一个重重的红杠，又在其旁的眉批栏里写下一个正楷的"是"字。作文讲评课上徐翮饶有兴味地给学生讲了个不可小觑的关于"是"的故事。说甲乙二人请人代写一份买卖山林的契约，甲卖乙买。乙大字不识几个，甲买通了写契人，签约时不露声色地对乙说，整座山我都卖，只有一株柿树我不卖，得写明。乙没在意，随口说道："不就是一棵柿树吗，行。"契约签定后，乙上山去砍树，甲横加干涉，官司打到县衙。县官接过契约一看，原来上边写有一条："是树不卖"！……徐翮由此故事延宕开来，郑重地对学生说："成语里没有'惹事生非'这个词，它不是固定短语。'惹是生非'里的'是'与'非'是相对的，分别是指正确与错误，意思是招惹'是非'，一般偏指'非'，可看作偏义复词。联合短语。'惹事生非'也可看作一个词，但不是固定短语，其结构为偏正式。"徐翮讲到这儿忽儿一转："……不过'是'则'是'，'非'则'非'是非可不能含糊呵……"

……

当校园里的几棵梅树又在风雪中绽蕾时，一年一度的考核评定又开始了。

优岗指标仍是僧多粥少：51名中级职称教师仅有上边分来5个优岗指标！10%的标准件！徐翮即在这51人之列。另高初级各分两个优岗指标，这是与徐翮他们不相干的。

校方又出台了据称是更臻完善的量化评定方案，先按德能勤绩四大板块分割成若干小块小项，逐块逐项打分排队，按三比一排出高分到低分的前15名，再经民主投票确定2比1的前10名，最后由校长亲自担纲挂帅任组长的考评领导小组定夺前5名。

相关政策规定，连续3年评为优岗者，可直接普升一级工资，这乃是人所共知的美事。此前，徐翮以总分第二的优势已两度登上"优岗"黄榜了。不过从考评领导小组里也隐隐传出一些个非议，说徐翮这小子也太随便了，太不懂味了，太不够意思了……云云。传到徐翮耳朵里，他只是抿嘴一笑。有好事者对徐翮半开玩笑半认真地调侃："三缺一了，机不可失呵，你小子这回可得识时务点，学一回董存瑞扛'炸药包'（大礼包）哟！"徐翮仍只是抿嘴一笑，却按兵不动。

校长在教工会上再次阐明考核评定的民主集中制原则，并亲自主持民主投票，从量化打分的前15名中选出前10名来！

会场里一阵唧唧喳喳之后，各职级的选票收了上去，结果当场揭晓：徐翩在中级职称里的得票数排在第三！

不过这回有个新奇的发现，校长正盯着一张选票发愣哩：在这张选票上，徐翩的名字旁划了一个顶大的圆圈（按规定同意谁划谁的圈），并在选票下端写了一条附言："徐翩不随便，不评太随便！"附言后还加了个括号注明：（此乃三思而后写，代表民意，决非随便涂鸦）。

校长微蹙眉头，并未声张。

前10名正式公布后，进入"半决赛"的人们有的迫不及待地夜访"攻关"了。

又有好心的哥们拍打徐翩的肩膀："抓住机遇！……"

徐翩仍只是抿嘴一笑。

三天后，优岗评审结果张榜公布：徐翩名落孙山！

校长亲自把徐翩找去谈话，说这回真是遗憾……说怎么今年排在了第三呢，这说明退步了嘛……校长还说有人反映某次上班时间在农贸市场碰见徐翩……校长又说有的领导对他也有些看法，校长说不过你得正确对待呵……

校长独个儿七扯八拉地"说"了一通之后，语气突转平缓："……当然罗……"

"当然"一阵后，校长见徐翩似听非听的样子，忽又转用严峻的证据居高临下地打住："那就这样子了。"稍稍顿缓，校长随以一种志得意满的翩翩风度立起身来作"送客"状：

"你的意见呢？"

徐翩从座上霍地站起，用轻蔑的目光使劲地盯了校长一眼，火爆爆地甩下一句走人：

"随你的便吧——"

（2004年下期于临湘）

招　数

　　六完小是招商引资拓城兴市的产物，一切都是新的：新教学楼，新图书馆，新操场——只有校长是旧的，从四完小的校长位置上调过来，女性，年届不惑，名叫高靖，是县里乃至地区小有名气的"高"校长，实力派校长。她的示范课录像让省教育厅的副厅长都伸过大拇指。教学论文评过国家级大奖。专著《小学生心理学探微》列入乡土教材建设项目。眉清目秀的高靖校长气质高雅，不附众随俗，有人背地里称她"清高"校长，传到她耳朵里她付之淡然一笑。她欣赏"高处不胜寒"的境界。在四完小当校长的时候，有一次参加县教育工会的年终总结会，发给她一套价值近百元的景德镇茶具作纪念品，她回校的第一件事便是交总务处登记，然后将茶具摆到了会议室。有人举着漂亮的茶杯一边喝水一边笑侃：高校长真是有口皆杯（碑）呵！众人于是为这个绝妙的双关句击掌叫绝！

　　高靖在四完小当校长时有个绰号叫"高连长"，全称是"娘子军"高连长，因为四完小的老师"半边天"占绝对优势。这些女教师不少是县里部办委局的干部家属，有这样那样的优越背景，且这帮太太们心底里虽互不买账，表面上却嘻嘻哈哈的攀得热闹，她们煽起的裙带风还不时让高靖校长的心境掠过丝丝寒意。不过高靖也不是省油的灯，该怎么做她还得怎么做。有的太太喜欢缺会。会前不请假，会后让老公从机关打个电话过来，随便凑个头痛脑热的借口搪塞。高靖握着话筒也"呵呵"几声，但缺席照记不误。有一年"三八"节，工会决定集体看场电影，然后每个女教工发一把太阳伞作纪念品。结果一位副部长的太太没领到伞。副部长的太太一屁股坐进校长室要讨个说法。高校长热情地给她沏茶，然后从墙上取下规章制度的本本，翻到有关的条款，郑重地解释说，旷会5次，取消发放相关福利，你刚好满5次，只能表示遗憾啰……副部长太太脸一沉，甩了句："我才不稀罕你这把伞呢，家里有的是，我老公就是一把伞！"

你看看，这副部长太太多张狂！

三个月过去便是暑假。忽一日，教育局管人事的副局长电话通知高靖到局里谈话。副局长不拐弯不抹角，三下五除二便切入正题，说是局里决定调她去六完小任校长，说这也是组织部的意图，说六完小新办的，处在初创阶段，而她高靖又特富开拓创新精神……

高靖心理明白，这是副部长的那把"太阳伞"在产生辐射作用了。

副局长例行公事地问高靖有什么想法或要求，高靖霍地站起，抿嘴笑道："没什么没什么，去六完小上班就是了。"

高靖于是走马上任去了。

当崭新的教学楼竖起来，图书馆建起来，花池垒起来之后，高靖常去转悠的地方是操场。她绕着操场走圈儿，记数儿，一遍又一遍，然后，她带着一串数字到教育局长的办公室里去磨牙：操场太小了，生均面积与省里规定的"普九"标准低出多少多少个百分点哩！起初局长只冲她笑笑，却不置可否；她于是又耐着性子又去磨第二次，第三次……终于，高校长硬是磨来了征地5亩扩大操场的批文！

铲土机翻斗车轰轰隆隆地忙过一通之后，高靖这才觉着疲惫的身心这会儿清爽了许多。她又绕着这扩大了的操场转起圈来，又是一圈接一圈地转悠。黄泥沙土散发出一股儿清香味，前几天还刺激过她兴奋的中枢神经。然而眼下，这黄泥沙土又让她觉着格外的刺眼甚至于钻心了。她想到"天晴一把刀，下雨一团糟"的句子。沙化？硬化？——谈何容易！她也曾在夜深人静之时想过再去敲局长室的门，硬着头皮厚着脸皮又去磨嘴皮子，但想着想着，这招数又渐渐淡去了，自我感觉缺乏再去磨局长的底气。她在心里拨了一阵"小九九"，三年甚至五年内不要再指望教育局会给她的六完小降馅饼。无奈之下，高靖的"辞海"里又浮起因陋就简这个词儿来。她找来体育教研组长和后勤主任现场办公，拟出一道辙来，先铺一层石屑，过个几年，就像是初级阶段，等将来时机成熟条件具备了再升级换代，旧貌换新颜！操场一期改造方案于是定了下来。可即便这样，初略估算一下，所需石屑也不少于30车！六完小一没车二没钱，30车石屑能飞到操场里来么？

高靖没了招数，她闷着憋着绕着操场跑圈儿，跑出满头大汗来，然后到自来水龙头下冲个痛快淋漓。

这一"冲"还真冲出招数来了。

这天上午，六完小的校门口挂出了一块小黑板写的通知，一看便知是高靖校长遒劲奔放的笔迹。通知说下午放学后全体教工到会议室开个短会，有重要工作布置，任何人不得缺席！

下午5点半，紧急会议如期举行。

高校长亲自点名。大家发现她今天的神色，语气比往常更庄重，严肃。点完名，她郑重宣布说，今天开个10分钟短会，布置一件重要的事情。她接着三言两语十分扼要地讲了讲关于操场的现状与背景，讲了重要性与紧迫性。她说学校的困难就是每个老师的困难。今天请大家来就是请大家为学校分忧解难。我以校长的名义动员和号召每位老师给学校贡献一车石屑，两周内到位！这样，下下个星期，我们就可以在新操场做操和上体育课了。讲到这儿，高校长稍稍一顿说，谁有不同意见可举手发言。她用犀利的目光迅即扫了扫全场，见没有反应便立即大声宣布说："那就这样，散会！"

其实高校长的这一招也是从校情出发的。六完小有近50名教职工，也和四完小大同小异，"半边天"占了三分之二。这三分之二中又有三分之二系县里部办委局官员们的太太或小姐，还有几个是下面乡镇书记或镇长的家属，他们都在县城或建房或买房，正在实施"农村包围城市"的"方略"。

村看村，户看户，群众看干部。太太们瞪大了眼睛瞅着高校长的"第一车"。因为高靖在会上曾做过重要的补充说明："这第一车嘛当然算我高某人的！"

会开过了，决定公布了，态也表过了，激情燃烧之后高靖忽儿觉出了空落。她甚至怀疑自己是不是有点心血来潮，是不是有点儿盲从冒进了。尤其是这"第一车"的表态是凭什么呢？自己的老公只是个县新华书店管业务的副经理，可以说除了眉清目秀一个标准的书生小白脸还算起眼（这也是当年吸引高靖的优势）之外，别的什么也没有，一无权，二无钱，三无车。这年月书店的经营状况每况愈下，可以说是惨淡经营，硬撑门面，几次打报告想改弦更张换一块卡拉OK厅的招牌宣传部长不仅没点头反而把经理叫去狠狠剋了一顿，叫他们砸锅卖铁也要撑起社会主义的新华书店这块牌子。逢年过节的时候高校长的那位副经理夫君总在家里做矮子，招待客人时总要抢先给介绍说，"这水果是校长她们学校分的……这干墨鱼也是……"客人于是揶揄着侃笑副经理："你命好咧，吃老婆的饭咧……"

你说说，副经理丈夫能给她拉来这"第一车"吗？

然而这"第一车"硬是给拉来了。且就在高靖主持开完那个短会的第二天下午。一辆东风牌大卡车鸣着高音喇叭开进了六完小的大门。驾驶室里坐着两个人，一个是司机兼车主小程，另一个就是新华书店的副经理，高靖校长的丈夫。大翻斗车在操场卸下石屑的时候，正是课外活动课，操场里聚满了人，有老师，有学生，有好奇的，看热闹的，也有探听信息观看动静的……高靖校长的眼眶湿润了，她扭偏了身子，悄然地用手纸揉着眼眶……眼面前这个虎虎实实的小程，是十几年前高靖最喜欢的学生，是县运输公司的，小程的父母在一次车祸中双双亡故，他与奶奶相依为命。高靖老师视小程如亲生的孩子，代他交学费，给他买衣物，送吃的……初中毕业后顶替父亲进了运输公司……前两年听说他自己买了车……

消息自然是"副经理"走漏的，也是他斡旋撮合成事的，高校长回到家先是打电话感谢小程，连说小程真是雪里送炭。可小程则诚恳地回话说，"这还值得一提吗？就算我送了一汽车'炭'，那还是为学校，为孩子们哩，您当年送给我的炭，不是要用火车拖么……"说着便在电话那头憨厚地大笑起来……

　　但尽管这样，在家里"一手遮天"的高校长还是莫名其妙地数落了副经理好一顿，说什么他"多管闲事……"虽然内心里她实实在在对丈夫心存感激……

　　副经理也只是抿嘴笑笑，连抖了两句："你呀，你呀……"

　　这"第一车"真是及时雨，下得痛快淋漓！

　　六完小的太太们服也得服，不服也得服！不过她们内心里并不怎么在意：不就是一车石屑么？老公一个电话，一声招呼不就划句号了么？……

　　让高校长的这第一车感到泰山压顶的是三分之二以外的"基本群众"。这些老师有本事，没背景，轻人际关系，重真才实学。多是一介书生，能耐无几，他们对高校长拥而戴之，服而效之，默默无闻地埋头苦干，在培桃育李上闪现光芒。他们在颇具优越感的这一帮太太们面前常常难以掩饰地表现出几分自卑，甚至于压抑。当然也有他们抬头挺胸的时候，用俯视目光扫过这帮官太太的时候，比如教学比武，学科竞赛，论文评奖等等。可眼下，面对高校长的一车石屑的指令，他们又得把头低低地勾下去了，怎么想抖擞一下也抖擞不起来了，尤其面对太太们那骄矜的一颦一笑，一招一式……有人私下里半开玩笑地对高校长说，校长，您这不是卡我们的脖子吧？高靖诡谲地淡淡一笑，也不再吐半个字。

　　"第一车"后的一周内，六完小门前车水马龙，运送石屑的车辆川流不息。高靖校长拿个本子一车车登记在案：

　　邬部长：两车

　　钱局长：两车

　　段科长：一车

　　胡镇长：一车

　　……

　　"师级"（司机）干部们都是大大咧咧地报着"首长"的大名，报过名卸完车便扬着喇叭扬长而去了。高校长在登记着这些"首长"大名的时候心里边既掠过一丝快意又同时泛起一股儿涩味。她不禁觉着有点

儿滑稽，有点儿好笑，这些个部长局长镇长们，正的也罢副的也罢，竟听起她这个"我不知道"的小学校长的指挥来了。不过，这些官们的大大咧咧也给高校长添了不小的麻烦：她得一个个对号入座地找准官儿们的太太大名，给她们一个个打勾，销号，然后逐天逐日地用一张红纸给公布出来，让太太们平添并充分享受那一份得意之情。

就在太太们张扬得意与高靖校长兼夹几分涩味的快意里，忽儿夹进来几分异味的小插曲。这天下午，高校长接到一个无名电话，提起听筒便听对方冲冲地说："高校长，你高抬贵手吧，我们可是濒临倒闭的企业呵……"高靖猛觉一个愣诧，正欲问对方尊姓大名，哪个单位，可只听对方"唉"的一声长叹便将电话挂了。

第二天，高靖验收的三车石屑里有一车报的"迟局长"的号。高靖一查，乃乡镇企业局迟局长。他太太是本校二年级乙班的班主任，这个班是全校出了名的乱班！

基本群众看到高校长沉重的脸色，一个个忧心忡忡。此系一种沉重的欠账感所使然。他们心中忐忑，不知道这一次的重大欠账将会落个何等的惩罚，会不会扣工资，或奖金福利，甚至被撵走，炒鱿鱼呢？

计划中的30车左右基本到位了。原先的黄土高坡如今变成了偌大个"非"（灰）洲。远远望去，无数个小沙包小沙粒无规则地隆起着，很有点像那指挥作战的沙盘，俨然这战场恰在一片无垠的沙漠里。

无论怎么说高靖都松了口气，兴奋是第一位的，但这会儿她脸上呈现的风景却是静如秋水。

高靖适时地在这一周的工作例会上对这件工作做了小结。她迎着俨然以功臣自居的一群太太们那骄人的目光爽爽亮亮地说，感谢大家的支持，这项工作如期如数地达到了目标，我真诚地为实现这一目标做出了贡献的各位鞠上一躬！高靖边说边微笑着朝着那一片太太区欠了欠身子！会场里忽儿爆发起一片掌声。这发起掌声的自然是"基本群众"了。他们没有出车出石屑，难道不应该助助兴吗？这一片掌声简直让高校长也深为感动了，她感到宣布一项重要的补充政策安抚这一帮心存疑虑者的时机也已经成熟了。高靖平和地笑了笑，对着这一片"基本群众"的方向说，我们原计划的三十车左右覆盖操场的想法看来符合实际情况，这个事情也不是韩信用兵多多益善，盖的太厚太多可能就要出沙尘暴了。可能还有的老师正在准备中筹划中，我在这里宣布，余下的就暂缓了，或许以后需要，我们再通知。没有拉来石屑的老师呢也不是没有做贡献的机会，操场里那一个个小沙包就请你们去分解平展了，这也像抗战一样，有钱的出钱，有力的出力……

　　基本群众听到这儿如释重负，阴郁了多日的脸上倏忽间天朗气清了。他们在心底里恭维这位巾帼校长，他们的"包青天"。

　　与此同时，先前脸上亮亮灿灿的那帮太太们这会儿把脸绷紧了。有人甚至不失时机地发出了怪味的"嘘嘘"声。有那么三几个噘起嘴来咬耳朵，说什么这一招还是算计我们几个呀，尽杀老娘们的黑呀！——然而高靖校长装聋作哑似的像是什么也没听见，她兴致颇高地大呼一声"散会"！便给这几个"小气泡"划了句号。

　　这个学期末，六完小传开一则马路消息，说某某副部长升部长的材料报上去卡了壳，说上边收到一摞关于他的举报信，其中有一封与六完小有关，说是那位副部长以权谋私，动用下属单位的公车拉过两车石屑，没付一分钱……这位副部长很是抱屈，到上边申述说他其实是以权谋公，尊师重教呢……高靖查了查她的登记本，原来那两车石屑记在他姨侄女的名下，他姨侄女是这期从某山区中心小学调到六完小的……

　　高靖兴致忽来想起了那把"太阳伞"。她翻了翻几份表格，证实这位副部长正是四完小时的那把"太阳伞"！

　　期末总结会刚休会，教育局长便亲自找来捧了先进奖牌的高靖校长谈话。局长刚刚冲着她手上的奖牌"祝贺祝贺"了两句，便神气凝重地转入谈话正题：为了加强乡镇中心校的领导力量，局里决定调你去任××乡联校校长，局长用一种无奈的抱憾语气补充道："这是组织部点的将，认为高校长特有开拓精神……"

2004.3.21.17点三改

欧教授和他的夫人

欧教授今年五十有六，可采写他的记者忽略问及他的年龄，冠以“花甲”之谓，这也难怪，你看他满头的“白花花”“齐刷刷”！对此，欧教授并不在意，处之淡然；然而欧夫人有些疙疙瘩瘩。欧夫人指着报纸嘟囔：“我要给报社打电话，让他们予以更正！”

欧教授轻描淡写：“这有什么，不关你的事！”

欧夫人眉毛一扬：“你说什么，不关我的事？”

欧教授赶紧赔礼：“夫人息怒，我是说年届花甲者鄙人也，非夫人也！”

欧夫人娇嗔地噘起嘴：“你比我还重要嘛！”

欧教授自得地感叹：“你呀，还真个一如既往呵！”

欧夫人瞬息间冒出一个解决“花甲”问题的治本之计：“喂，星期天我陪你上染发店！”

欧教授报以乐滋滋的一笑：“得了吧，你要给我颠倒黑白呀，我可不答应！”

“哈哈哈——”欧夫人抖出一串开心的哈哈，她特别欣赏她先生用词的精当和幽默。

欧教授和他的夫人25年前乃大学同窗。毕业时，欧教授作为系里的尖子留校任教，他夫人则因艺术细胞太多分配到了省歌舞团。年轻时，他俩走在街上，人们投过羡慕的目光：珠联璧合的一对呵！可如今，欧教授委实不大情愿偕夫人去压马路，个中原因主要是避那些疑他俩为老夫少妻的异样目光。欧教授从事古典文学的教学与研究，兴许是因为长期与孔夫子孟夫子打交道的缘故，衰老之神格外对他钟情，而欧夫人大或是因了那些跳动的音符和五花八门的化妆品所厚赐，却依然白皙秀美，风韵不减当年。

去年秋天的某日，欧夫人强拉硬拽，撬了欧教授去给她作购物参谋。在一家妇女用品店，欧夫人相中一件做工考究精细的织锦缎旗袍，试穿在身，她自我感觉良好，喜不自禁。营业员小姐提示她："那边有试衣镜呢！"欧夫人志得意满地朝凉于一旁的欧教授一努嘴："不必了，我们这位是审美高参，活镜子！"

欧教授显出几分木讷与腼腆，轻轻一笑："的确很美！"

营业员小姐旋即转过视线，全方位地扫描欧教授的"银白世界"，双眸里情不自禁地闪出疑疑惑惑的光来。

关于欧教授和他夫人的轶事，要数文革中的那件最动人心魄。那一年，一个深秋的日子，秋风萧瑟，细雨霏霏。欧教授和夫人即将被发配到甲乙两地的"牛棚"去"脱胎换骨"。欧教授呆望着窗外那些风雨中飘落的梧桐叶子，心里寒飕飕的。是夜，欧教授和夫人双双凄然并坐，捱着别前的分秒。猛然间，欧教授使劲地吸一口烟，在他和夫人的眼前那烟火的红光倏忽一闪，欧教授又猛地将大半截烟头朝墙角里使劲一扔，大声疾呼："与其，弗如……不妨一试！"欧夫人凄楚地望着丈夫失常的样子，不禁心里发怵。

欧教授肃然坐至案前，奋地一下从笔筒里取出笔来，又猛地一下抽开了，铺开稿纸，神情穆然地一阵疾书。

欧夫人凄然地呆立于丈夫身后，呆望着，只见稿纸上赫然地写着遒劲的几行字：

"市文革领导小组负责人：

我妻已有三个月身孕，能否让我们活在一块，死在一处。祈予恩赐发落。"

据说那个市革委的头目看过欧教授的信函无可奈何，竟写下批示："一对反动夫妻，两个顽固分子，听便吧！"

如此，夫妻终于没有天各一方。欧教授夫妇居然忧中小乐，你捶我

打，笑个前仰后合！

……

前不久，欧教授夫妇被市总工会和妇联推为全市十佳模范夫妻的候选对子，晚报记者随即嗅上门来。然而却两次扑空，欧教授赴京参加一个全国性的教材编审会议去了，且一度延长会期。这第三次，适逢欧教授刚风尘仆仆地归来。

"欧阳寓所。""没错"。记者走进楼道口，望见这门上遒劲的四字，有一种事不过三的踏实感。记者正兴致勃勃地朝前跨步，不期"欧阳寓所"的门缝里的"火药味"正滋滋滋地往外冒：

"……"

"就你学究气十足，总这么一本正经！"

"学究气又坏到了哪里，一本正经又有什么不好嘛！"

"我不是说不好，可如今吃得开吗？"

"吃不开也不能这么个吃法嘛！"

……

记者大感意外，怎么这对模范伉俪竟吵起来了！

驻足，挪步，驻足，记者磨磨蹭蹭。

但毕竟机会难得，记者终于冒昧叩门。

门开了，一切归于平静。

欧教授递烟。欧夫人沏茶。热情有加。然此前的舌战火药味似未消逝殆尽。

寒暄之后，记者开始他使命性的采访。

"您俩是全市十佳模范夫妻的候选对子，几十年相濡以沫，真难能可贵，听说还从未红过一回脸呢，请谈谈这方面的体会，好吗？"

"关于没红过一回脸的纪录已经打破了。刚才我们还吵得面红耳赤呢。"

欧教授坦诚明快，又不失诙谐。说话间朝夫人眨眼笑笑。

"这您不必介意，牙齿也有咬舌头的时候嘛！"记者打着圆场。

"牙齿咬舌头是误咬，我们这可是原则之争哩！"欧教授坦坦荡荡，亦庄亦谐。

见欧教授如此达观豪爽，记者顿来灵感，随即就着欧教授的"原则"线索访谈开来。

于是乎，第二天的晚报上便登出一则标题新颖的访谈录：《欧教授夫妇的"处女"吵》。一下子弄得报社的零售摊前有人挤掉了鞋子。

原来，欧教授的一部古典文学论著将要出版。鉴于学术著作发行难，出版社与欧教授磋商，由著者自销两千册。"一万六千元！"——欧教授心里的感叹号很沉重。但即便这样，他总觉得自己的心血凝成的研究成果，哪怕是一个标点符号，也价值千金。虽然对"一万六千元"他心里没底，却仍然大笔一挥，签定了出版销书的合同。

欧夫人明显感觉到了这些日子他先生的眉宇间的那份沉重。

欧夫人于是席前寝下或紧或慢地"抠"着他先生的心事。

然而欧教授总是漫不经心地甩一句："没事呢。"他想"自作自受"，不愿累及夫人。再者，堂堂教授的学术著作国家没钱出版，他觉着在夫人面前说起来掉价。

欧夫人岂肯作罢？她有她的思路呗！

欧夫人正颜厉色，俨然下最后通谍："你是不是有感情外移的难言之隐呀——嗯？！"

"我的天！"

欧教授哭笑不得，又只好"与其""弗如"了，即与其蒙冤受屈，何不实话实说？

于是欧教授老老实实地竹筒倒豆子。

事有凑巧，欧教授刚刚倒完"豆子"，一阵急促的电话铃响起来。院长通知：欧教授即日赴京参加一个全国性的教材编审会议，时间两星期。

于是欧夫人紧张拾掇，欧教授匆匆登程。

三天之后，北京。一封加急电报递到欧教授手上："两千册已有着落，宽心。"

电报是夫人打来的，欧教授激动不已，枝枝叶叶总关情呵！

欧教授满足，欣慰，惬意。

然而，当这一阵阵奔涌的感情潮水渐渐退去之后，似有一条疑虑的小虫隐隐地爬上了欧教授的心头："短短两天，夫人使的哪门子招数？"

这无疑是欧教授归来之后开门见山的提问。

欧夫人只是抿嘴笑笑，佯装没听见，一边乐不可支地给欧教授拂着衣上的灰尘，又忙不迭地递热毛巾，冲热牛奶……

接受过这番洗礼和盛意的欧教授毕竟疑虑未消，问号依然写在脸上。

欧夫人嗔责道："我说你这古典文学教授是越教越古典了，没一点新潮观念，现成的资源也不知道开发利用！"

欧教授越听越懵懂："你都扯到爪哇国去了吧，请正面回答我两千册咋回事？"

欧夫人这才漫不经心地踱进书房去，一会儿拿着一本不太厚的书塞在欧教授手里。朝他莞尔一笑："老夫子，喏，这便是开发区！"

《校友录》。欧教授轻声念着，眼里布满惊疑。随之，他用右手的食指顶了顶酒瓶底一般的近视眼镜，翻开《校友录》，终于从他夫人亲笔写的一张单子上捕捉到了她的"开发"信息。

"N县组织部长 肖甲文500册"

"H县人事局副局长 赵海波300册"

"K市环保局局长 张常青200册"

"乱弹琴！"——欧教授的"酒瓶底"定定地对准了欧夫人，破天荒地捅出个不怎么文雅的感叹句。

"你这是怎么啦，发神经了？"欧夫人莫名其妙。

"你才发神经了。"欧教授气愤愤地接着说，你想把我欧某人堂堂正正的三个字卖了是吧？

"学生替老师销几本书有什么大惊小怪的嘛，有必要小题大作，神经过敏吗？"欧夫人据理力争。

"冠冕堂皇！"——欧教授气呼呼地摊开双手：

"组织部长买500本先秦文学论著当饭吃？"

"环保局长背200本去揩屁股？！"

……

"这都是他们在电话里自己报的数，一口答应下来的，我丝毫也没有勉强他们嘛！"欧夫人仍不退让。

"可他们要去勉强别人，知道吗？"——欧教授就像是在做学术评析："这正是问题的要害之所在嘛！"我敢断言，他们自己是一本也不会留的，知道吗？"

欧教授激动地和盘托出，仍感意犹未尽。

"你想想，勉强人家花七八块钱买一本自己并不情愿买的书是个什么滋味？你设身处地地想一想嘛！己所不欲勿施于人嘛！"

……

欧教授正放着连珠炮，记者走近了楼道口。

……

《处女吵》发表不久，"十佳"评选便已揭晓。欧教授夫妇荣登榜首。人们在电视荧屏上一睹欧教授夫妇的风采。人们饶有兴味地咀嚼着这对夫妇的"处女吵"，赞赏着欧教授那一本正经的学究气，也关注他的两千册……

（1993.下期）

"文曲星"的检讨

　　高三理科二班名为理科，可因为语文老师季韧的课教得灵动鲜活，吸引了一大群理科生的兴致，也激活了他们学语文尤其写作文的兴趣，使得这个班差点儿"理将不理"了。时常出现这样的情形，每当中年教师季韧风度翩翩地走上讲台，用自信兼谦和的微笑向全班同学打个照面，便有一片情不自禁的掌声爆发出来，季韧老师微笑着点点头："谢谢……"一堂声情并茂的语文课便开始了。其间在季老师的精心"导演"下，学生们别开生面的"主体"参予，更是妙趣横生。有学生概括说他们真个是学懂了学活了学乐了。没有人感觉到时间的流逝。下课的铃声带给学生们的总是意犹未尽的憾意。季老师常常是在学生们钦佩不已又恋恋不舍的目光里离开教室的。此种情景或氛围尤在每周四下午的两节作文课上更为突出。用班长许民的话来说，叫"作文课简直就是我们班的节日。上作文课就像过节一样开心，过瘾。"他指的当然是那别开生面的作文讲评。学生自荐自读，同学们七嘴八舌评头品足，老师点拨归纳，大家伙茅塞顿开，如饮甘霖，简直就像是过年。许民的感触如此之深，还把感性认识都上升到理性了，其实呢，他自个的文章还不曾有一篇在班上讲评过呢，他自感底气不足，不曾冒然自荐，季老师也压根没当全班提过许民的文章如何如何，换句话说白了，似乎成了被遗忘的角落。其实季老师从没忘记过许民，包括他的每一篇作文，所以在这点上，季老师常常觉得不无遗憾。许民的文章，应该说每一篇季老师都认真看过的，眉批尾批写得仔仔细细，虽不是满纸见红，摊开本子一看，也称得上某名著的标题"红与黑"了——除了许民用炭素墨水写的文章笔迹，再便是季老师点评批阅的灿然朱红了。季老师不止一次用"平平"二字评析许民的文章，说故事情节"平平"，文字表述"平平"，然文似看山不喜平呵！有一次季老师把许民叫到办公室面批他的作文，那是一篇题为《朋友》的记叙文，按照要求，要写成复杂记叙文。季老师出题时曾指导说，复杂嘛，有两重含义：一是你描写的人物及故事本身具有复杂的因素，比如说某同学复杂的家庭背景带给他复杂的心理背景，他的学习，他的活动，他的处事为人，包括他的一言一语、一举一动往往都自觉不自觉地表现出那个不同于别人的复杂的斑斑点点来。他的成长轨迹往往就不像是平行线，而有可能是抛物线；他的心路历程往往就不像家庭背景单纯的学生那样风和日丽，春意盎然，而往往是风乍起，吹皱一池春水，甚至是雨打芭蕉，酸酸涩涩的。比如说他父母离过婚，他在姥姥家长大，没有充分享受父母的关爱与呵护，他的性情常常流露出某种自卑、自负或是自我封闭，不大合群，常常精神抑郁，甚至于沮丧等等……这样，他的学习成长道路自然会是磕磕碰碰的，迂回曲折的，他的故事自然就不会是那种千篇一律的模式轨迹了。甚至于你可以听得出他的笑声都没有别人那么爽朗明亮，如果是女孩子，她的笑声尤其滞涩与羞涩得多。再比如，一个父母一方或双方都下岗的家庭，或是遭遇了某种不测的家庭里出来的孩子，他（她）们眼里的世界心里的世界与没有遭此类变故的家庭里出来的孩子也是大不相同的。你应该注意观察，比较与区别，要善于捕捉他们独特的个性化的斑斑点点。比如说，三月里学雷锋活动中，班里号召给敬老院的孤寡老人捐款献爱心，全班几十个同学所表现出来的态度、反应、行为就不尽相同，千差万别。季老师讲到这儿，许民一乐，一张很俊的脸上绽露出很阳光的红润喜色，似乎一下子记起了什么，连忙插进话来："还真是这样"，许民说：郭蓉同学就是交在最后，而且是课间操时教室里几乎走光了之后，她用一种忐忑不安的声音轻轻地叫住了我，然后给我的。她从衣兜里掏出两枚一元的硬币。我握在手里还挺热乎，她显然在兜里捏了很久。季老师用欣慰兼鼓励的眼光让许民继续往下讲，许民继而兴致勃勃地说，我当时就感觉到，郭蓉的这两块钱比起程金科下课出教室时

漫不经心地扔给他的一张十元币更有份量。前者是山区农村来的，父亲种几亩薄地，母亲在她三岁时便……而程金科呢，一个局长的儿子，据他自己吹嘘（也许其实全是实话）说，过年时爸爸单位里的同事年年给的压岁钱就有4位数，他对什么事都是满不在乎，大大咧咧的……季老师听得乐了，对对对，这就是个性与复杂性，你写进文章，就应体现这些各异的特点，懂吗？这样，内容上就不再是平平淡淡的了。季老师接着说，再是对形式的要求，也有讲究，不能平铺直叙记流水账，要错落有致，跌宕生姿，兼用倒叙穿插等多种方式，语言也要讲究修辞、润色，人物语言要符合身份，突出个性特点……

许民后来对他的好友语文课代表余星说，听季老师面批那次作文，他激动得好半天没平静下来，黑板上的数理化公式在他眼里都显得"平平"了。余星扑哧一笑：我真悔当初没选文科，文科的语文也是季老师教，你知道文科班的同学怎么评价季老师的语文课吗？许民眯眯眼："怎么评价？"余星自得地笑道："艺术享受课！"

……

余星的文章可是屡屡让季老师在作文讲评课上公开"发表"并热情推崇的。以致于同学们都伸出大拇指称他"文曲星"哩。余星长着一对灵泛的小眼睛，黝黑的皮肤，眉宇间放射着机敏的亮光。他的数理化成绩在班里恰好是数一数二数三。即数学第一，物理第二，化学第三。有同学戏称他叫"一二三"，但"文曲星"的名字更响亮。季老师有一次作文讲评时神采飞扬地念了他的一篇《与祥林嫂对话》之后，十分感慨地说，这篇文章的选材与切入方式都很奇特，且文章波澜起伏，开合有度，张弛相济，摇曳生姿，的确相当不错。季老师随之颇有感触地说，根据我的写作经验，余星同学写这篇文章时，可以说是完全忘记了时间流逝的，只有入乎其中，沉醉其中，才能文思如注，水到渠成……作为余星好友的班长许民听到老师的这些褒扬不禁心生几许妒意。他斜睨了一眼邻座的余星，竟发现此时此刻的"文曲星"淡淡的表情中似乎夹进了几许的局促不安，一对小眼睛无神地眯缝着，眼睑下垂着，好像想故意避开季老师那热情迸射的热灼灼的眼光似的……许民不觉心头一震：

怎么回事！是不是表扬多了，满不在乎了，麻木不仁了！季老师讲得喉干舌燥，难道你连一个感激的眼神也不应回报吗？文曲星，你也太骄傲了吧！不就是班里的一、二、三吗？在全校，在全市，在……你又算老几？

许民不能接受余星的这种状况，这种态度。此后好几天，许民对余星不冷不热、不理不睬地保持着距离。

余星则更显得局促与拘谨了。连收作文本时都没直接叫许民的名字，而是让他左边的邻座郭蓉代为递将过来。于是有神经过敏的小观察家小评论家介入了报道兼评论：许班长嫉妒"一、二、三"，文曲星伴许民寒星（心）闪闪……兴许正是因这消息传到了季老师耳朵里，季老师才找去许民给他面批了那次作文，只是没有挑明了说要承认自己的差距与不足，只能心胸开阔地学人家，不能小肚鸡肠地妒人家……

可毕竟这层窗纸没捅破，许民似乎并没领会到这一层，他与同桌余星的关系，正呈现着继续"恶化"之势。同坐一桌，"汉界楚河"都出现了。巧在这之后的作文课上，季老师出了一道"本班轶事写真"的作文题，竟有同学将许民与余星的事情写成"将相和"的前半截，季老师看过作文坐不住了，他急不可待地将"文曲星"叫到了办公室。

"听说你和许民关系有点不正常？是这样吗？"季老师开门见山问。

"反正我什么也没……没什么对他不住的。"余星有点儿吞吞吐吐。

"你的作文讲评过几回了？"季老师接着问。

"三四回吧。"余星缓缓地勾下头，脸上写满了不自在。

这一表情促成了季老师认识上的一个逻辑性转折：虚心呢，抑或心虚呢？要不或许是莫奈何之于木秀于林风之摧呢？

但季老师对余星仍选择了鼓励与告诫："你要正确地对待自己，也要正确地对待你周围的同学朋友，知道吗？"季老师进而展开来说，对于自己，没有理由满足与松懈；对于同学和朋友，没有理由疏远或怠慢，明白吗？红花还得绿叶扶呢！

　　"文典星"本已勾着的头埋得更低了。见他这蔫蔫萎萎的状态，季老师心一软，生怕自己言之过重，言之偏激伤害了他，于是爽朗地一笑拍了一下余星的肩膀："小伙子，有则改之，无则加勉，不要背思想包袱啊！"

　　余星愣愣涩涩地离去了。

　　瞅着余星离去的背影，季老师心头似乎罩上了一层阴影：现在的青年心理承受能力怎么这么差？一点小小的不愉快也用得着如此这般的沮丧与颓废吗？真有点不可思议！……

　　就在第二天的语文课上，季老师在黑板上写下韩愈的那句话："事修而谤兴……"然后只就字面意思稍做了诠释，并未针对具体人事展开，只说与大家共勉，力戒妒贤嫉能的病态心理。季老师收住这个特殊话题时，用关切的眼光瞟了瞟座中的学子们，季老师的眼光，尤其留注了一下许民与余星那一片，似乎并没有发现什么异样，便迅速转入正课讲授了。全班鸦雀无声。那气氛比以往凝重了许多。甚至让人感觉到了压抑。下课了，季老师走出教室时，只见许民踏着季老师的脚后跟紧跟了出来，带着几分神秘地递给季老师一张纸条。季老师有点诧异地接在手中，也没看什么内容便夹进了他的教案夹，疾步去了办公室。季老师展开纸条一看，只见上面写着一行字："郭蓉有一本作文选，她的一个远房表哥从北京某大学寄来的，新的。不是盗版。她给我看过了，我推荐您一阅。"

　　季老师立马感觉出了这纸条的蹊跷了。但他并没有直接找郭蓉要那本作文选，却把许民单独叫到了办公室。

　　季老师道："请你解释一下这纸条的背景。包括心理背景。"

　　许民答非所问："您让我说什么好呢？"

　　季老师道："什么都可以说，知无不言，言无不尽。"

　　许民竟用提问的方式切入了："您听说过'克隆羊'吗？"

　　季老师笑答："什么克隆羊，克隆牛，风牛马不相及，我学的中文，教的是语文！"

　　许民说："羊不相及，牛不相及，文就相及了。我指的就是'克隆

88

文'。"

季老师诧异兼嗔责地道："什么'克隆文'？尽搞标新立异！"

许民诉屈道："不是我标新立异，是人家的仿真'创造'。我去给您取克隆文的标本吧！"

许民边说边离，季老师看到的是他诚挚与自信的背影。

许民一会儿便拿来了那本书，即郭蓉的那本作文选。他恭恭敬敬地递到季老师的手里。

许民说："一切的一切，都在这里边了。您如果没别的事，那我先去了，今天数学作业还没动笔呢。"

季老师冲着许民的背影说："冷静些，理智些吧，先别张扬什么羊呀牛的。"

许民偏一下头："您放心好了。"

这个下午，季老师没有备课改作文，潜心阅读许民的荐书，且获得了一条令他震惊的信息：文曲星余星的三篇讲评作文，均出自这本作文选！一字不落！

季老师的心怦怦直跳，就像是自己在考场里做了抄袭的丑行！他长长地嘘了口气，随之肃然地静坐于办公桌前凝神静思，开始反省自己的主观臆断与粗疏不谨！

但季老师觉得眼下第一件要紧的事是将许民和郭蓉找来，让他俩承诺：封锁这条爆炸性新闻！作文选暂时放在他的办公桌抽屉里关几天"禁闭"！

……

三天后的作文课上，季老师一脸的凝重。他在黑板上挥笔写下这一次的作文题：以"诚实"为题，写一个故事，要求写成复杂记叙文，小小说尤佳。

教室里鸦雀无声，气氛也如季老师脸上的凝重。

第二节下课后余星便收齐了作文本，交到了季老师的办公桌上。

季老师迫不及待地翻看余星的那本。他打开一看，余星的文章标题赫然入目《克隆文作者的忏悔》，里边另夹了一张纸条写的检讨。

……

段考后第二周的作文讲评课上，季老师很激动地念诵了许民的处女作：《名牌》，不无生活气息与哲理。许民并走上讲台介绍写作经过说，该文取材于一双假冒的名牌鞋子，地摊上买的，他还当许多人夸过口呢。他提起脚来给大家瞧那"名牌"的裂口。许民说：我的脚，我的心常跟这"名牌"闹别扭。穿着这假冒的名牌提不起劲儿，走着不踏实，可夸口尤其心虚呵。令季老师和全班意想不到的是，余星继许民之后自告奋勇地走上了讲台，亲自诵读了他的那篇《忏悔》，读得声情并茂，潸然泪下。许民情不自禁地趋步上台，热情地拥抱了他的好友余星，全班顿时爆发出一阵热烈的掌声……

季老师激动不已地瞅着他的学生，欣赏和品味着他的"作品"，他的学生其人其文。

郭蓉呢，则静静地却又颇不平静地盯着讲台上，尤其将她那热灼灼的目光留驻在许民那张忒俊俏忒阳光的脸上。这一微妙的信息也让季老师欣然兼不安地捕捉到了。

（原载2007年10期《长安文学》）

馒头"弹头"案
（校园故事之二）

　　"文曲星"的检讨勾起季韧老师的一段回忆，一阵反思。过这段"电影"的时候，曾经的朦胧与迷糊一下子豁然开朗了，有一种云开日出的感觉。上个月理科二班有个悬而未破的疑案，被称之为馒头"弹头"案。那次事件不仅让季韧老师气恼，班主任储日华也大光其火。本来，季韧老师的语文课应该说是不存在什么"组织教学"的，因为所谓"组织教学"指的是教师在课堂上的管理，维持课堂秩序之类的事情。季韧教师的课所特有的吸引力便代替了这一切。但是，就在上两周的作文讲评课上发生了一个意外的事件：当季韧老师正在眉飞色舞地诵读"文曲星"余星的那篇题为《重访祥林嫂》的作文时，发生了一件很突兀的事情。当时，季韧老师边诵读余星的作文边穿插分析、评点，诸如思路的独辟蹊径啦，想象联想的异乎寻常啦，等等。可就在季韧老师讲得头头是道，同学们听得津津有味的时候，忽听季老师惊诧地"嗯"了一声，并旋即发问："怎么回事？"——季老师握着的作文本僵在了空中，正在诵念中的"滔滔不绝"也"顿失滔滔"了。全班的目光都骤然聚焦于这一瞬间的变故上，一个个瞪大了眼睛，竖起了耳朵。季韧老师在讲桌上拾起一个圆圆的东西，用大拇指和食指夹住了举起来朝全班同学一亮，说："就是这颗用冷馒头捏的圆坨坨，或者说是圆弹，先是掷在讲桌上，随之蹦到了讲桌边。"

　　"谁扔的？"季韧老师一脸严峻地问。

　　全班肃然。气氛很僵硬。没有人出声。大部分学生的眼光平视，以一种平和的心态静观其变。有几个学生略略勾了勾头，木然地凝神前桌的背影。很少有人正面迎着季老师峻肃的审视目光。但也不是绝对没有。偏偏就有这么一个，一个男生，坐在第三排第四个座位上的标致男生。平时季老师很少喊他回答问题，他自己更极少主动地举手答问，虽然不是被老师遗忘的角落，但绝对称不上得意门生，只有在他周围的同学或前或后或左或右在某一时段内几乎都被老师叫起或回答问题或上黑板做练习，以致让这位有"另类"的孤僻感时，季老师才勾一下头瞟一眼座次表上三排四座这个"坐标"，用平易的语气叫一声："戴博同学，请你回答这个问题吧！"其实，"这个问题"多是些极平常的没多大难度的问题，可以张口便答不至于让戴博无奈缄口的。戴博也似乎意识到了季老师的这种一视同仁有教无类的安慰式提问的真正意向为何，隐隐地觉得自己受了某种意义上的浅表性伤害似的，所以他回答这类问题时也表现出一种漫不经心或不以为然，甚或不屑来。他往往是懒洋洋地欠起身，轻飘飘地答过完事，也不等季老师叫坐下便立马自动落座了。这就是戴博，17岁，1米70的个头，白白净净的皮肤，时髦的米色夹克衫，牛仔裤，锃亮的棕红色尖头皮鞋，鼻梁上架着一副金丝眼镜，但据说这眼镜并非近视镜，而是平光镜。发现戴博的眼镜是平光的，恰恰是语文课代表余星。那是一次偶然的机会，余星在座位空行间挨个收作文本，收到戴博的位置时，戴博还洋洋不睬。余星问："你的作文呢？做完了吗？"戴博板着脸睨一眼余星："没完。"余星说："还有多少没完，我等你！"戴博反感地质问："你逼租逼债是吧？"余星说："你怎么说话呢？"戴博摘下眼镜朝桌沿边一甩："我怎么啦？得罪科长啦？"（戴博平常戏称课代表为科长）。戴博这一甩，眼镜从课桌沿滑落到了地下，刚好掉在余星的右脚背上。余星连忙弯腰拾起，微笑着道："还好，掉在我脚背上，没摔破。"余星顺手朝自己的鼻梁上一架，随问："多少度？怎么一点感觉也没有？零度吧？"戴博白净的脸微微一红："还零下几十度呢，南极呢。"余星一笑："平光呵！"周围几个同学顿时凑过来一片热灼的新闻目光，有几个女生竟"嗤嗤"地捂住嘴笑起来。戴博很觉羞窘，怒气冲冲地对余星说："余科长，我的作文就不劳你大驾了，我自个送季老师那去！"余星大度地一笑："知道你爸是个大科长，何必取笑我呢。"余星说毕便悻悻然离开了戴博的座位处转收别的同学的本子去了。

戴博的确是科长的公子。他爸乃是县人事局的一个科长，管职称评定、人事调配这档子事。据说去年本校一名副校长申报高级职称，还提了"泰国燕窝"等好几样礼品去朝拜过这位戴大科长。戴科长是夜把刚从学校上晚自习回家的儿子叫到跟前，将那几样礼品展示给儿子看，说这些都是你们某副校长给我朝的贡，我要他带回去他怎么也不肯，我这就托付给你了，你替我完璧归赵！如今这些玩意儿是真是假只有天知道，我戴某人还真不敢冒这个莫名的险呢。戴博第二天不辱使命，果然将"泰国燕窝"等"贡品"送还到副校长府上。副校长问他爸怎么说，戴博不假思索便抖出了那句"只有天知道"，副校长抿嘴哂笑出声，一下愣住了。他认真地瞅了戴博一眼，在心里感喟："他戴家的官运恐怕就到这戴假博士这辈画句号了。"副校长无奈，只好将"泰国燕窝"打成7折退了货，连夜给戴大科长送去一个"十全十美"的"信封"后才对他的职称走向有了踏实感。这些个一鳞半爪的故事，都是戴博在他的作文里自己抖落的原生态素材，季老师看过之后常常报以叹息，惋惜加可惜。如今引用进本小说里，当然是以祈化腐朽为神奇，像臭豆腐一样闻起来臭吃起来香了！

……

季韧老师明显地感觉出，戴博的眼光很具挑战性。他在心里揣摩：那用冷馒头捏揉的馒头"弹头"很有可能出自戴博之手！但因为并没谁看准看清，季老师也不能贸然结论，他只是特意盯了戴博一眼，旋即大声问全班："谁扔的，自己主动承认！为什么要扔？扔老师呢还是扔谁？什么意图？什么目的？……"

没有人回答。课堂上忒静。连一颗绣花针掉地上都能听得分明。

僵持片刻之后，季老师立马按下这个疑团说："刚才发生的朝讲桌扔馒头坨的事件是个什么性质的问题大家可做一番思考、评析，当事同学更应认真反思自省。"季韧老师讲到这儿陡然激动起来，声音明显加

大了："我不认为这是小学三年级或初中二年级的学生扔着好玩，也许这里头还有什么复杂的背景呢。我们先上课，然后请班主任老师过问一下这事。"

据说当天晚自习班主任储日华老师便急不可待地"升堂办案"了。他先找去几个可疑对象个别谈话调查，结果是一无所获，没有一个人声称对此事件负责。储日华气急了，拍着桌子叫来班长许民，指令给全班每个同学发一个白纸条，要求每人写一张无记名的"线索条子"。结果也几乎是"颗粒无收"。翻看到最后几张时，才发现一张白纸条上写了一溜儿英语：section chief。储日华是化学系毕业的，元素符号背得滚瓜烂熟，对这一溜儿英语（兴许是单词）却全然陌生，只好"蹭蹭蹭"地连忙上了4楼文科办公室找英语老师求助。年轻漂亮的英语教师开启她那涂着薄薄唇膏的朱唇，温文尔雅地一溜儿念过那一行英语，悠悠然然地浅笑道："科长。"

"科长？"班主任储日华面露几分喜色，但旋即又陷入了沉思：是指老爸当科长的戴博呢，还是指被同学们戏称"文曲星"的语文课代表余星？

储日华调动自己的记忆积累稍作分析后认定前者的可能性更大。当这一思维像氢原子一样活跃起来时，储日华顿时又犹豫起来了。已届中年的储日华老师在中级职称的岗位上已打拼了5个年头，正盼星星盼月亮地盼着申报高级职称呢。去年本已符合申报条件了，可就因为僧多粥少，指标少得可怜，他的各项记分加起来滞后人家2分，于是像北京那年申奥一样，以2分之差落后悉尼而败北。至于明年，储日华心里有数，应该是八九不离十了。如是那样，申报事宜势必得过人事局戴科长那道门坎。若顺其自然，戴博理应是个有利的资源，正好开发利用，如若因了这一个馒头团子的小事把关系给搅黄了，那就因小失大了呢。何必给自己设障跟自个儿过不去呢。储日华思虑权衡一番，主意拿定：算了，再大不了也是小事一桩，不就是一个馒头团子吗，谁扔的不也就那么回事吗？……退一万步，代表班级给季老师表示一下歉意不就风平浪静了吗？……

于是乎，"馒头弹头案"悬了起来。

季韧老师对班主任储日华的"坦诚说明"表示了理解。

一连几周过去了，季老师也好，同学们也好，都差点把"馒头弹头案"给淡忘了。

可就在"文曲星"余星为他的"克隆文"当全班做检讨的那天晚自习之前，高中语文组办公室的门被重重地敲了三下，同时伴以庄重肃整的一声："报告！"

"进来！"

正准备下班辅导的季韧老师平和地应了一声。

办公室的门被轻轻地推开了。季韧老师抬眼一望，正急急忙忙地走进来的竟是戴博！

戴博笔挺挺地站立在季韧老师的办公桌前，头微微勾着，不吱声。

季老师一愣，但语气很平和地说："怎么啦？有什么事吗？"

戴博稍稍抬了抬头，愣愣涩涩地："老师，对不起，我错了。"

季老师感到莫名其妙，笑问："怎么回事，坐下说吧！"季老师蔼然地指了指其旁的一张凳子。

但戴博没有坐，仍站着。话语有点儿颤了："那天的——馒头团子——是我扔的——"

"哦——"季韧老师轻轻"哦"了一声，陷入了沉思。

戴博接道："就是用一块小布片包裹了那个馒头团子扔过去的。"

"你扔谁呢？扔我？"季老师笑问。

"不不不，"戴博的脸上泛起了红晕："哪能呢，我是扔文曲星，弄虚作假的家伙！叶蓉的那本作文选我全看了！"

"原来是这样——"季老师忽有所悟：余星刚好是坐在讲桌下的第四排的头一个！

戴博又道："没扔准，才落在了讲桌上！"

季老师问："你怎么想到用布片包了馒头屑扔人家呢？"

"不（布）屑呗！"

戴博得意地扑哧一笑。

　　"哈哈——"季老师忍俊不禁地开心笑道："你用的谐音，用得不错！"

　　"不过，对同学……"季老师正要展开辩证分析，戴博又主动接过话来：

　　"我讲过，我错了呗，错了就是错了呗，既然他也做了检讨……"

　　"对，"季老师边说边站起身来，走向戴博道："余星同学对自己的抄袭行为认识是深刻的，大家都要吸取教训——为人为文，都得讲诚信啦！"

　　季韧老师激动地握住戴博的手："好，你认识就好，认识就好——"

小 睡 狮
（校园故事之三）

　　"马成！你怎么搞的嘛，振作一下精神嘛！"

　　坐在第6排第7个座位上，双手伏着桌面，半张脸紧贴着桌面的这个留平头的男生缓缓地抬起头来，眯缝着一线天的眼睛，显出一幅尚未睡醒的惺忪状。

　　"坐好！看着书，第98页，第12课，《墙上的斑点》！"

　　季韧老师威严地伫立于马成的课桌旁，声音里透着严峻。

　　不少学生，有男生也有女生，纷纷把头扭过去瞧着，用各种眼神瞅着，欣赏的，猎奇的或是玩味的。叫马成的男生神情佯佯地抬起眼盯了盯前方黑板墙，似乎是在寻觅什么"斑点"似的。季韧老师啼笑皆非似的轻轻一笑，用一种善意的调侃或嘲弄的语气道："不是这黑板墙上有什么斑点，是我们这节课学的课文题目叫《墙上的斑点》，是英国女作家弗吉尼亚·伍尔夫的第一篇意识流小说，明白吗？你看看书吧……"

　　季韧老师边说边伸手帮着马成打开书翻到第98页……

　　"这个小睡狮呀！几时才能睡醒呵！"班长许民轻轻地发了一声感慨："纪律分的两分又扣没了！"

　　原来恰在此时，巡视课堂纪律的政教处副主任廖松老师拿着本子握着笔刚好从走廊里挨窗而过，刚才的一幕全景式地摄入了他的视屏，进入了他的登记本。一个学生打瞌睡，扣班纪律分2分。也难怪班长许民怅叹了。上午的英语课马成也是撞在廖主任的枪口上，已经作过了负2分的贡献，这下可创下全天的全校纪录了。

但季韧老师不可能用更多的时间跟一个学生来磨蹭，他得讲课，他得面向全班、全体，于是他开始深入分析《墙上的斑点》这篇外国小说的艺术特色来，他甲乙丙丁地依次展开，有板有眼地逐一分析，吸引了学子们一双双像星星闪烁般的明亮的眼睛……这是季韧老师教学的一种状态，一种境界，学生们的思维进入了教者的思维轨道，且活跃的思维像美丽的瀑布一样缤纷溅射！但季韧老师并没陶醉于这种氛围，他的目光或注意力仍不时地关注"老少边穷"地区，马成便是这个地区的"特困户"。

你看看你看看，马成又伏着睡了，整个平头都埋在了那一对粗壮的巴掌里。

季韧老师的目光逡巡于此，眉头微蹙，叹道："马成呀马成，这就怪了，我的课怎么就吸引不了你呢？"

全班的目光又顿时聚焦于6排7座的马成了，但马成本人却似乎浑然不觉，标准的平头贴着课桌面熨熨贴贴。

5排7座的邻桌郭蓉（也许是因为季老师曾欣然与不安兼有的那层意思，班主任已将郭蓉的座位变动了，此刻似乎被莫名地株连，因为一道道热灼灼的目光也若明若暗地"波及"到了她似的，乃至于她的双颊飞起了不自在的红晕。

郭蓉伸手推了推马成，轻轻叫着："小睡狮，醒醒，快醒醒！"

马成朦朦胧胧地被推醒了，嘴角还挂着唾涎呢。他腼腆地拭了拭嘴角，睃一眼季老师绷着的脸，无奈地勾下头去翻了几下书。

但季老师这回并没批评他，他迅捷地收回刚才投向马成的关注目光便转入小说的分析结尾了。只不过他嘴里在讲小说，心里边仍琢磨着马成："这个马成怎么回事呢？有点不正常吧。马成马成，马到成功之谓也。如此这般，何成之有呢……"

季老师认定，马成的这种课堂状态，一定有其特殊的背景。他将情况反映给班主任储日华。储日华说其他课上也一样，他本人的物理课上情况稍好一点，可也好不了多少，只不过没有在座位上打鼾流唾涎而已。储日华说马成初中的同学给他取了个"小睡虫"的绰号。进高中后有人给他改成了"小睡狮"。给他改这名的便是县人事局戴科长的儿子戴博。有一次他俩被一同分配打扫公共区，即教学楼东边的男厕所。科长的独生子戴博将所有的水龙头拧开了大肆放水，哗哗的自来水一会儿就漫到了厕所入口处。戴博踮起脚倚在厕所的门口，手里还握着一本连环画。马成扔下手里的竹扫帚，趟着水奔过去关掉了几个水龙头。马成边拧紧水龙头边扭头对戴博说："多浪费呀，不是你家里的水表就不心疼呀，大少爷似的——"

"你这小睡虫还敢教训起我来啦？"

"小睡虫也是你叫的吗？一个小贪官的小兔崽子！"

俩人针尖对麦芒地唇枪舌剑起来。马成还利用手边的水龙头优势，忽儿拧开来，用手掌顶住龙头口，将一束尖厉的水花溅射过去，直冲戴博的脸，冲得戴博满头满脸的"落花流水"……

马成笑问："这下你该清醒一点了吧？"

戴博回话："醒啦，小睡狮醒啦，你小子狠啊！"

马成又笑道："好哇，那你小子滚蛋吧，余下的事我包了。"

戴博落汤鸡似的乐乐嗬嗬"滚"了。马成一个人把厕所收拾得干干净净、清清爽爽。卫生检查时打了个"最清洁"，为该班本周夺得卫生红旗立了一功。班主任储日华在班会上总结时风趣地笑道："小睡狮醒了，大有希望哩！"

班主任储日华老师这诙谐幽默的一笑似乎赋予了"小睡狮"这一谑称某种意义的褒扬色彩。

季韧老师从班长许民等人的作文里获取这些信息后，顿生一个动议：将马成的座位做一下调整。

储日华征求季老师的意见："您看把他调哪儿合适？"

季韧老师幽他一默笑道："把他放到'碉堡'底下如何？"

储日华心有灵犀，扑哧笑道："高，实在是高！"

于是乎，小睡狮马成坐到了讲桌下正中的位置。

然而这样一来，后边有两个女生说狮子头有点挡她们看黑板的视线，季韧老师蔼然一笑回她们话：你们克服一点不就得了？"一点"换

"一点"呗！

环境有时显示出其外因的惊人力量。马成自从坐到了讲桌下的第一个位置，几乎换了一个人。首先是他把这个喜讯告诉了他妈妈，他妈妈高兴得停下生意，领着他去服装市场选了件新潮的夹克衫，马成穿上，一下显得精神了许多。随后，他妈妈又让他选了一双环球牌波鞋。马成一穿上，乐嗬得什么似的，即兴模拟起韩磊的笑脸，唱起了"走四方"，令他妈妈乐得拍起了巴掌。一下引来四下里许多好奇的目光，不知道这娘俩是不是哪根神经出了岔儿。

回家的路上，马成妈关爱地对马成说："成儿，你只一心念你的书，早上蒸馒头的事不用你掺和了，真够累的，从学校下晚自习都九点过了，凌晨三四点便起来帮我和面，白天上课哪来的精神呢。妈想通了，还是找个帮手，你顺德叔也的确是个好人……"

马成憨厚地朗声笑道："我还把顺德叔写进作文里了呢，你猜我们季韧老师怎么写的批语？"

马成她妈脸上顿时飞起了红晕："老师怎么写的呢？"

"不是亲爸胜似亲爸，人间处处有真情！"

马成妈感叹道："是呵，要不是顺德叔资助学费，你能上得起高中吗？你初中都难毕业呢，初二时你爸就……"

马成的声音有点儿哽咽了，连说："妈，别说了，我会努力的，我会对得起你和顺德叔的……"

原来，马成念初一时他爸做起了药材生意，后来去了云南，据说被一毒贩子骗了，上了他们的贼船。马成念初中二年级的第一个学期，他爸还回过一趟家，给过家里两千块钱。临走时马成他爸对马成妈说："我要是今年过年还没回来，也没消息，你就别等我了……"马成妈急得大哭起来："他爸，你不去了，离开他们好吗？"他爸苦笑道："上贼船容易下贼船难啦，我若不去，他们找上门来了，不要说我，你和成儿的命都保不住的，那班人歹毒得很啦……"

果不其然，马成他爸那一次去后便再也没有回来，也没有消息……

马成妈日盼夜盼，抹了将近半年的眼泪，然后靠着蒸馒头卖早点撑起了这个家，艰难地供着马成上学……

马成在作文里提到的顺德叔则是马成妈早点摊的一个老顾客，一个从倒闭了的县机械厂下岗后独自开了一间机修店的单身钳工师傅，一套蓝工作服油腻腻的，一张油黑的脸时常紧绷着，但自从遇上了卖馒头的马成他妈，那工装服被濯洗得净爽多了，油脸上也渐渐挂起了笑容……

季韧老师是从马成的作文里了解到这丝丝缕缕的。这位善良的教师为这个学生家庭的不幸而黯然神伤，又为这个家庭的转机欣然欢喜。季老师把马成叫到他的办公室，当面给他批改这篇以"亲情"为话题的作文，肯定并鼓励他的进步，同时指出这篇文章存在的不足是缺少典型的细节描写，使文章失去了应有的色彩。季老师说，细节见性格，细节闪光辉。季老师拍了拍马成的肩膀，嘱道：请你回忆一下然后充实一下这篇文章，写一两个生动感人的典型事例，典型细节，让你妈的形象，顺德叔的形象栩栩如生的立起来、活起来。比如说，你顺德叔给你焊自行车踏脚板一事，你只写了他为了不耽误你上晚自习，把吃了一半的饭碗放下，一阵工夫便给你焊好了。可他的饭凉了。这一细节即可展开来写，顺德叔放下饭碗的情景，他俯下身去焊踏脚板的情景，他的动作，他的表情，焊花四溅的样子，饭渐渐的冷了，可他心里正热乎呢……如是这样，人物、场景、情节等就都会鲜活起来，生动起来……"

季韧老师深情地勉励马成说，你把这篇文章改好后我把它介绍给全班同学，因为它是"亲情"的另类或个案，更具典型意义。季老师顿了顿，幽然地一笑说："到那时同学们会说，小睡狮真个醒了，还正腾飞哩——哈哈——"

小睡狮这会儿很激动，他恍然大悟地开心笑道："老师，我懂了，我试试吧——"

马成果然不负季老师的厚望。他的《顺德叔》第二稿果然一炮打响。在随后的作文讲评课上，季韧老师热情有加地向全班推介了这篇文章。当季韧老师声情并茂地诵读完全文，全班同学情不自禁地鼓起掌来，连马成的"对头"戴博也伸长了脖子，伸开了巴掌……

段考后的家长会上，同学们见到了一张亲和的新面孔——马成在作

文里提到的顺德叔。不过，马成在介绍顺德叔时做了一点郑重说明，他的口气很骄傲也带点儿调皮劲儿。马成说，当初我叫他顺德叔，今儿个我该叫他"爸"了！紧接着马成响响亮亮、亲亲热热地对着他顺德叔叫了一声："爸！"叫得浓浓的，酽酽的，令人心醉！

大家热情地鼓起掌来。

班主任储日华和季韧老师都乐了，情不自禁地击掌而贺。

储日华热情地走向马成的新爸，给他递烟。

马成爸平静地挥了挥手："谢谢，戒了。"

马成激动地高声插话："为我戒的呢！"

季老师和同学们忽儿记起，马成那篇《顺德叔》的第二稿里，写了顺德叔戒烟一事。说顺德叔抽了半辈子的烟，可为了省钱供他念高中，将来还要上大学，他下决心把烟戒了。他说戒就戒，快刀斩乱麻。那天晚上刚吃完饭，马成他妈见顺德叔朝兜里掏烟，马成妈便将刚点燃蚊香的打火机递过来。只听顺德叔平平静静地悄然说声："我戒了算了。为了马成读书。省一个是一个。"说着说着，他掏出抽剩了的大半包"相思鸟"牌香烟，朝门边走去。马成妈问他去哪，顺德叔憨厚地一笑："全给隔壁老张头，快刀斩乱麻。"马成妈心头一热，眼眶都湿润了。

顺德叔成了这次家长会上令人瞩目的"家长明星"。虽只朴朴实实地讲了几分钟的话，关于对学校和老师的感谢，对马成的期待，却让人感觉真切和谐。而以往，这个"家长明星"的位置一直是戴博的当科长的爸垄断着，每次都是装腔作势地夸夸其谈，炫耀自己虚夸戴博，给他敬烟他不接，抽自己的"大中华"，那神气呀，用班长许民和郭蓉等人的话形容说"真是恶心死了"。

这次的家长会上再没有见到戴科长的影子了。据说戴博也提出要转学，转到他姑妈家所在的县城职高去学一门技术，他姑父是那所学校的教导主任。

办转学证的那天，马成在校门口遇见了戴博，他神情很沮丧。马成问他你怎么这样子了呢？戴博说，我羡慕你呵小睡狮，你那个顺德叔比我当科长的亲爸好多了。

马成问他，你爸到底怎么啦？

戴博勾下头无奈地说，"双规"了。

季韧老师之后听到这些，将两个短语默念玩味了好几遍："戒烟了""双规了"，念着念着，不禁笑起来，既有快意，也有涩味。

插班生(或《希望》)
（校园故事之四）

语、数、外三科的高中毕业会考是在高三年级的第一个学期末举行的。即将辞旧迎新了，校园里开始荡漾起新一年的元旦气息，学生会、团委会及教导处校工会关于学生与教工的各类评比总结表彰工作都紧锣密鼓地拉开了帷幕。理科二班的班长许民连日来又要忙于会考复习，又得出席各种会议，忙得不亦乐乎！这个周三的晚上刚上自习，许民又得去参加政教处的一个座谈会了。恰好这晚是季韧老师下班辅导，一出一进，师生二人便在教学楼的入口处相遇了。

"你去哪？不上自习呀？会考在即……"季老师关切地抢先开了口。

许民阳光的脸上憋出了无奈："谁说不是呢，季老师，可政教处召开班长座谈会，不去要扣班级的分呢……"

"哦——"季老师的一声"哦"里带有理解也带有憾意："既是这样，那你去吧。"

许民忽儿从腋下抽出一本16开本的复习资料，红皮的，调皮地笑着朝季老师一晃悠："开会复习两不误，您放心……"

季老师冲着许民会心一笑："你呀，小聪明……"

季老师健步登上4楼。走进理科二班的教室，白熠的日光灯下，他用矜持的目光扫视了一下全班，静谧的气氛中，所有学生都进入了自修的状态。当季老师满意的目光收回到班长许民的位置上时，他忽儿一愣：怎么许民的座位上坐了个陌生的面孔？——标标致致的小生模样，长相清秀，皮肤白净，薄薄的嘴唇自然地抿着，蓝色的学生上装，口袋里插支钢笔！他端坐在座位上，目光注视着桌面上摊开的复习资料。

季韧老师矜持地沉吟了片刻，随即又将目光移开，似乎是为了不让这个陌生面孔感到不自在。实际上，这会儿陌生面孔虽然没有与季韧老师直接照面，但他已经和季老师"神遇"了。他分明感觉到了季老师诧异的目光。但他并没露声色，以凝视与专注的学习姿态给眼前这位自己仰慕已久的语文老师一个平实自然的第一印象。

季老师已经踱回到讲台上，在讲桌前摊开了他的讲义夹，坐下来准备备课了，教室里一片静水秋月般的宁静。

但季老师没写下几行字便搁下了笔。他又将目光投向许民座位上的那张陌生面孔。这会儿，陌生面孔似乎在桌面上趴得更紧了，学生装口袋里的钢笔已抽出，正刷刷地在写着什么……但这会儿他似乎没感觉到季老师投向他的继续关注的目光，仍在笔走龙蛇……

季老师却停住了笔，又缓缓地踱下了讲台。他在距离许民座位隔着四排的北窗下第四行的课桌间轻轻踱步，逐一检查学生的学习状况，其实呢，他内心里仍在想着了解坐在班长座位上的陌生面孔的ABC。但他舍近求远，采取了欲速故迟的路线，要让陌生面孔感受到全系不经意中的自然而然。

季老师穿绕过几行之后驻足于班长的座位跟前了。

"你跟许民是同学？"

季老师侧身轻问，语气很亲和，面带微笑。

陌生面孔并未答话，只是抬起眼来，回报季老师虔诚的微笑。随之，起立，将刚写完的一张纸折成纸条双手捧着恭恭敬敬地呈到季老师手里。

季老师顿觉一种莫名的诧异："莫非是个哑巴？"

但季老师再没问什么，轻轻地按了按他的肩头让他坐下，握了字条，不紧不慢地踱回讲台。

展开纸条，季老师看到一行行十分清秀的硬笔楷书：

"我叫程然，许民的初中同学。原在一中高157班，现插贵班，慕

您的大名而来，恭祈季老师不吝赐教。

另：刚刚做过声带治疗术，医生嘱咐休声两周，请谅解。"

"霍，文笔还挺洗练，洒脱哩。可在重点中学读得好好的，跳什么槽呵，且是从重点中学跳到普通中学，分明是米箩跳糠箩呗——有蹊跷！"

季韧老师虽然一向不迷信"重点"，却并没回避世俗之见。

这个程然肯定有故事。

晚自习第一节刚下课，也就是8点左右吧，许民回教室了。而且是偕同班主任储日华老师一同回的，俩人共同搬着一张课桌椅，放置在北边窗户下，第8排的最后边。

季老师明白，这个座位即是为插班生程然安排的了。班主任储日华在教室后边给班长许民交待了几句什么，便随即从后门离开了。随后，许民便领着程然"安顿"到位。

因为程然尚处在休声阶段，不便用语言交流，一切都在悄无声息中进行的。

第二天便有作文课。季韧老师出的是以"家事·国事"为话题写一篇文章。指导时，季老师强调说围绕这个话题写个家庭小故事也行，选材要典型，立意求新颖。

课代表余星交作文本时仍是按组放置的，插班生程然的作文本自然置于第8组的最底下。但这回，季老师则迫不及待地优先这位插班生了。

这文章让季老师眼睛一亮。

文章的标题就很新奇：《羽绒服·袁隆平》。

标题下还有一段像模像样的题记呢：

糖衣裹着的炮弹称糖呢还是称炮弹？或曰：糖衣炮弹？

那么阴谋用美丽的羽绒服包裹着呢？——也只能叫美丽的阴谋吧。

我的爸爸是一名校长，重点中学的校长。他叫程默，别以为与沉默谐音就认为我父亲是个很睿智、很深沉的人，并非如此。有人背地里非议他是故作深沉，甚至有人骂他是闷老虎。他很凶，很横。有时，我母亲和我父亲争吵起来，也打出这样的炮弹来轰击父亲。比如去年过年前父亲联系的那一份发给教工作福利的10斤白酒，母亲就听了好几车皮的闲话。有人说那是酒精加自来水，白是白，但不是酒，教工们不领白不领，握权的不拿白不拿（回扣）——各得其所。

我和父亲的正面冲突是从班长和补课费开始的。

一进高中，我不知道我是怎么莫名其妙地就让班主任宣布为班长了。同学们面面相觑，没选呀，没举手呀，程然是谁？什么德性？有何能耐？——众人不服。后来服了也不是真服了，而是不再吱声了，因为大家听说我父亲是校长。班主任夹在中间为难，也替我替他自己解了许多的难。校长的儿子就要当班长？——凭什么呀？

补课费都得交，就我不交，凭什么呀？据说教工子女都不交。人家有意见，我也有意见。我受不了人家的白眼，好像我白吃白拿了似的，我向父亲讨补课费。父亲眼一横：你搅合什么呀？你懂什么呀？你交了，别的教工子女怎么办？我说：都交呗！

"都交？"——"是你说了算还是我说了算？这事直接关系到教工们的切身利益呢！当教师的，这点好处都不享受，还享受什么优惠呢？你知道不知道，各行各业都有优惠呢。铁路职工坐火车不要钱的，电力职工用电是免费的……"

"公检法的子女犯了法可免于法律追究吧？"

我反问父亲。

这下子父亲语塞了，瞪大了眼睛狠狠地盯着我说："你别人小鬼大，现在还轮不到你来教训我，管我的人在组织部……"

一件羽绒服才使我和父亲的关系炽热化。

那是今年初冬的一个夜晚。我上完晚自习回到家，见客厅的沙发上坐着一个陌生的中年男子，沙发的另一端放着一件白红相间颜色的羽绒服。我父亲和这人的交谈显然进入了尾声，中年人很感激地站起来，握住我父亲的手，连说多谢校长关照，多谢校长关照……边说边起身离去，父亲送他到门口时，那人立住了。悄声地（说是悄声，其实我们三人都听得见）对我父亲说："羽绒服的发票放在口袋里，您别忘

拿——"父亲点了点头。

说完，那人下楼了，父亲送他至楼道口。

趁这会儿，我打开了羽绒服，原来羽绒服里的夹层口袋里塞了个厚厚的信封，取出一看，原来是两叠百元大钞！

两万元！

我记起来了，那人前两个星期也曾来过的，是个基建老板，他想承建学校的学生食堂工程……

我立马将那两万元取出，扔在客厅门口，父亲返身回屋时，皮鞋尖碰了个正着……

我悄然地进了自己的房间，仰倒在窄窄的钢床上，双手抱着后脑。

"嘭嘭嘭——"我的房门被敲响了，我没理睬，只轻轻地干咳了一声。

父亲威严地喊道：

"程然，开门啦——"

我拉开了门，父亲腋下夹着那件美丽的羽绒服走进来，脸却绷着。

"你试试看，看看合身不？"

我没吱声，侧身倒在钢床上，双手抱着脑袋瓜，整个儿是一个不理睬的造型。

父亲很懊恼地将羽绒服往钢丝床上一扔，"砰"地一声转身带上门出去了。

我霍地从床上站起，提起羽绒服，拉开房门，将羽绒服扔回客厅……

父亲正躺在沙发里按着遥控器，频频地变换着的频道的音响传达着父亲烦躁的心绪……

频道的音响戛然而止。

随之，我的房门被骤然敲响，父亲咄咄逼人地问："怎么？不中意？"

"不是不中意，是不稀罕！"我语音铮亮。且接下来排贯而下，我使用了很激烈的措辞：诸如表里不一呀，道貌岸然呀，以权谋私呀……

等等等等。

"你翅膀还没硬呢，胡说八道些什么呀？"父亲气咻咻地打断我。

我硬铮铮地回父亲话："翅膀没硬，可腰杆挺硬哩！"说完又侧身朝里了。

待我一觉醒来，听见父亲在咳嗽，咳得很凶，我知道他又在抽烟，而且是连续猛抽，每当遇到不舒心的事，他便如此……

我的心里泛起一阵酸楚……

我后来再也没见过那件羽绒服。学校食堂开工后，我特意去施工的工地溜达过几回，也没见到那送羽绒服的老板……

父亲是学中文的，写得一手好文章，尤其是公文类，像经验材料、工作总结等更见精致老道。他说他是从笔杆子飞跃到印把子的。

进入高二第二个学期，当我面临文理分科的选择时，他表示了特别的关注。

那一次父亲问我："你最敬仰的人是谁？"

"袁隆平！"我脱口而出。

父亲瞪大了惊愕的双眼。

我继续道："袁隆平是带给全人类福祉的大科学家。"

"你不准备读文科呀？"父亲有点失望地问。

"考农大，步袁院士的后尘。"我的话干干脆脆。

"也好，人各有志。"父亲说，既是这样，县里最优秀的生物老师在三中，你去那儿拜师吧，我给你办转学。

……

这便是我这个插班生的全部背景。

需要补充说明的是，我离开家到三中念寄宿的那一天，我偶尔在父亲的案头上瞥见了一篇刚开头的论文，标题是《廉政与儿子》。

……

果然是"家事"联"国事"，季韧老师读到这儿简直有点怦然心动了，他合上程然的作文本掩卷而思良久，其人其文都不可多得呀。其鲜明的个性卓然独立，犹如一团蓬蒿中挺拔而出一棵高耸的白杨……他兴

奋地提起笔来，给程然的这篇《羽绒服·袁隆平》写下一段别开生面的评语：

子违父意，且不承父志，看似忤逆，实乃大孝大顺也。时代呼唤这等逆子！文笔洒脱，事理交融，情理相映，堪称上乘！

100分！季老师慷慨出手，这是他从教38载给出的第二篇满分作文。第一篇是上届一个女生的散文，题为《邂逅在秋天》，写一个患白血病的女孩和同桌的生离死别的故事。

评语写了，分给打了，季韧老师觉得意犹未尽，言犹未尽，少顷，又欣然走笔写了一个纸条，夹进程然的作文本里。

其条云："鉴于本文涉及到你父亲的一些隐私，不便在班上范读，只介绍文章整体面貌和分数，祈予理解。"

但尽管如此，季韧老师在作文讲评时仍抑制不住那份激动，眉飞色舞、神采飞扬地推介了插班生的这篇文章，以至于同学们争相观睹，程然的作文本差点被扯破。班长许民顿出主意"抢救"奇文，拿到复印室去复印了好几份。之后，班长许民和课代表余星又派生奇想，将复印的文章寄给一家教育杂志社，许民在文末写了一条附言：指导教师季韧。为此，季老师收到了杂志社致谢的复函，称从程然的文章里看到了希望，称季老师教导有方云云。这让季老师甚感不安，赶紧写回信声明两点：一、程然的文章纯系他独立完成的原作面貌，此前并未对他做任何辅导指导；二、该生刚插班进来，仅听过我一节语文课而已……

尤其令人意想不到的是，这一年的高考由省里命题，作文题摆出了一则材料，这则材料扼要复述了一个插班生的故事，包括他的父亲，包括羽绒服，袁隆平等等。要求据此材料以"希望"为话题写一篇文章。

"希望"一词用特写的黑体印刷，格外的豁朗、赫然。摄入季老师眼帘的一刹那，他宛若迎着了一道灿然的希望之光……

万校长·方伟AB
（校园故事之五）

校园总是青春常驻，一年一茬"新绿"。

两年前的那个秋季刚开学时，刚刚送过当届高三毕业班的季韧老师又踌躇满志地准备接新一届的高一新生班了。他将高三的教科书复习资料等收进书柜里，弯下腰去从书柜的底格找高一的课本时，校长忽儿来电话了，说请他去校长室有要事商量。季老师愣了一下，茫然地上了三楼。校长笑微微地请季老师坐，又转身给他沏茶，态度很是恭谦，这在季老师的印象中颇有新鲜感。对此，季老师有些不大适应地挥了挥手，很随意也很平和地道："万校长，免礼吧，有什么指示就说吧。"

"你也叫我万校长？"——校长的脸上掠过一丝难以掩饰的窘态，自觉不自觉地将溢满了开水的一次性塑料杯给捏扁了，水漫到手指手背上，校长无奈地急忙松了手。此情此景，令一旁的季韧老师尴尬地轻轻一笑。

原来校长本姓方，可大家都称他"万校长"，这里边有两层意思：一是揶揄他当校长于德于才都似乎还差那么一点儿，"方"字去一点，便成了"万"了。他处理问题的不尽人意之点多多，随意举个例子说：本来，学校的教学区与教工宿舍区之间隔着大操场，是连成一体的，可校长硬要独断专行，在操场边临教工宿舍处修起一道高高的围墙，俨如监狱的"大墙"，中间设置一窄窄的小门，推个单车出入都仄仄扁扁的。小门上还装了一把大锁给锁起来。与此呼应配套，又在宿舍西边的围墙上打开一个洞口，设置一道后门，通往幽僻而纷杂的居民聚居的岔街。如此一来，教工们出入上下班，得从围墙外边绕一个大弯，往返一次得多费近10分钟的时间。教工们边走边骂，怨声载"道"。大多是背地里叽哩咕噜，也有当他面说三道四的，但万校长以不变应万变，总是闷不作声像个橡皮钉子，你语锋再凌厉，他也只是勉强笑笑作罢。这样的情形捱过半年多，"非典"来了，机遇也来了。方校长在行政会上郑重提出，为了防止外来人员进入，确保师生的安全，教工宿舍后院该配备专职门卫。这一"提案"自然甚合时宜，于是一致通过。至于"专职门卫姓甚名谁，何方人士"，那是无须集体研究的，方校长既胸怀大局，也胸有成竹。于是乎，一转眼的工夫，便有一位三十二三岁的农村女青年堂而皇之地走上了"门卫"岗位。她便是初中毕业后干了几年农活，又打过几年工，再与方校长的姨侄结了秦晋之好的姨侄媳妇。方校长的姨侄毕业于本省一所师专的地理系。先分到某湖区乡镇中学任教，一年前被方校长当着冷门专业特需人才"挖"来本校，并安排在高三年级组里挑起了大梁。继之，教工宿舍的"后门"开了，姨侄媳妇的安排也"到位"了。据说后来此事在方校长的一个经验汇报材料里派生成了一条宝贵经验："千方百计妥善安置骨干教师的家属，以解除他们的后顾之忧"。刚开始，老师们不便打听这后门门卫的身份背景，只因过年过节时，几个勤于跑校长家串门的行政人员，比如政教处副主任伍捷，总务主任汪利常每次都与"门卫夫妇"不期而遇，且亲耳听见他们夫妇俩喜滋滋、甜蜜蜜地称呼校长叫"姨父"，这才明白了堵门设门的前因后果。有教工家属跟女门卫开玩笑说："你该怎么感谢姨爹呢？"（女门卫总按小孩辈份称方校长姨爹）女门卫本来嘴皮就有点上翘的，听了这话撅起更高了，眼珠子也鼓爆起来："感谢他？感谢非典吧？"对方逗乐："对对对，感谢非典——非典来了，你也来了；可现在非典走了，你咋不走呢？……"女门卫的脸煞地红了。

此其一，即方校长被叫成"万"校长的背景之一：私心重了一点。

当然还有其二，私心之中夹野心，"野心"也大了一点。

90年代中期，方校长即在县城建起自个儿的金碧辉煌的小别墅，并捞了个省优秀教师的金字招牌。从精神到物质双丰收。方某人抓升学率有招，考生上"榜"了，他也就上"榜"了。他抓高三毕业班有他的连环套，基本上叫做步步为营地抓，亦步亦趋地管，月考、半月考、周末测试连起环来，老师学生连轴转。每考之后便是学生排名，老师排队，学生竞前后教师逐高低，人人心里都紧绷着一根弦，像背着个火锅奔洼地。再是大会小会接着开，总结会分析会对策会套起开，大讲特讲高考的紧迫感责任感荣誉感，张口闭口校兴我荣校衰我耻，分数排名表格不离手，高考倒计时时刻不离口，时间紧任务重要求高是他的口头禅，不怕一万就怕万一，经验主义尾巴要割掉，侥幸心理要去掉，厌战情绪要打掉……大话空话套话，连环话（画）讲多了说重了言烦了，量变引起质变了，到后来只要方某人一张口就是"不怕一万"，就有人戏称他"万校长"了……

方某人自矜这是他抓高考的万全之策，其实也是他的"万钱之策"。他曾说本校还没有一个全国优秀教师呢。要能评上一个，学校奖他一万！其实方校长讲这话时，台上台下彼此都心照不宣："要评的话，舍我（你）其谁也！"

这话在抓教学的副校长林旭听起来则预感这是方某人的一种铺垫，名利双收的铺垫。因为该年度的高考来势相当的不错，地区组织的三次模拟考试显示，本校本届高考成绩将创历史之最。果不其然，总体成果跻身本市前三名。音体美小专业成果跻身地区前三名。在当年的地区高考总结会上，方校长果然拿到了两个奖项：一个全国优秀教师的评选名额和一万元奖金。据说都是"戴帽"的。抓教学的副校长林旭也参加了地区的那个颁奖会，他对"戴帽"一说似觉有些迷离，因为心里憋得难受，背地里打电话咨询地区教育局，问那一万元是奖学校还是奖校长，结果回答是嘿嘿一笑：都可以奖。毕竟官高一级泰山压顶，副校长没底气跟一把手较劲了，他担心因为"一万"而发生"万一"：万一方校长跟他翻脸怎么办？他到局里跑一趟两趟，也许他林某人的"副校长"便没了。林副校长的缄默并不是没有报偿的，此后不久，当万校长获"国优"教师提名时，林旭获得了"省优"提名，并拿了本县的高考功臣奖金三千元。

所以林旭叫起"万校长"来,这"万"字又包含了一两层特定的含义,不过林副校长不敢当面叫,只是在背地里与同僚们调侃时掺和。

林旭申报省优秀教师的典型材料是季韧老师采写的,在采写过程中,林旭间或地用调侃的语气抖落一二,有些是雾里看花的表陈,只不过季老师心有灵犀,将这些个花絮融会贯通,集零为整了。

这即是季韧老师称"万校长"的相关背景。

方某人也知道季老师称"万校长"并无多大恶意,不过是随大流顺口溜而已,也就没怎么在意,尴尬拂却之后,旋即转入了正常的工作谈话。

万校长于是大大咧咧道:"首先我恭喜季老师这一届毕业班又放卫星啰!6个平行班中数你的教学效果最佳!真是宝刀不老呀!当然奖金也不菲啰——嘿嘿……"万校长擅长于像电视节目主持人那样煽情,以调整或调节谈话人的情绪或现场气氛,让工作谈话顺着他自己的思路延宕伸展,从而水到渠成,让他心想事成。季韧老师是个实人直人,不喜好这个,自然不领教他这套,于是直截了当地发问:

"校长不必迂回,真奔主题吧。"

"万"字给省了,这令方校长为之一喜也为之一振:

"好,季老师是个痛快人,那我就痛痛快快说了。"

"我请你来商量的事情就是新的高三理科二班的语文课安排问题……"

"新高三不是有一套整整齐齐的班子一直跟班上的吗?高三理科二班的语文不是席毅老师教吗,他教得好好的嘛……"

"要真个好那还有什么说的呢?"万校长立马接过季老师的话抖落开来:

"问题是不怎么好啰——学生反映比较大,期末问卷调查的满意率还不到60%呢!有的意见还挺尖锐哩……"

万校长"抖"到这儿忽儿语锋一扬,用夸张的高声道:"老季呀,不是我这个当校长的恭维你,那个班的好几名尖子生联名给我写信要求请你出山担纲主教他们的语文课哩……"

"天方夜谭吧？万校长转行当编剧啦？"

季韧老师兴之所致，也笑侃起来。

"你以为我是杜撰的呀？"万校长仍夸张地微笑着，边说边抽开了他的老板桌抽屉，取出一张信笺郑重地递给季韧老师："自己看吧。"

季老师接过一看，果然是一封学生来信，写给校长的，信里称席老师的课如何如何，怎么怎么，机械啦，板滞啦，照本宣科啦，然后说听高三的同学讲季老师的课灵动鲜活啦，文学色彩浓啦，有时代气息啦，等等等等，最后是期待季老师教他们的高三语文……

季老师浏览这些学生的笔迹，心里虽然像涌过一泓清泉似的，也难免会泛起几片涟漪，但清醒的思考立即让他从瞬间的感情激流中返回理智的岸边，他立马表态说："席老师教了两年，还是让他接着教的好，学生之见难免失之偏颇……"

万校长立马打断季老师的话，以一个领导者拍板定夺的口气下结论说："这事你不要有什么顾虑，席老师的工作我来做，现在学生点老师的将，患者点医师的将，已经成了一种时尚，也是改革深化之必然，优胜劣汰嘛，贤者上能者上，庸者下嘛，谁该干什么干什么嘛——"

季韧老师没再吱声，只是疑惑地睨着万校长顿时变得很严肃的脸。万校长毫不回避地迎着季老师的目光，他此刻的目光里透着一个领导者的凌厉与威严。

季韧老师没再吱声，他垂下眼睑再一次瞟了几眼学生来信，他清晰地看到，这封信的落款处的确写了一串名字，而摆在头一个的特别醒目，叫方伟。不仅其硬笔行书书法遒劲奔放，在大小上也比其他学生的名字书写得大出许多，几乎是两倍的轮廓。忒显赫，忒张扬。

这样看来，季韧老师于这班签名学生是不可负之众望，而于他的顶头上司方校长又不能不识抬举了。再具体点说，也似乎对方伟等平添了几许"知己"情愫，这几乎成了季老师最终"授命"的催化剂。

三天后，当季韧老师踌躇满志地夹着教案走进方伟所在的高三理科二班上第一节语文课时，他下意识地浏览了一下讲桌上的座次表，当他着意捕捉一个他心目中的特定信息目标"方伟"时，竟然发现座次表里有两个"方伟"！季韧老师的第一反应是以为不够负责任的课代表将名字写重了，然而未经调查又不便贸然指责，尤其第一次见面课也不宜批评人家，于是他选择了一种较为得体，甚至可称为一举两得（既认识该生又证实是否是两生同名或书写重复）的方式。

季韧老师面带微笑，用平和亲切的语气道："请方伟同学站起来一下，咱们见个面！"

语音刚落，一个高高挑挑的男生从座位正中的三排二座上霍地站起来，目光平视讲台，显出一脸的超自信神情！

与此同时，另见一个矮个头显得有点黑瘦的男生带着几分忸怩地缓缓站起，滞涩的目光里闪现着几分的腼腆与不自在！

"两个方伟？"

季老师诧异地微笑道："伟，伟大的伟，伟岸的伟，很好的名字。中国人同名同姓的多。可同在一个班，成绩单上如何区别？上课点名答问又怎么区分？"

季韧老师边打手势示意他俩坐下，边亲和地续道：

"我给你们二位提个建议，你们哪一位改个名是不是好些？——比如将'伟'改成'为'，'大有作为'的'为'，也好啊！"

然而俩人都没有作出反应，周围同学只是朝他们投去疑惑的眼光。

季老师于是收住这话题，开始授课了。

课后，班主任告之季韧老师，班里的两个"方伟"他是用A、B区别的，即一个方伟A，一个方伟B。班主任储日华说，高个的为A，矮个的为B。储日华还带着几分诡秘的悄声告之季韧老师："您还不知道吧，方伟A可有背景哩！"

"什么背景？"季老师有点儿猎奇地问。

"您猜猜看？"储日华诡笑着卖关子似的。

但并未待及季老师猜个什么结果，储日华便实告"正确答案"了：

"高个子方伟是万校长的嫡亲侄子。他二弟的小儿子。"

"原来是这样？"季韧老师不禁感慨："那他不A也得A呵！"

储日华接着介绍说："但老A的成绩并不怎么冒尖，在班里8名上下浮动，没有进入过前6名。高二年级第一学期期末英语考试不及格。且该生个性特别，特好表现，爱出风头，有学生反映他还有早恋苗头。方伟B呢，诚实稳重，品学兼优，个性有点内向木讷，不善言辞。他各科成绩平衡，一直稳定在班里前3名。上学期期末考试排名第二，并且仅低出第一名1.5分。"

季韧老师接收到这些信息的第一感觉是心头和肩头都觉出了异常的沉重。

"一视同仁，不偏不倚！"——季韧老师调适自己的沉重心态后，找准了平衡的法码。

此后，无论是课堂提问，或是课后辅导，以及作文批改试卷评分，他都恪守A、B方伟"一碗水端平"的原则，既不让方伟A有某种优越感，也不让方伟B觉得失落……

叶绿叶黄，花开花谢。转眼间这个班又临近毕业了。方伟A、B的品学状况与水准，仍保持着班主任储日华当初描述的那种境界。季韧老师的中庸态度也像橡皮球那样顺着时光的流逝圆圆滑滑到了这一届的高考前夕。在将近一年之久的时间里，尽管万校长接二连三地以各种方式提示他给他侄子以特殊"关照"，比如虎着脸强调说，你对那小子尽管严厉些，我授权予你，你打他板子我代他老爸出板子费……对诸如此类的暗示，季韧老师每每都是付之轻轻一笑："你放心，按教育规律办事，我不会虐待谁，也不会优待谁的！"——季老师悠然地踢给万校长一个"橡皮球"。

然而高考前夕，季老师的"橡皮球"碰到了一个"硬钉子"。学校分给高三理科二班一个保送名额。万校长把储日华叫到校长室名曰磋商，实是发令："学校行政研究的意见是将这个保送指标给方伟。"万校长语气铮然，显出一言九鼎的峻峭之势。

储日华一愣，心里慌乱起来，连忙瞪大眼睛请示万校长："哪个方伟？"

"你说呢？"万校长诡谲地一笑反问储日华。

"你说是谁就是谁，而且我相信你会操作好。"

万校长旋即又硬铮铮地补上一句，又像在暗示什么似的。

一颗硬钉子抛给了储日华。

方储二人心知肚明，心照不宣。严峻的上下级关系冰山雪峰般严酷。储日华晋升职称的前景如何，百分之百地握在方的手里，生杀予夺。

储日华兜着一颗烫手的山芋离开了校长室，临走时他给万校长的答复是召集全体任课老师共同研究，大家来定。储日华虽把自己的晋升看得重，但同时他又不愿明显地摆出"迎逢"的姿态，再者这种举动他也不愿意独自一人"买单"，他想只要任课老师里有一人提名方伟A，他便既能顺水推舟将错就错，又能于良心道义之责释然几许。

果不其然。有一名万校长的"死党"抢先出言表态，他年纪比储日华还小四五岁，三十五六岁的样子，长一高大威猛的身板，任该班的体育课教师。两年前此人因牵扯进校外的一桩纠纷被派出所处以15天的行政拘留及经济罚款。无奈之下，此君连夜携包带裹拜上了万校长的门。言谈中得知万校长与派出所的所长沾点转折亲，更是软磨硬泡请万出面斡旋了难。此君在"暗亏"与"明损"中断然选择了前者。于是二人相约夜访所长，搞定了此事，虽然在经济上受了点"暗伤"，此君仍对万校长的"营救"之恩心存感激。

储日华呢，既然有体育老师这"长子"发话承肩，天掉下来也该"长子"顶了。

储日华揣摩万校长那句关于相信他会操作好的话，似有所悟，他于是横下心来一不做二不休了，干脆做个顺水人情，以便在万校长那儿"储"点儿感情投资。他抱定这笔投资是会产生效益的。他暗箱操作，将方伟B三年来的操行评定及各科成绩整理就绪，填进有关表格里，然后贴上方伟A的照片，填上学号考号之类，如此偷梁换柱、移花接木之后送呈万校长。

不期万校长瞟了几眼表格之后脸忽儿绷紧了，他霍地从老板椅里站起，伸出右手的食指重重地弹了弹老板桌的桌沿，咄咄逼人地问储日华：

"你这些材料和数据是不是都弄准确了？如果弄准确了的话得签上你班主任的大名，还要全体任课老师签上名！学生本人也要签名！保送是一项很严肃的工作，出不得差错的，明白吗？"

储日华眼冒金星，心里着火："你设陷阱逼良为娼，还倒打一耙，真有你的，万校长！"

然储日华将"星星之火"埋在了心底，没有将愤懑摆在脸上，只是带着几分沮丧与怆然地说了声：

"好吧，让他们都签名吧！"

有关保送生之事须公之于众，与学生见面的。所以储日华还得"安抚"方伟B及其同情者。储日华热情有加地找方伟B个别谈话，说保送生带有照顾性，而他属于实力派考生，完全可以凭真才实学考上大学甚至重点大学！"只要发挥正常，你考上'一本'我可以打保票！凭实力考上大学光荣，那才真正'伟大'哩！那才叫硬芝麻糖哩！何必吃这个保送的'软照顾'呢——"

他把这个别谈话精神又在全班展开发挥，以稳定人心，平息舆论。

"谈话"与"签名"乃并行之举，双管齐下。

储日华十分策略地慎之以处，基本得心应手。比如任课老师签名，他在心里先排了个顺序，有几个"指标"是他基本心中有数的：如相关老师与他的关系如何，与校长的关系如何，个性特点如何等等。按此排列，季韧老师安排在"压轴"与"点睛"的位置上。储日华心想，不看僧面看佛面，同时从少数服从多数的心理角度出发，季韧老师签名也应该不成问题。虽然他知道季韧老师为人处事有他自己的一杆秤。

然而储日华的估计过于乐观了。或者本质上应说万校长的估计过于乐观了。

当储日华拿着那份"杂交"的"方伟档案"找季韧老师签名时，储日华怎么也没有想到，季老师瞟了两眼那表格，沉着脸将他伸过来给签名的派克笔毅然地反塞在他手里，边转身边说道："到办公室去吧，我得核对一下语文成绩，别的（关于'别的'季老师其实是有所指的，据英语老师讲，方伟A有过期末考试不及格，按规定，这不符合保送条

件）我不管，也管不着……"

"季老师——您——"

储日华有些无助兼无奈地求道："万校长……"

"对，我知道。"季老师一字一板地说："方伟是万校长的侄子。"

储日华立马接上话茬："那您就……"

"可我不是万校长的侄子呀，"季韧老师哭笑不得道："你也不是呀——"

储日华的脸顿时胀红了、语塞了。季韧老师自知言之过重，过于刺激了储日华，立马转用平和的语气对储日华道：

"好吧，我签，我签，好吗？"

储日华破涕为笑，喜出望外地一拱手："那就拜托您了，拜托。"

储日华扭头走了。走出一段路又扭头拱了拱手。因在他的第六感觉里，此时此刻，季韧老师仍凝重得像一尊雕塑似的伫立于原地——操场边的林荫道上。

但最终季韧老师还是签了。他在这份"怪胎"的保送生申报表顶端奋笔写下了八个大字：

"公理何在？师德何在？"

季韧老师奋笔签完，"蹬蹬蹬"地直奔对面的三楼校长室。万校长正微仰在老板椅里佯着眼养神哩。季韧老师旁若无人地将表格扔在那张锃红透亮的老板桌上，旋即扭头走人……

万校长的第六感觉分明已预感到什么了，他伸长了颈脖，失落而无奈地盯着季老师愤然离去的背影……

我的月亮

（一）

她是听着他的歌走进他的心里的。

那是在妇联和文联联合举办的一次歌手大赛上。他激情地演绎着意大利名曲《我的太阳》。他唱得那么激扬，那么阳刚，那么灿烂。委实令她眼睛一亮：仿佛他就是她的太阳，一缕缕的阳光照进了她的心田，亮堂堂的，暖洋洋的……

她怦然心动，她欣然地捧给他一束鲜花。

但不是玫瑰，且还是侧着脸捧给他的。她当然没看清他发烫的矜持的脸；他也没能瞅见她的几分妩媚与羞涩。

她后来向他做自我介绍。说自己是个孩子王。她的工作是培育花朵。她说花朵更需要阳光。

他于是自告奋勇地当起了"红孩子"合唱团的义务导演兼指挥。

窗明几净的教室里，她尽情地拉着手风琴，他动情地扬着指挥棒。"阳光"伴着琴弦洒向花朵。"花朵"沐着阳光热烈绽放：《让我们荡起双桨》荣获学区一等奖。

那晚的月亮真圆。

她对他说："我该奖你。"

"奖我什么？"他的眼里充满希冀与期待。

一束鲜艳的玫瑰倏忽间从她的背后捅在了他的胸前。她闪动着美丽的双眸凝望天边的圆月："月亮代表我的心！"

他陶醉了。双手拥住她："我的月亮！"

（二）

他是她的太阳，她是他的月亮。阳光让他们爱的小屋格外明媚，月光让他们爱的港湾无比温馨。

她是一个十分敬业的园丁。夜里，灯下，她还要不知疲倦地给学生改本子。她叫来他当助教："喂，把孩子们的卷了角的本子给抚平了！"

"是！"——他爽朗的回答里像注进了阳光。

那天他俩出门，她又给他嘱咐："别忘了提醒我：买七颗纽扣，四颗红的，三颗黄的……"

他很踏实地"嗯"了一声。他明白，准是她班里又有几个孩子掉扣子了！

就在那个秋天，他们的爱情开花结果了。他们有了一个可爱的小男孩。

"取个啥名呢？"他问她，她问他。

"各人写在自己掌心里吧。"你逗我，我逗你。

他们把手掌伸给对方看，开心地扑哧一笑。

他写的"明明"。她也写的"明明"。

心有灵犀：太阳加月亮。军功章各人一半。

小屋里阳光更明媚，歌声更嘹亮。可她对他强调："你要重点辅导明明。"

"为什么我该重点？"

"我班里还有几十个孩子呀！"

他低头一笑。服她了。

（三）

这一日下班回来，他发现"月亮"隐晦着妩媚的脸。也不让明明吹口琴，也不让他唱歌，一个人闷在沙发里。

"太阳"伴着"月亮"："你怎么啦？"

她缓缓起身，轻轻地把他拉进里屋。

"给明明买钢琴的钱存够了吗？"她悄声问他。

"快了，这个月……"他得意地回话。

"先别……"她吞吞吐吐。

"怎么啦？"他追着探问。

"我给你讲——"她话到嘴边，又忽儿打住。

"你说呀——怎么啦？"他有些不安了。

"我班上的那个孩子——就是那个领唱《让我们荡起双桨》的女孩——"她的声音有些哽咽了。

"辛梅！梅梅！——我记起了，她怎么啦？"——他的声音夹进颤栗，也夹进了诧异。

"白……白血……"她的眼里涌出了泪："她父母都下岗了！"

她一下子扑进他的怀里，啜泣起来："我想和你商量……"

"商量什么，救孩子要紧，存折放在写字台左边的抽屉里……"他的思路也十分的清晰。

她猛地从他的怀里仰起头来，破涕为笑："谢谢你，谢谢你——我的太阳——"

（四）

"太阳"总是要发光发热的。他频频出演，连连获奖。他唱红了州府，又唱响了省城。她的脸上虽然明媚，却不张扬。

她问他："你能唱一首属于自己的歌吗？从自己的心里唱出来，又唱到观众的心里去？然后唱到北京的大赛上去？也像那首《我的太阳》！"——她的话充满了柔情，但柔中有刚。

像一绺美丽的飞瀑涌进他自我陶醉的心田，幸福与不安同时给"太阳"充电。他多情而自信的双眸顿时点燃了：

"你等着吧，我的月亮！——我一定！"

他铮铮然，掷地有声。

她冲他莞尔一笑，深情的双眸里燃烧着希望。

然而，当他唱得更响更红的时候，"月亮"却渐至有些黯淡了。

不知什么时候，他发现原先放存折的那个抽屉加了把小铜锁。

"女人心细……"他默默地想。

"你好像瘦了许多？……"又一次。他疑惑地问。

"月有阴晴圆缺呗，哪能天天盈满——"她淡然地一笑："唱你的吧，大赛又快了！"

他无奈地接过她的"金嗓子"喉片。练声去了。

赴京参加歌手大赛！终生难得的机遇！他踌躇满志。

她欣然为他打点行囊，牙刷、毛巾、金嗓子……

他深情地睨着爱妻，惊讶地发现：她一脸的憔悴！

他的心一阵慌乱，双眼里射出爱的疑问号和惊叹号："你怎么啦？是不是……"

"没什么。"

"你是不是有什么瞒着我？"

"我好着呢。"

"那你？"

"有点累呗！"

"不，我得陪你上医院看看……"他有些不安。

"傻话，明天就开赛……"她轻轻地撞他一下，撒着娇。

她强作笑颜，送他上了火车，让他"放心"地走了。

回到屋里，她趴在了桌上。继而趴在了床上。再后来趴在电话机旁。再后来她趴在了急诊室的诊桌前。

一个白大褂的沉重身影让她感觉到了气氛的沉闷与凝重。一张冰冷的严酷的报告单随之而出！——"月亮"被阴云翳蔽了。失去了往日那皎洁的银晖……

"你丈夫呢？"

白大褂沉甸甸地问她，语气里夹着埋怨。

"他出差了。"

"你必须立即手术，他得签字呀！"

"我签吧！"她一字一顿。

"你签？——不行，不行！"白大褂连连摆手。

"为什么？"——她明知故问。

"你知道这签字的意义吗？他签你签是不一样的。就像月亮不等于太阳！"

她的心猛然一颤：

"他不能来，至少这星期……我求您了……"

（五）

他捧着奖杯归来时，只见门上贴了张纸条，上面写"明明送去了姥姥家，电视机已搬去医院，看你比赛。"

他的心里倏忽间一阵忐忑，一阵慌乱。开门一看，那挂着小铜锁的抽屉开着。什么也没有。

他十万火急地直奔医院。

鲜花和奖杯一同献在她的病榻前。

俩口子相拥着悲喜交集。他唰唰地啜泣着，呼唤着她。她忘情地拥着他，吻他的前额，吻他的两颊，吻他的双唇，像是再一次给"太阳"充电！

奖杯的光辉映衬着她的泪眼。

他泪眼婆娑，捶胸顿足："为什么不早……为什么？"

她给他拭着眼角的泪，动情地："我满足，我值，真的。"

他恍然大悟似的问："你那小铜锁锁的什么呀？"

她淡然一笑："几张病历呗。"

一年后的一个秋夜，"月亮"陨落了。

他用血泪淬炼出心之歌——《我的月亮》。自然他也是首唱。

演唱前，他郑重地介绍说，这首歌是我和我的妻子共同创作的，她是这首歌的第一作者。随后，他声情并茂地演唱起来。心之歌里淌出月的皎洁、柔美、多情、凄清……

唱得催人泪下。

《我的月亮》征服了新一届大奖赛的评委和观众。随之唱遍了大江南北，就像那美丽的月光洒满大地。

　　章二更又一次抱怨他早已作古的爹了：怎么就给取了这么个名？总是授人以柄，给人穿凿附会着，让他尴尬，让他难堪。上学的时候，他不讲卫生，夜里起来打开寝室门便在走廊里撒尿，刚好给巡寝的学生会干部撞见，扣了班里的卫生分，随后班里就有人将"更""便"联袂，叫他"章随便"，继之更有人干脆唤他"章二便""章小便"了。

　　章二更抱怨他爹：怎么就给取了这么个名呢？

　　岁月的流水好不容易才渐渐将"章小便"冲淡，可哪曾料到握了粉笔、教鞭之后"章小便"仍"阴魂不散"。某次某同事结婚请客，有人代之发喜烟喜糖。当时不在场的便扔在办公桌上。可章二更的一个儿时的伙伴现今的同事借题发挥给补充一则背景材料，说儿时小伙伴们玩菱角，章二更总是明里输暗里赢，不知不觉之间，花花绿绿的菱角就大多塞进了章二更的兜里……于是乎，"喜糖"与"菱角"联袂，"章小便"被演绎成了四字短语："章小便宜"。若明若暗地隐隐传入章二更的耳朵里，他又咬着牙抱怨起他的爹来。据说"喜糖"事件不久便是清明节，章二更气咻咻地空着两手到他爹的坟上转悠了一圈，没烧纸没放炮也免了叩拜，离去时还伸长了他的尖皮鞋狠狠地踢了几下坟头，将细碎的黄土麻石和几根由枯转青的茅草尖儿踢出去老远。

　　这其实也不能埋怨他爹，章二更原本就是丑时来到这个世界的，正是二更时候，他爹给他取名"二更"又何错之有？再者他爹死得早也死得惨，又何必抱怨个没完呢？

　　章二更的爹其实也是个精明过人之人。有人说他的算盘可以顶在脑壳顶上打。凭着这，他才当上了队里的会计兼保管员，且年年得奖状。保管员管仓库管粮食。那年月粮食紧巴，按月发粮，家家户户青黄不接，忙时吃干闲时吃稀，杂以蔬菜萝卜红薯之类。可偏偏章二更家里例外，顿顿都是香喷喷的大米饭。队里的几个"菱角尖"（喜欢出头的角儿）按捺不住了，三五个一合计，策动队长搞了一个电闪雷鸣般的挨家挨户突击搜查，结果章家的缸里坛里箱里柜里全都装的是白花花的大米，床底下还藏了四箩筐黄灿灿的谷子……当夜二更时分，章保管员偷偷起身，拖了一根棕箩绳，泪眼婆娑地上了后山，将性命和耻辱永远挂在了一棵歪脖子桦树上……"章二更"的娘记得，那天刚好是他们的"二更"满8岁，且他是闰八月初八生人，丈夫又恰是二更出事，章二更的娘便一边伏在他爹僵硬的尸体上痛哭，一边在心里嘀咕：二更这伢子是个克星！闰七不闰八，闰八过刀杀……章二更的娘后来得知，正是他儿子在外头说家里有好多好多米，餐餐吃的白米饭才惹出这场祸来的！

自从章二更踢坟后又听娘讲了这些个伤心之事，他渐渐淡化了对爹的抱怨了。教数学出身的章二更开始对他爹"三七"开了。

章二更的脑袋毕竟是章会计章保管给的，所以没法不精。所以他的数学教得也很精。学生的考分高，录取的多，章二更也便芝麻开花节节高起来。他从教研组长当到教导主任，又升到副校长，再由副职扶了正，一路扯起了顺风船。如此这般，"章小便"、"章小便宜"渐渐进了文物馆，被他校长的光环给罩住了。

然而校长们偶或开会或旅游，同一级别的长字号仍有人偶尔或当面或背面地喊喊嚓嚓。

有人问：茶几上剩下的香烟呢？

有人答：你去问章便宜的那个包呗！

唏唏——

章校长其实是不抽烟的，你看他那白白净净的面皮和一口雪白白的牙便知道。

然而章二更的工作实绩可不是他们几个喊喊嚓嚓"擦"得掉的。8年里他改变了几所薄弱学校的面貌，被称为八年抗战之捷。每一处都是

新楼房盖起来，升学率提上去，要硬件有硬件，要软件有软件。业内人称之"常胜将军"，开校长会，教育局长第一个握的就是章二更的手，会餐时第一杯酒敬的也是他章二更……

章二更"八年抗战"的第3站是县职业中专。这块骨头没人敢啃，可他到任的第一年该校起死回生，第二年旧貌换新颜，第三年挂上了地区重点的牌子。有人在会上恭维校长说，我们学校真是托章二更的福哩，也是他的大名取得好哇，一年更比一年强呗！

于是乎报纸上有了名了，电视上有音了，有影了，章二更鸟枪换炮，今非昔比了。

云卷云舒，潮涨潮落，"章小便""章小便宜"早被卷到太平洋的海底去了，几成化石了。

时来运转，大红大紫，章二更好长时间没抱怨他爹了。不仅不抱怨，且当他的又一栋三层楼别墅落成时，章二更还特意将他爹的遗像放大了，装裱了，挂在了富丽堂皇的大厅中央。有一次，章二更在皇宫舞厅里搂着他可心的舞伴得意兮兮地吟起诗来："且喜小姐肌肤白，三更过后尽开颜！"舞伴娇嗔地瞥他一眼，跷起脚来用章二更送她的鳄鱼牌高跟皮鞋的尖尖轻轻柔柔地踢他一脚，道声："我给你改个名吧，就叫章三更吧，三更过后尽开颜啦——"

殊不知隔墙有耳，这一对儿的窃窃私语让人"给录了"下来，章二更升级为章三更的消息便悄然传开……

然而"二更"也罢，"三更"也罢，章校长就是章校长，谁又奈我者何！

殊不知只有岁月无情，转眼间，章校长迎来了他的55岁大寿，这看似喜事、乐事，殊不知喜中有忧，乐中有悲呵！按照组织部门的规定，副科级干部是55岁一刀切的，叫做"退居二线"，说是"二线"，其实权力已丢，大势已去，什么都不是了。

所以，当章二更的心腹下属们热情地为之张罗寿庆"华诞"时，章二更的心灵深处打翻了五味瓶。但在场面上他仍然显得春风得意，喜气洋洋。毕竟组织部门那边还没透出什么信息，他毕竟仍然大权在握，不风光白不风光。

果然章校长的寿庆办得风风光光，宾客盈门，热闹非凡，不仅红包滚滚来，更有花篮寿匾，寿联之类令人眼花缭乱，应接不暇……

待到宴罢人散之后，章二更的算盘（不，是计算器，比他爹进步了）上敲出的金光闪闪的5位数更是将他志得意满、保养极佳的尊容映衬得容光焕发、神采奕奕！他遍数了那一叠叠红包后，在内心里感慨：还是基建老板们个个懂味，真够哥们！

向来重视"精神"这一块的章二更其实是遵循导师关于"物质是第一性"的原则的，但他显然并没忽略"寿匾""寿联"之类的意义。既然物质第一性，这些当然次后于红包处理。然而他这会儿因为太忙，太累，酒也喝多了点，他还真来不及顾及这"第二性"的东西。于是，章二更枕着金光闪闪的5位数踏踏实实地睡了一个饱觉。

第二天，章二更从一个联欢会上致过辞后，便乘着余兴回到府中赏玩那一堆儿"精神"补品。

首先映入章二更眼帘的是一幅暗红底蓝格子的寿联，用红色锻带和着金丝线，卷扎得格外精致。

章二更小心翼翼地拾起，悠悠然然地解开绶带金丝结儿，缓缓地徐徐展开，慢慢地品味品尝……

然而当章二更默念到这幅寿联的上联的第5个字时，章二更的脸色骤变，满脸飞霜了。他的心跳骤然加快，血冲脑门一般。

原来这幅寿联系用黄灿灿的金粉所书，且笔力遒劲奔放，呈汪洋恣肆之势：

治校有方，敛财更有方。老婆贤慧，小蜜更温柔。
——敬贺章二更校长"二更"风景

章二更眼冒金星地浏览两遍后，目瞪口呆，僵愣在了富丽堂皇的大厅里。

半晌，章二更凄凄楚楚地瞅一眼正厅中他爹的遗像，恨不得将"老头子"撕下来似的嚷道：

"爹，你害得儿好惨哟——"

阮斯文中大奖

"阮斯文老师中了10万元大奖！"

"阮斯文正披红挂彩打马游街哩！"

"外语组的阮斯文发财啰！"

"外语组——阮斯文老师——"

"阮斯文！……"

……

特大新闻，长了翅膀。校门口，传达室的老赵和他老婆赵妈说得唾沫横飞，无论生熟，逢人便告。据说是政教处主任说的。四五十岁年纪的徐主任——徐庆林，不说半句假话的人，实打实的徐庆林主任中午从市里办事回来。

奔走相告。人们脚步匆匆，行之疾疾。语之慨慨，言之慷慷。二四一簇，三五一群。两语三言，七嘴八舌。

外语组开了锅，一片"OK"声。语文组在沸腾，一派嗟乎调。理化组岩浆喷发。总务处有人呲牙咧嘴狂笑，有人鼓眼暴牙地捶桌子："阮斯文……"

——"地震"反应！

"这下他母亲有钱治眼睛了，一个瞳孔顶多一两万吧！"

"这下子他爱人不必再卖油条了！"

"真是天降的富贵呀！旦夕之福也！"

"不，得要他作东——纳校税！"

"选最好的餐馆，外加卡拉OK，泡他三夜！"

"不，全校游张家界！"

"不，九寨沟！"

"不，澳门！"

……

还真让阮斯文无所适从。人们火火爆爆地炒作一阵后，忽然发现"当事人"缺席。

"阮斯文人呢？"

"他人呢？"

"那个伙计呢？"

"那家伙呢？"

……

下午刚上班不久，阮斯文所在的高二年级组被接踵而至的"客人"挤破。人们激动兼躁动，亢奋兼气愤。女的一个个脸颊潮红，说得眉飞色舞。羡慕之中夹几许茫然，几分失落。男的眉毛扬起，慷慨激昂起来，颈上青筋暴突，手舞足蹈，用姿势助说话。

校长也来了。知天命之年的校长老成练达，一幅激动兼沉思的含蓄表情。人们让他坐在阮斯文办公的那把椅上。校长的脸绷着，近乎木然，又近乎茫然。心不在焉地在听众人之言，半晌才插进一句："听说阮老师花了400多元去抽奖，这恐怕……"

教导主任后到。位于而立与不惑之间的主任城府颇深，他张望一番，审察众人反应。眼一眨一眨，唇一张一嚅，似未找到合适的辞儿。又似显得有些沉闷与抑郁。

为打破这莫名的窒闷，有人插科打诨地插进一些有关抽奖的花边新闻。说是有一个四五十岁的农村妇女和她未过门的儿媳妇携了八千元钱进城置办儿子媳妇结婚的家具物什，结果一进城，先是去摸奖处看热闹，看见人家中了奖搬彩电扛摩托，也心里痒痒。俩婆媳也跃跃欲试地一张一张地抽奖起来。结果这一抽便不可收拾，八千元抽完七千元还没中一张，婆婆眼珠一红，索性还一千也搭上！结果又一百两百三百直至

最后一百全搭进去还没中一只高压锅！那婆婆发疯似地冲上领奖台，抱起一台长虹彩电就走，被工作人员阻止，那婆婆忽儿倒地大嚎大泼，满台打滚，引来了围观的人们里三层外三层……

有人问后来不知怎么下的台？却有人打住这个话题，回归到阮斯文的"正题"上来。于是又杂言斑驳：

"阮斯文人呢？"

"他人哪去了嘛？"

"还在打马游街？"

"上银行存钱去了？"

……

有人看了看墙上的课表，发现"新大陆"：

"嘿，他第一节有课呀！"

"有课？他还有心思上课？"

"他没上课？"

"他今天旷一节课罚他一万！"教导主任找到了突破口。

"阮老师在上课。"年级组长走了进来，表情和语言一样平静。

"他真个在上课？""他真个能平静下来？""他有那心理素质？""学生没起哄要他作东？——见者有份，不，知者亦有份——"

"阮老师确实是在上课，3楼，28班。"年级组长负责任地补充。

难以按捺的几个风风火火地上了3楼。

28班教室窗外有人探头探脑在张望。

"平平静静。""从从容容。""一如既往。""斯斯文文。""没错，是阮斯文。不大像呐。是不大像。不大对头——"

侦察的几个返回阮斯文的办公室反馈信息。

人们的表情开始降温。无论是狂喜、狂突或是奇憾、轻妒。

下课时，阮斯文夹着教案下了3楼。他被"挟持"得啼笑皆非。

阮斯文一进办公室，各种眼神焦灼的企盼的嫉妒的等等，箭一般攒射过来。各种问法打探的、逗趣的等等，炮一般轰将过来。

阮斯文虽哭笑不得，终于扑哧一笑："莫名其妙！我中10万？范进中举？——哈哈——"

阮斯文一本正经地一拍胸脯："我今儿个连校门也没出哩！我的魂魄中奖？"

人们嗟叹连声，扫兴四散。

……

一阵锣敲鼓响兼之以高音喇叭的炒作声由远而近。800万彩票大奖的宣传车里沿街扬"溢"着一位先生的本地普通话："祝贺袁世闻先生中10万元大奖！祝贺祝贺，热烈祝贺——"

"袁世闻？"

"阮斯文？"

"袁世闻何许人也？"

"泰和街杀猪卖肉的。""上午他卖完两板猪，将400多元钱全票押上，一下中了！发了！"

"真是活见鬼了！"

"见什么鬼嘛，他袁世闻再也不用杀猪啰！"

"也是兆头好。"开张抽奖那天，请的猪八戒扮演者马德华先生献艺，这下让杀猪的沾上光啰！

"活见鬼！"

"见什么鬼嘛，他袁世闻杀了十几年的猪，这下立地成了佛啰！"

满街的评论家在做义务评论。

……

此后袁世闻杀不杀猪尚难得知，只是教书的阮斯文恐怕仍得操其旧业。

但这种推导并非本故事的结局。真正的结局是，据称阮斯文中10万元大奖的消息又经他妻子暴风雨般地灌进他瞎母的耳朵里，并说这下有钱给她老人家治眼了。老人一听说有钱治眼了，喜不自禁，兴奋难抑，不料乐极生悲，骤发心肌梗塞，一忽儿倒在了厨间，再也起不来……

校长亲自登门，劝阮斯文节哀，批借他两千元葬母……

监 考 记

无论我怎样强调年纪大了等因素，校长还是把我列入了赴A校监考的人员名单中，关键是他末了的那句话镇住了我："你就当是去体验生活呗！"

还真是这样。

我校奉命外派的这支监考队伍很庞大，由14人组成。带队的是本校政教处主任张可。张主任五十一二的年纪吧，个子高挑，脸颊瘦削，头发及两鬓已灰白参半。这既是岁月沧桑的赋予，也透出他的清爽与精干来。既为领队，为视慎重，尽管校长已在会议上宣布了去A校监考人员的名单，主任仍用两块小黑板拼起，工工整整地抄好监考人员的名单，显显赫赫地摆在校门出口处。并且宣传栏里也贴了一张。大约因为我年纪最大职称最高吧，我的名字居然还摆在了第一。难得一个摆第一，不禁让我窃喜一阵。小黑板上的通知说，7日下午3：30，上述人员务必赶到A校考点办公室开会。"赶"的方式没有说，本校离A校约2公里，这"方式"恐怕是留给"上述人员"各自解之了。

已值炎夏，烈日炙烤，暑气蒸人，正午尤盛。中餐后稍事休息，我便推着单车出门。A校位于城西，那里既是政治中心（县委、县府均在城西），也是经贸中心。平时办事购物也是单车一夹便"西行"去了。今日虽是公差，叫个摩托也未尝不可，找人家开口也未必不能报销，但毕竟得找人求人啦，何况"肉食者"并没开那个"口子"呀，这样一想，单车轮子也一如往常转得欢欢快快，尽管上车不久便汗涔涔的了。

A校的校门原来是面向北面正街的，随着校园面积扩大，建筑格局的调整以及城市建设的规范化，九十年代中期A校的校门东移了，褚红色大理石构建的V字型两壁，中间夹着钢轨型的自动化栅栏，可容两辆汽车出入并驶。新校门恰与沿河大道垂直，面对着堪称这座小城一道风景的波光鳞鳞的永川河。两岸亭台楼榭措陈有致，河中碧波，河边绿色的草坡透着盎然生机，婀娜的杨柳在微风中摇曳出无限绵柔的现代风情。A校临河，显然给河川注入几分文化气韵；河傍A校，俨然给学府平添了几许的天然风采。二者联珠合璧似的点染着小城的现代文明，时代气象。

"你找谁？"——当我的单车前轮刚刚滚入A校的钢轨式门坎，恪尽职守的传达室人员，一名中年女职员便例行公事了。她那口气不卑不亢，不洋不土，但仅是"你找谁"三字加问号便足以透出作为本县最高学府的A校气派。

"我是来监考的"，我一边回答着，一边推车，单车的后轮是推着进门的。中年女职员没再吭声，低下头去不知是勾着毛线鞋还是织的毛衣。

自A校的校门东移后我还是首次光顾，猎奇心理支使着留连顾盼了好一会儿。最先撞进我的视线的是传达室门外挂的那一溜儿的镏金的牌匾：地区一级学校，省级招生考试先进单位，地区文明建设先进单位……一袭的铜匾在阳光的炙射下熠熠闪光。

我对A校是虽感新潮却不陌生的。因为这是我的母校，30多年前，我在这里念完初中又读完高中，再加上随后所谓复课闹革命的一两年，加起来，我在这个院子里掷撒了8年的光阴，青春的欢乐和企盼，攀登的满足与失落，都嵌进了教学楼旁和大操场边的大白杨的一圈儿一圈儿的年轮里。大白杨可以作证，我作为当年的A校学子的确是出类拔萃的角色。记得1965年国庆节，全校排练大型舞蹈史诗《东方红》，我们班分配的是表现大革命失败后大批共产党仁人志士或血洒中原或身陷囹圄的情景。我们戴着手铐脚镣，昂首挺胸，正气凛然地高唱着"坐牢算什么"，拖着"嚓嚓"着响的铁链，威猛凛凛地迎着敌人带血的刺刀……而在这一群凛然的"共产党仁人志士"中，我则是勇立潮头的领头人

物……所以，现在我难免怀旧，也难免伤感。因为当初的那种革命激情和青春火焰都不知被历史的风云卷到哪儿去了。我甚至于忐忑地自问，今天作为监考人员的我，还会有当年的那种凛然正气吗？

　　然而母校历30多年沧桑变化，改变之大还真令人找不着北了。平房升了楼房，低层变了高层，昔日的垃圾场已被花池花圃所取代。曲径回廊，花木扶疏，假山喷泉，艺术塑雕，让你应接不暇，留连忘返。我当然无心观赏这许多，只能浮光掠影地扫视一下，一晃而过，因为眼下我急于找那"考点办公室"之所在。几经折转打听，几经穿径过廊，才在当年为旧礼堂的去处找到了现为一栋5层科教楼一楼的梯形化学实验室。门口临时用一张8开的白纸贴有"考点办公室"字样的标记。走近一看，只见已密密匝匝地坐了满室的人，差不多座无虚席。坐在台前的几张面孔，有陌生的，也有熟悉的，但每张面孔都几乎是木讷兼肃然地绷着，看不出是什么表情。大家都默默地静候着，有人不时地抬起手腕看表。有一张我熟悉的面孔脸上挂满了对全场的期待和关注，好似在默默地清点着前来监考的各路人马。派到A校监考的有三支队伍，均是完全中学的。这张熟悉的面孔便是我当年的高中同届异班的同学，现为A校的总支书记兼校长陈兴元，他的胸前挂着一块"主考官"的淡红色塑料牌牌。显然，他是以这个考点的最高行政长官的身份在关注全场，他矜持地眨巴着小眼睛，每进来一个人，他的眼睫毛都会条件反射般地一个忽闪。我刚在密匝匝的人缝里找个空位落坐，我这位同届异班的同学，现今的A校校长兼主考陈兴元的小眼睛便朝我这边眨巴过来，并且直呼其名地问我（省姓氏便显出同学间的亲密）："你们学校的人员到齐了吗？"但我听出，这见面的第一句一则是公事公办的腔板，二则也不乏居高临下的味道。我本不大情愿回答，但在此大庭广众，人家省了姓氏来跟你热乎，也不能不偿人家的面子，但我的回答也得有点讲究，不能是臣对君的味道。我不假思索地笑答："我们的领队是张主任。"这句话的潜台词是，第一，我不是领队，你别问我；第二，到没到齐我管不着，不关我的事。总之，我的回答是把他的问话给顶回去了。陈兴元校长兼主考官愣愣诧诧地朝我眨了眨小眼睛，再也没有张嘴。

我们的领队高个子主任张可姗姗来迟，还有两个同仁殿其后。众目睽睽，张主任的两颊难免红白相间，眼珠子也尴尴尬尬地忽闪了好几下。

第一次考务会议实际延迟了近半个小时。主考副主考讲话，地区巡视领导作指示。你指出，我强调，他重申。主题是严肃考纪，端正考风，考出成绩，考出水平。我的同届异班同学A校校长陈兴元尤其慷慨陈词，尽其主考之责。之后便由A校的一位年轻的教务主任（称之曹主任，名字我也不知）做有关监考的技术指导性发言。曹主任皮肤黝黑，鼻梁高挺，眼珠熠熠放亮，透示着他的灵性。曹主任从领卷发卷讲到收卷装袋，边讲边在黑板上辅以图示，其语气其神情，都十分的"专业"，难怪底下有人议论说，这主任把所有的监考老师都收作他的弟子了。但有一点给人印象最深，那就是他最后着重强调了关于考生舞弊的处理方式。他强调的观点是只做记载，也就是登记，不当场正面揭露，不与考生对恃，更不将考生试卷做没收呀做舞弊扣分标记呀什么的，更不可将考生撵出考室，讲到这些，底下的眼睛都瞪得特亮。

晚上在A校食堂就餐，席面很丰盛。整鸡、青蛙、龙虾、腊肉、皮蛋……每桌还摆着四瓶"国人"干啤，一瓶"雪碧"。陈兴元校长领着他的副手及相关的中层下属挨席轮着敬酒。先是正副校级领导包括工会主席，然后是高三年级组长，再然后是学科教研组长，次第粉墨登场，一个个握着杯子，笑盈盈地来到席前，虔诚地欠着身子，将手中的酒杯挨个地伸到席上的每一个就餐者面前，对方于是也礼貌地缓缓起立，伸过杯子，与之轻轻一碰。逐个碰完之后，祝酒者开心地道声"干！"一个仰脖而倾，随之朝众人一亮杯底，大家便都仰脖而干了。席间好一阵觥筹交错，笑语喧哗。然洋溢在席间的似乎并非喜庆，也并非友情，敬酒者与被敬者各自心照不宣。我环顾了一下这偌大的食堂，开阔而空旷，原来是我们那时就读时的礼堂所改。我清楚地记得，我们在这个礼堂里排演过样板戏《红灯记》，我们班的"李玉和"唱的那句"鸠山设宴和我交朋友"似乎还荡漾在耳边。"李玉和"非劳动人民家庭出身（好像是工商业兼什么吧），且父亲还当过日伪时期的乡维持会长，但

他偏有文艺细胞，歌唱得好戏也演的不赖，由他饰演李玉和一角，还是请示了学校党支部集体研究决定的。"李玉和"特别感动，他唱那"临行喝妈一碗酒"，念那"有您这碗酒垫底，什么样的酒我都能对付"的台词时，特别地慷慨激昂。此后，班里同学有的叫他"李玉和"，有的叫他"一碗酒"。

翌日开考，天气晴好，首堂为物理。7点40分，我们再聚考点办公室，主考副主考又做简短讲话。内容是前一天讲话的压缩再版。年轻精干的曹主任已在头一天的技术性指导后再做发言，再三强调如发现考生作弊，只做记录，填入监考登记表，仍让考生继续考完，不要在考场内与学生顶撞起来，也不要在其考卷上批注扣分或作废之类，更不要将考生赶出考室。当我听着曹主任的这些原则，脑子里不禁进出"姑息"与"迁就"这些词眼时，副主考随即讲话：上面两条并不意味着监考可以不严格，主要是制止舞弊，更防范于未然。曹主任接着宣布各考室均配备了一名试卷验收员，对试卷的份数、次序，装订入袋的程序手续等做技术性把关，请各位监考人员配合。

考前会议还没散，我校的高个子领队张可主任便离席朝我走过来，他带着几分的神秘劲儿弯下身子，把嘴巴凑到我的耳边，用手捂住嘴悄然道："副主考一个亲戚的伢子在你那个考室，26号，请关照一下。"

我莫名地"唔"了一声。脸上也肯定露出了一丝儿的窃笑。我下意识地瞪了一眼副主考，怎么看都觉着他像个"魔术师"。

7时55分，我握着试卷袋走进216考室，开始发卷了。这间位于3层教学楼底层当头的考室处于一个要冲位置：面对大操场，前临通往6层教学主楼的主干道，右侧与办公楼隔路相望。因为是要冲地带，这里划了几条"警戒线"，有好几个佩戴着"保卫人员"或"巡视员"标志的男士、女士或立或蹲，或三两搭讪或独自兀处，总之，周围环境给我们这个216考室平添了几许的肃严气氛。8点整，开考铃响了。我们开始逐个地核对考生的准考证，从1号到30号，一一地"验明正身"。可刚查到第一行，我的搭档副监考便在第6号考桌上发现了疑点：准考证上的名字与考桌上贴的名字不相符。搭档偏过头来用眼光跟我招呼，我立马走到近前核实，果见疑窦。经商量，由他去考点办公室报告。须臾工夫，副监考偕了一位A校的副校长返回考室。副校长大方地微笑着向我俩解释道："这是县里某个领导的伢子临时插进来考高中文凭的，不是本届毕业生……"

原来如此！我又莫名地"唔"了一声。大家心照不宣，各怀心事各执其事去了。

在四周"沙沙"的走笔声里，我忽儿记起我们高个子主任咬我耳朵的关于副主考亲戚的伢子是26号请予关照之事，情不自禁地漫步踱到第5行的倒数第2个座位。这里坐着一个高个子男孩，白净脸皮，见我走近，目光有些愣涩。刚开考不久，他的笔头就似乎有些干涩了，嘴皮子含着笔帽，在轻轻地和牙齿磨擦。

我刚悄然离他几步，便从后边传来悉悉索索的翻书声。显然，副主考给他交过底的，他肆无忌惮了。

约摸过去了半个小时的工夫，我正觉着这监考的差事索然时，正想松弛一下紧张运作的视神经，把目光投向远处的操坪，在考室的正门遇着了一张熟悉的面孔，带着某种诡谲色彩的微笑迎着我的目光。我离开讲台，走到门边，不，准确地说是走向这张熟悉的面孔。我发现他的左臂上戴着"保卫人员"的红底黄字袖章。他是个矮个子，但很墩实。姓石，名磊，一堆石头儿凝重。对于此君，我的记忆很清晰：初中毕业后务农，然后当民兵排长，然后参军入伍，然后复员退伍，然后当民办教师，然后转了公办，然后千方百计百计千方进了这所最高学府做保卫工作，连破过几起偷学生单车的案子，在这小城的"治安"界一时间有了点小名气……他戴这红底黄字的袖章自然是对号入座。

我走近此君，只见他朝我腼腆地笑笑，掏出一支过滤咀香烟递我，我用手背轻轻挡回去时，他有点扭怩地拉着我的手显出异乎寻常的亲热劲，我不由得随着他挪动了几步，进到了走廊里。他很快从裤兜里掏出一个纸团来，腼腼腆腆地微笑着递给我，边递边说："老熟人，请你把这个递给13号！"他这信号一发出，我不禁莫名惊诧，很有点像鲁迅先生《友邦惊诧论》里的那个莫名惊诧：让监考人员递纸条作弊，这不是执法犯法，监守自盗吗？我说"老熟人啦，这怕不大合适吧！"他说，要说也没什么不合适，大家都见怪不怪了，捂着眼睛哄鼻子了。他见我仍不伸手接纸条，又无奈地笑了笑说，我也是无奈，受人之托，13号是我老兄单位的一把手的老二，人上之人托人上之人呵，你就网开一面，睁眼闭眼吧。见他把话说到这份上，我立马回他话说："我的感觉是两无"。他眼珠子瞪得特亮："怎么讲？""无所适从，无可奈何！"他一笑："干脆再加个'无所谓'不就得了——三无"。我说："好吧好吧，三无就三无吧，反正你是保卫人员，我是监考人员，我允许你进考室去'保卫'就是了，就省了我这道中间环节，你一次性到位吧！我就在这儿呆着，等你到位了，我再'回归'吧！"

他果然兵贵神速。转瞬间，石"保卫"重重地握了握我的手，算是给谈判划句号。石"保卫"带着他成功的喜悦又冲着我腼腆地笑笑得意地离去了。

这日下午的考前会议于2点开始。从炙烤的烈日下走进这个所在，等候的静默中揉进各种滋味。

副主考宣布说，这次考试实行滚动式监考，下午对监考人员与考室做了相应变动。紧接着那位总以做考试技术指导面目出现的A校年轻的曹主任又操起一根军用沙盘地形图式的指挥棒指点沙场一样煞有介事地指示起各考室的区间方位来。

我们监考的是314考室。穿廊过径，来到后院一栋老式的3层教学楼前。楼前有一个不小的花圃，里边花木葱繁，姹紫嫣红，内中尚有亭榭点缀，几袭模拟的蘑菇式亭盖相间。以排列有致的碎麻石小径相连环绕，虽然结构与修理打磨不无粗糙简陋之憾，没有上到应有的档次与品位上去，但毕竟是个树也葱茏，草也青青，花也妍妍之所在。经这里登临3楼的314考室，似觉消却了几许的溽热与闷躁。但这种感觉稍纵即逝。因为我的双脚刚踏上二楼的阶梯正昂然向上跨步，却突见一张我不愿见到的又一张熟悉的面孔迎我而来，且是从3楼走来，居高临下。此人属于《杜鹃山》里的温其久那类角色，虽属同届异班的那种关系，但他那种趋炎附势且虚伪透顶的习气为我所不齿。我是个喜怒形于色的人，尽管是劈面相遇，他所看到的我肯定是一张森然的脸，更何况我现在又兼着"考官"这身份。可他则圆滑与油滑得多，冲着我的森然，他的脸上竟绽出了灿然的笑，笑得那么夸张，那么纵肆。而且，与此同时，他还自作多情地拍了一下我的右肩，装模作样扭怩作态地极力渲染着亲昵与投合道："宣传部宾部长一个亲戚的伢子在你那个考室，请你关照关照。"我板着脸没有答理，昂起头上了三楼。捎带补叙几句，这个"温其久"因出身工商业兼地主家庭，中学时代的日子几乎都是潮湿发霉的，"红卫兵"运动中也没他风光的份，上山下乡后也只能埋着头低着眉修理地球，在"接受再教育"的我辈中享受最低待遇。大约我已端过五六年民办教师的饭碗后，他的境况仍与牛尾巴和锄头犁耙紧密相连。恰在那年公社新调来一位副书记，是我的同班同学（此君的发展轨迹是当兵——提干——转业），自然与他是异班学友了。那年暑假教师学习班上，恰是副书记同学给我们做报告，之后，我等几个端民办教师泥饭碗的同学众星拱月似地围住端铁饭碗的老同学副书记叙旧话新，言谈间话及"温其久"，个个面露怜悯之情。我首发提议，请副书记高抬贵手，搭救搭救。由是，第二年暑假学习，"温其久"也和我等坐在一条板凳上听"副书记"的报告了。但两年后，副书记因超生第三胎而栽倒，削职为民发配回原籍。走的前一夜，我们几个"泥饭碗"相约去看他，安抚老同学，那间小平房的几件简陋家什和几张凄苦的脸构成的白描若用"同是天涯沦落人"形容很有些意境。但座中却没有"温其久"。据一个邀他的同学称，去约他时，温面露难色说，我看还是不去的好，他毕竟是犯了国策，得划清界限。其时其地，温其久在我心里便缩成了一个"乌龟"。又两年后的一个深秋，梧桐的叶子都沙沙地飘落之时，省教育学院用一批高校招生的剩余名额招收中学民办老师，我和"温其久"便结了一次"考缘"。我考上了，他名落孙山。没想到我竟成了他眼中的砂子。更没想到两年后我毕业分配的时候，他为我分到母校A校设置了种种障碍，简直把屎撒到了我的锅里。木秀于林的我简直成了《竞选州长》里的马克·吐温般，最后分到了城区刚升格的一所破旧的完全中学，也就是我现在供职的学校。此中的背景我是后来才知情的，此后他便成了我眼里的砂子。后来他通过函授途径取得了大专文凭，办了"民转公"，并全面展开他的进城攻势，攀附上了已登A校校长宝座的他当年的高中同桌陈兴元。此君恰也出身地主家庭，当年与温其久称兄道弟，恢复高考的第一年他便以高分考进了一所专科学校，毕业后在母校（A校）备受恩宠，之后便渐渐地飞黄腾达了，现如今他则尽其所能地提携他的阶级弟兄"温其久"做了A校的学生干事。

在314考室就位后，四下顾盼，忽儿记起，这栋3层楼教室虽经改造装修，乃是原来的两层楼升了一层。我记起来了，这间教室是我当年就读高一的那间教室。记得16岁的我披着秋阳走进这栋教学楼的第一天，便看见一位模样特靓且露着一脸矜持的笑意的女生让一个模样和表情都晦暗许多的人'即是她的女友'陪着也进了这栋楼。上楼梯时，我听见暗晦者对矜持者露着艳羡之情说，你真幸运，终于考上了，又是最高学府。暗晦者接着沉重地"唉"了一声。这"唉"的一声让你感觉她的眼角都湿润了，声音也湿润了。上了楼，进了教室，矜持者来到她的课桌边，预备着摆课本什么的，见暗晦者失落地呆立一旁，矜持者为免暗晦者进一步触景生情而感伤，忽儿轻轻地"啊呀"一声，说她的一件什么东西丢在什么地方，忘记拿了，便立马扶着女友的肩，拥着她下楼去了。后来，矜持者给我们介绍说，陪她来报到的那位女友是她的初三同桌，且是他们初中校长的千金，期期都是"三好"，可中考发挥不理想，考砸了，落榜了。她的当校长的爹除了惋惜之外也无能为力。一年后，这位暗晦者又来看望矜持者，可这回她的脸上晴朗多了，原来她已考进了县里增办的一所高中，是春季招收新生的，单独组考，她的考分在100名录取者中居于34名。她说她这下总算为她当校长的父亲争了口气。这位校长千金考学的故事让我感到考试和升学是多么的森严，多么的神圣。进入高三的第一个学期的期末考试中，我们班爆出了一件震惊全校的新闻。这则新闻的主角则是三年前的那位矜持者。她在最后一场生物考试中作弊，被监考老师发现，报告到教导处，学校决定给予留校察看的处分。处分决定很快张榜公布出来，是一张大白纸写的正楷毛笔字，布告上有校长的严肃庄重的签名。全校风传开这位女生的舞弊经过是：她将一份十分难记的细胞结构图原原本本地从教科书上扯下来，悄悄地压在试卷底下，微薄显白的试卷纸有些透明，她便对着试题得心应手地抄开了……巡视的监考老师走近时，发现她用双手紧紧地捂住试卷，监考老师怀疑了，叫她站起身来，掀开试卷，于是图穷匕见……

像这类考试作弊现象在当时极为罕见，而一经查出，处分从重从严，影响很坏很大，无异于做贼被擒拿。这位考进高中时一脸矜持的漂亮女生，终于像被严霜摧残了的茄子，一脸的羞怯与沮丧了。我回忆起当她的那位校长千金同窗来看她时，她弯勾着头让鬓边的一绺短发垂散着掩住她的眼角眉梢，不曾正眼看朋友一眼。放假前，她便悄悄卷了被褥行李离校了。下期开学的时候，她的座位便空着了。此后的漫长岁月里，便不曾听到这位漂亮女生的消息，像一朵明艳的花被风卷走了。当然，这花虽明艳，却是华而不实的。

这起作弊被查处事件在我们的心屏罩上一道浓重的阴影。它的本质是严峻与肃森。也许因为这，它逼着我们严谨治学，丁是丁卯是卯地面对书本，面对试卷。所以，这道阴影又辐射出了它灿然的光泽。当年的这间教室，如今的314考室，唤起我的记忆的仍是那肃森的考纪考风。眼下当我以监考人员的身份、肃然的目光扫视这考室和一片考生时，却顿觉那肃然早已消逝了，且简直是荡然无存了。考生脸上的那份轻松自在和毫不在意令我们肃然的目光不仅没有了市场，且简直觉出了孤零与落寞。你肃然你的，他们并不买账。考场里很快便叽叽喳喳喊喊嚓嚓地骚乱起来。这场考试的监考难度不仅为我们所始料未及，且简直是惊愕万分。挟带者绝不在90%以下，递纸条，确切地说是纸团大战，简直让我目不暇接，更防不胜防。开考后不到半小时，纸团便飞窜起来。我愤懑地走过来走过去用脚板踩踏过两个纸团，但相关考生的即兴反馈不是脸红心跳，或垂头脸目，倒是鼓眼爆牙地与我怒目相向，从猩红的眼里喷射出火来。我的搭档副监考走过来援助我，喷火的目光又直指于他了。我与他无奈地目光对接，又无奈地背着双手悄然地离开了。在不到10分钟的时间里，我信手拈来地缴获了七八个纸条，而我的搭档则在靠北的那一行缴获了5张作弊卡，全是按课本内容缩小了的复印件，比当

年我的那位漂亮学友更高明了，也更进步了……

我不记得我那位趋炎附势的老同学"温其久"所说的什么宣传部长的亲戚的伢子是多少号码几排几行了，兴许这伢子的纸团已握在我的手里或踩在我的脚下，再或者他就是那个鼓眼爆牙眼里喷火的角色，那么肆无忌惮，那么满不在乎……然而伢子也好，亲戚也好，部长也好，反正纸条没收了就没收了，踩了就踩了，你不在乎，我也不在乎！

我们边缴，考生边扔。屡扔屡缴，屡缴屡扔。考生在和考官较劲，考官在和考生较量。较来较去，着实都有些累了。有的考生冲着我们莫名地发笑。我们脸上啼笑皆非，心里酸涩兮兮。我们的努力与抗争也并非徒劳无功，我们毕竟守着这块阵地，并没被纸团大战给轰出来。而且每缴一次或踩一次，都会带来片刻或瞬时的平静，虽然地火仍一如火山爆发一般地潜藏着，还正蓄势喷发。这样的局面终于维持到这堂考试的最后10分钟，广播里已经明确告示了。

这下子314考室的气氛顿时炽烈起来，潜藏的地火趋于总爆发。更有邻考室已经交了卷的一帮子考生也从走廊里咋咋呼呼地开了过来，这支"奇兵"的骤降更让我们猝不及防。这些"奇兵"旁若无人地拥到了考室南边的各个窗口，个别的甚至于如入无人之境似地冲到了教室的门口，门内……纸团从窗口门口飞掷进来，就像是阵地战的决战冲锋时扔出的手榴弹。我和搭档立即调整作战方案，将战略进攻转入战略防御，迅速赶到窗口门口堵截。但我们毕竟寡不敌众。反而腹背"受敌"，前后夹攻。尤其"后方"的"空虚"更给了考场"勇士"们可乘之机。他们里应外合，简直将我们"夹"住了，包围了。外边的"援弹"接踵窜进，里边的纸弹团密集频飞，真让我们有点发怵了，招架不住了。我们无奈地重复着这样的申明，很有点像对那投降缴械的官兵喊话：请交了卷的考生离开，请不要用这种方式提供援助，这也不是帮助……然而"勇士"们压根儿不理睬我们的"喊话"，他们一次次地"爆破冲锋"，外边的"勇士们"已冲进来十余众，在他们的感觉里，他们好像都是渡江作战的勇士，而我们则成了腐败透顶，将全线崩溃的国民党守军……我们私下里软绵绵地想，开考不久，考生们就眼睁睁地看见他们的班主任，他们的课任老师，还有那个做考试技术指导的教务主任，便都次第光顾考室，塞给我们几个易拉罐、冰琪琳和西瓜片，就像电影里头那些个戴着歪帽斜抱枪杆的"八格鸭噜"接受了老百姓装扮的武工队员的大西瓜和汽水瓶，然后无奈地傻着眼让武工队员们大摇大摆地通过了他们的岗哨呢……

这场考试的终了铃终于响了。我们按规定喝令考生"起立"、"停笔"，却有七八个考生按兵不动。我走近其中的一位，要收他的卷子，他紧紧地用手捂住，嬉皮笑脸地道："看在党国的份上，再坚持最后5分钟！……"我傻眼了，惊诧愣愣地盯着他，且竟至于答应了他——看来，我们的防线，阵线也彻底崩溃了。

这堂"历史"考试下来，似有一种历史性的败下阵来的懊丧与虚脱。

但这种精神的失落得到了物质的补偿。中午的餐桌上添了一个甲鱼汤。我伸出筷子的时候有一种心虚的感觉。当然，吃得开心的人更多些。有的考官举着杯子敲着盘子在品评酒水菜肴的档次与考官的身份，还听有人赤裸裸地说，有的考室发了双倍的香烟，好事是应该成双的嘛，有人便接话说他们只拿了一包，看来下一堂得监得紧些更紧些……我没有参言，也无话可说，只觉得大家都失却了文明人的身份，坐在了一笔生意的谈判桌边在讨价还价，在经营着一桩交易买卖，一阵阵的酸涩味袭上心来，将甲鱼汤的美味全都淡化了，消解了……

也许是午餐的"生意洽谈"产生了经济效应，下午的考试开堂不久，便有人夹着包装精美的整条的金白沙烟匆匆地在考室进进出出，一路杏花村地"作业"，也一路杏花开放。而且是水陆并进，双管齐下。随后又有易拉罐、冰淇淋接踵而至。且是上档次上品牌的。兜里揣了鼓鼓的双份香烟且兼收并蓄的考官们一个个佯佯地"犹抱琵琶半遮面"了。

如此这般，考场里的兴旺景象热烈气氛就再也用不着赘述了。下得考来，考官们心平气和也心安理得地在印制得十分清爽鲜亮的考试情况登记表（内容包括考试科目、考室编号、参考人数、起止考号及考场情

况等）里填上"情况正常"四个字，然后在原本很神圣却实际已被亵渎的监考人员签名的一栏里签上医生开处方常用的那种签字法，签上一行被扭曲变形了的龙蛇文字。

以下的几堂考试大同小异。只有最后的一堂地理值得独书。因为在本质意义上说它简直具有了"飞跃"的哲学意义。

我们监考的这堂地理考室为228号，设在一栋写有嵌金的"希望大楼"标记的6层教学楼第一层。底层的进门大厅的墙壁上，镌刻着镀金的正楷《希望楼记》，落款是县委书记和县长赫然的并排签名。文中自有兴教与兴国的宏阔高论，洋洋洒洒，汩汩滔滔，汪洋恣肆，气势磅礴。文后附有捐资50元以上的慷慨解囊者之名姓。释读此"记"，无论是对捭阖高论的首长杰作还是对捐资兴教的志者仁人，我们都不能不怀有一种虔诚的景仰。228考室就在离"希望楼记"不到10米的大厅左侧，我们握着试卷刚刚"到位"便见一张三分熟的面孔在走廊里溜达"恭候"多时了。记忆的潮水浮出这人曾留在我心目中的"浮萍"印象：我们好像是在某一年的高三分科会上晤过面，三四十岁的样子，高挑的身材，听人说他刚从偏远的一所湖区中学调进县城，也许是因为湖风的粗糙与骄阳的炙烤赋予他一张红黑的脸庞，但眉目尚不失清秀，一介书生模样。我还听说他是随他舅父的官运亨通而"仙及"升迁进了本县的最高学府的。他舅父原是某乡镇的一把手，其德能勤绩在同级的一把手中出类拔萃。那一年的人大换届选举时，他被提名为副县长候选人。他舅父时不我待地抓住机遇，上下斡旋，四处奔走，硬是凭着选票坐上了副县长的交椅，且"长"字号们分工时又因他有大专文凭，口才好，被安排到了管文化教育这一档口。好家伙，第二年暑假刚过，他在湖区中学饱受刺骨的湖风和苦涩的湖水之苦的外甥伢子便顺顺当当堂而皇之地搭着副县长舅舅的桑塔纳便车到县城的最高学府报到了。外甥伢子珍惜机遇，工作勤勉，更兼有抓文教的副县长舅舅的一圈夺目的光环辐射，进城的第二年便进爵加冕，与教导处副主任的交椅交了缘。

开考一会儿了。我立于讲台前。我的搭档倚在考室后门边，一会儿又揽过一把椅子坐下了。这副县长的副主任外甥在228考室外的走廊里转悠了两圈，朝考室内瞟了两眼，然后立在了考室的门口。他用一种骄矜与玩世杂交的目光冲着曾与他有过一面之交的我笑着，那笑意里明显地涂抹着副县长外甥与副教导主任的双重官样色彩。我用礼貌并兼矜持的目光照面他，静候他的"下文"。外甥副主任接收到我的"微笑"反馈，又连忙追加了一个更浓烈更世故的笑，好似在招呼我"向他靠拢"。我思忖片刻，知趣地慢慢踱过去，踱到了走廊里，这下他立马向我靠拢了，凑近我的耳边问："后门边的那一位你熟吗？"他指的后门边的副监考员。"熟呀，我们一个单位的"。我实话实说。"请你让他走开好不好？"他不绕弯子，也实话实说了："坐在后门边的那位考生是我舅舅的表侄，我的最小表弟——"他和盘托出，兜底而来，要我这个监考官将副监考"调虎离山"了。在我惊诧于他的爽快的同时，不禁为这破天荒的调虎离山计惊愕得瞪大了双眼。他莫名地冲我闪着笑眼，副县长外甥和副教导主任的双重官阶明显地在目光里聚集并强化。我也报以诡谲与玩世的一笑，妥协道："好说。"

于是我又踱着艰艰涩涩的脚步向我的搭档靠拢，悄声对他说：别蹲在一处，四下里都得照看。

搭档或理解或不解地闪了闪双眼，随即撤离了防线。副县长的表侄如愿以偿，大作其弊了。

我留意过，《希望楼记》后边所附的捐款名单中，有一个据说是有其寓意的醒目数字"108"，即出自于文教副县长之手，其寓意据称是取其谐音："一定发"。

如此这般，也"一定发"吗？——当我握着一卷地理试卷去装订室时，我纳闷了，迷惘了。但我还是有所获的，孙膑的三十六计之一的"调虎离山"如今在考场里也派上用场，这着实让我体验了一次吃蚯蚓的感觉。

尤其意想不到的是，此次监考使命最后交差之时，还会有个意外的邂逅。地区教委派来巡视的人员中又多出了一位"巾帼英雄"，此女士虽人届中年，却因保养甚佳而特显靓俏。洁白的真丝对襟衬衣透现着鹅黄色的真丝乳罩，简直灼灼动人。当所有监考人员交完试卷对号坐

定后，A校长不紧不慢地站起来对着麦克风说："同志们辛苦了！由于大家的辛勤工作，本考点考务工作进行顺利，情况正常。刚从B校巡视归来的郝主任听了我们的汇报后十分满意。A校长得意地一口气讲到这儿，忽儿偏过脸去，用真诚与恭敬的微笑与被称为郝主任的女士打了个照面，然后转脸对众人道："下面就请郝主任给我们做指示！"在稀稀落落的掌声中被称为郝主任的女士雍容大度地凑向麦克风，对着众人骄矜地微笑一下，便大大咧咧地开讲了。这会儿我才定定地打量她，渐渐地唤起记忆中的回响，一个当年十分稔熟却已荒疏了多年的名字和面孔都渐渐浮出了记忆的水面，此女士乃是本人当年的那位同窗，因考试作弊被处以留校察看，此后便辍学了的那一位，她叫郝丽，真是巧遇，真乃奇缘呵！

郝主任正在就考纪考风侃侃而谈。他说刚才A校长讲了，本考点此次会考组织有序，情况正常，这就好。我也查看了一下各科各堂的考情记载，也都写的情况正常。B校那边的情况也大同小异，基本正常。考完了为什么还要讲这个事情，说明这个问题重要。考风联系学风。学风与民风社会风气不无关系。民风，社会风气与党风密切相关。从大的环境看，考风堪忧。5月份的成人高考，本省的某地级市有140人系持假身份证代考。这像个什么话嘛？……

我听到这儿不禁暗自发笑：一个因考试舞弊除名的人高谈阔论考试作弊之事，虽然时过境迁，仍给人滑稽之感！

就在郝主任义正辞严地针砭考风时弊之时，我听到邻座的同仁正叽哩呱啦地议论开来：此女士曾因考试作弊被本校除名，辍学后回到家乡，因长得标致被大队支书的儿子相中，当上了支书的儿媳妇。文革中又沾支书公公的光被推荐上了大学，当了工农兵学员。三年后被分配到地区师范。一年后与支书的儿子拜拜。投入了地区宣传部副部长的怀抱。接下来是一路成才入仕的绿灯：地区师范副教导主任，地区教育局普教科副科长，到现如今的副处级督导室主任……叽哩呱啦间，有人神秘兮兮地做了个用拇指与食指一捻的示意动作，悄声道：据说A校长这回给郝主任的"信封"有这么厚！……嘻嘻……

与此同时，郝主任的讲话也开始煞尾了……总之，考风，学风，民风，党风，相互联系，相互影响，不可小看。考场里也有腐败，考场里也要反腐败。这不是危言耸听，不反不行啦，同志们，这关系到党和国家的前途命运呀，同志们想一想，不抓的话，真才实学哪里来？栋梁之材哪里来？国家会是什么样子？未来会是什么样子？……

"嘘——"我听到近前有一声沉重的嘘声发出，我也冲着郝主任漂亮的脸蛋和掉阔的高论轻慢地嘘了一声。

……

位 置

（一）

K老师担任组长的这个初三年级组办公室，6桌6椅，东西两排，一一对应，桌号对椅号。来了客人，对不起，只能享受或立正或稍息的待遇：因为迟到旷课或违反纪律的学生被班主任"请"入，自然对号前者；而那些班团干部、科代表因了班务事宜或交作业本之类莅临，自当享受后者了。

却也还有特殊的例外者。比如来了家长咋办？也立正稍息不成？

K老师也曾请示校长，每个教研组添置两把客椅，比如白木靠背椅。可校长只是笑了笑："不是我不给您这位省优秀班主任面子，学校经费太紧呵。"

然而班主任召来家长是常有的事。家长"席位"问题便成了"主任"们棘手的事。K老师对此感触尤深。因为她跟家长联系比较频繁，这个矛盾便显得更突出些。时间一长，她也摸索出一些经验，即瞅准本班老师的课表寻着"空位"借而用之。然而有一次却失算了，弄得她有些尴尬。那一天她请来的是赵星的家长，中心话题是关于赵星的座位变更问题。赵星坐在第4排的第3个座位，这在剧场里是上等票位置。已经坐了快半个学期了，该换一下了。这一方面是从考虑学生的视力角度出发而加以调整，另外对于赵星来说除了这个共性之外也还有其个性：他的左邻右舍都对他颇有微词，尤其左邻的那位女生，好几次将赵星那不伦不类的小纸条都转交给K老师了。什么"我爱你，就像老鼠爱大米。""你是我的玫瑰，你是我的花"之类。可当K老师把赵星找来

"问话"时，赵星却鼓眼暴牙地甩一句：这又不是我写的，是从别人手机上下载的，又是流行歌曲。这也有什么错吗？——如此一顶过来，K老师还真觉得没了回击之力，只能软绵绵地问几句为什么要写给她呢？为什么不写给别人呢？为什么又不写别的呢？然后只听赵星满不在乎地甩一句"玩玩呗——"便不了了之了。当然更有右邻的那位男生状告赵星考试总抄他的，不给他抄，他就骂人甚或在下楼的时候暗中使坏，猝不及防地把他推向某女生，弄得男女二生猛地一个趔趄，招来一片坏笑声。这种事已经发生过两次了。所以K老师此番召见赵星的家长来"议教"已呈箭在弦上不得不发之势。

K老师在电话里已经将议教的话题给家长透过风，也许是因为赵星的家长感到这类话题的严重与沉重，夫妻双双并驾齐驱而来。

这可超乎K老师的想象，也让她犯了难：仅有一把空椅，如何是好？

赵星之父系某局局长，驾着公车风光而至。赵妻之偕行是经软磨硬泡一阵才让坐进车里的，并非赵局长之本意。而且在K老师刚一见面的短暂接触里，便感觉出这对夫妇的格格不入。

走进K老师办公室时首先面对的便是一张凳子两个人。

赵局长礼节性地跟K老师打过招呼后即当仁不让大大咧咧地一屁股坐在那张空凳上，随即用居高临下的嘲弄兼责备语气对其妻道："叫你不要来，你看看，没你的席位吧？"

K老师听罢此话感知作为东道主的几许尴尬之余作为旁观者也替赵局长身边的这位中年女人感到几许的难为情，不禁定眼着意瞅了瞅她：身个不高，不足一米六，单瘦，皮肤黝黑，五官尚清秀，抬头纹鱼尾纹已是"星罗棋布"了。曾听赵星说过，他妈是中医院的药剂师，说白了，就是中药柜台上捡中药的。

这女人显然被丈夫的奚落、刺激性的话语给刺伤了，偏过头去捂住了半边脸，一句怨忿的话显然是从指缝里透出来的："我又不是冲你来的，我是为我儿子来的！"

赵局长毕竟是一局之长，是很能驾驭复杂局面的。何况眼前这局面

并不复杂。此时的他反常地爆发出一声夸张作秀式的大笑，戏剧性地将话题转到位置上来：

"哎呀，这学校的条件……"

赵局长忽儿语气一扬："这样吧，我给局里打个电话，将办公室换下的旧靠背椅，送几只来，说旧不旧，还有七八成新呢。"

此时此刻的K老师也只能附和着赵局长谈椅子论位置了。

赵局长果然一个电话（手机）打过去，一会儿便送来了4张靠背椅。椅板上红金丝绒坐垫尚有七八成新。是司机同一位漂亮的女秘书送来的。司机和女秘书放下椅子便走人。赵局长也没给K老师作介绍。但K老师注意到，女药剂师狠狠瞅了那女秘书一眼。

于是乎，这次家长谈话主题几乎被淡化与弱化了，椅子位置问题反倒被炒过来炒过去给延宕与深化了。自然是再穷不能穷教育，再苦不能苦孩子之类。

K老师不得不承认自己其实也是个俗不可耐之人。也就是赵局长的4把椅子，又搞定了他儿子赵星的位置：继续保留他的4排3座。写纸条和偷看试卷等事也只不过蜻蜓点水般地点到而已，轻描淡写一带而过了，在主客双方的几声唏嘘声里悄然地作罢了。

毫无疑问，这次谈话K老师的收获是4把靠背椅，赵局长的收获是他儿子的4排3座。起码眼前是这结局。

时间一晃便又过去了两个星期。

赵星期中考试的成绩排位由43名降到了51名！

赵局长得知这个讯息后重重地敲着桌沿用发颤的怒声斥责儿子：

"你小子怎么这么不争气呢，你知道你那个4排3座的位置容易吗？——你们K老师上回就要给你换位置了，是我给她们办公室送去4把椅子给延缓了一下，这回你考成这样，他要发配你到哪儿，西北荒漠还是东南蛮夷我可管不着了呵——"

随后K老师便通知开家长会。赵星蔫蔫萎萎地告诉了他爸。赵局长虎着脸甩给儿子四个字："我没脸去！"——赵星眨眨眼："要不妈去？""你妈她爱去不去，去与不去都没什么两样！"赵局长语气里像拌了火药似的。

儿子赵星并不气恼，反而嬉皮笑脸地朝他爸翻了翻眼珠子："那就梅阿姨……"

"你小子给我少贫嘴——"赵局长攥紧了拳头冲向赵星……儿子扮个鬼脸忽悠一闪——溜了。

第二天赵星带着他爸赵局长给K老师的一封信回学校交差，信封是局机关的公函信封，淡黄色牛皮纸。信封口用胶水胶得紧紧的，赵星握在手里感觉这信怎么这般厚实呢，又在信封封口处加了装钉针。都写些什么呢，向老师告我状吧？都告我什么呢，几条几款呢？

赵星一路上犯着疑，不时地掏出信封来掂掂，用手指弹弹，按捺不住的忐忑与抵挡不住的好奇疑惑终于促使他拆开了信，——用锋利的小刀从信封的另一头割开——

"豁——呀，四张崭新的百元大钞！再往里掏，是一张机关用的短信便笺，是赵局长的几行亲笔字：

"K老师：

真对不起，为难你了。赵星的位置还请关照维持，更祈严加管教，鞭策上进。些微薄礼，请笑纳，并恕家长会告假。

致

礼!　　　　　　　　　　　　　　　　　　　　赵星家长

即日

猩红的大钞让赵星眼睛一亮，心却一沉："原来我们老师……"他庆幸他爸爸毕竟没在信里说他什么坏话，这使他不免对他老爸心存几分感激，K老师怎么能这样呢，难道我那个位置……嘿，还口口声声教训别人呢。

没门!　——"

赵星将四张百元钞票抽出叠好猛地揣进他的棕红色皮夹克的里衬兜里，打算去哪家网吧一赌为快，将前几天输掉的两百多（他妈给的）给捞回来……

可转念一想，K老师那儿怎么交差？

那个短笺信纸条给还是不给？尤其那个"微薄之礼"……

赵星计议权衡再三，将四张钞票一分为二，然后一溜小跑到邮电所将信口贴严封实，恢复原状，呈给K老师交差——赵星认为这是两全齐美的办法。

这个周五，办公室秘书小梅递给赵局长一张200元的汇款单，落款是"完璧归赵"。赵局长先是一个愣诧，接下来轻轻叹息一声：这小子！成事不足，败事有余呵！他一方面抱怨儿子，另一方面也对K老师怀有几分怨疑：至于吗？至于这样吗？但这些不快的思绪在他脑子里转瞬即逝。

两星期后，K老师又不得不给赵星的家长打电话了。她知道赵星的家长也烦，所以，K老师接通电话后的第一句话是：我不是硬要打扰局长，确实是不得已而为之……

电话两头的人都心照不宣地避开了前一回的短信和汇款单。

末了，K老师既显得动情却又无奈地说："还不是为了您的儿子啊！"

赵局长莫名地笑笑："谁说不是呢！"

……

（二）

"请问，初二甲班的班主任K老师在吗？"

一位穿戴入时、气质不俗的年轻女郎飘然而至，香水味四下里弥散。这是在K老师放下电话大约一小时之后，一位陌生女郎突然造访。

"我就是——"K老师试探着问："你是——"

"我们赵局长上午有个会议……"时髦女郎略带几分腼腆地自我介召："我姓梅，办公室的。"

"呵，我想起来了，你给我们送过椅子，是吧？"K老师彬彬有礼地指着一张尚有七成新的金丝绒坐垫靠背椅："请坐，请坐。"

然而梅秘书瞅着她们局里的这"黄脸婆"靠椅还带着几分犹豫。她和局长的沙发坐垫都是上等的正宗杭州产织锦缎面料。

面对现实，梅秘书终于还是让她圆浑的屁股挨着了旧靠背椅的一溜儿边。

梅秘书斜仰式地用屁股靠点椅子边儿面对K老师说道："赵局说您有什么话让我转告他。"梅秘书边说边伸直了修长的腿，将两只锃亮的红色高跟皮鞋的尖儿碰了碰。这给K老师一片莫名的雾霭：希望与失望，作为与无奈，动机与效果，关于家长，关于学生，关于社会……

然而K老师还得直面现实，再说也不能让这位给她们送过椅子的女秘书辱于使命，给赵局长交空头差。她仍抱个死马当作活马医的初衷，或者说执著的初衷，该干什么还得干什么。

K老师平静地说："赵局长的儿子赵星……"K老师说到这儿轻轻"嗯"了一声，忽儿打住了。

"赵星怎么啦？"

梅秘书又将她的红高跟鞋的鞋尖碰了碰。

"先是逃课，泡网吧，上星期我在网吧里给逮了个正着。"

"这孩子……"

梅秘书即兴感喟着，透着惋叹的味儿。

K老师语气突沉："如果说只是逃学，泡吧，那还只是违反校纪校规的话，那么……"

K老师话到嘴边又忽儿打住了。

"还怎么啦？"

梅秘书的鞋尖儿又重重地碰了碰，美丽的大眼睛里闪出了关切与忧郁，甚至于带了几许焦灼。

"不排除猥亵女生的行为……"K老师语气严肃起来："这可是触犯治安条例甚至法律的呵——"

梅秘书听到这，没有再碰高跟鞋尖，而是霍地从靠着边儿的靠椅上站起，目光炯炯地直逼K老师："有这么严重？有证据吗？"

"已经有家长写信投诉——"K老师边说边拉开抽屉。

"真是有其父……"梅秘书的目光有些滞凝，脑际有些茫然了。她下意识的自言自语还是让K老师隐隐约约捕捉到了。

"你说什么？"K老师似乎听出了什么，又好像没听真切。

"呵——"梅秘书从忧郁迷茫的思绪中回过神来，已察觉自己失态失言了，赶紧强作镇静："我是说这孩子怎么会变成这样呢？"

"那一日我从网吧里将他撵出来，劝他回校上课，他竟扭头狠狠地白我一眼，眼里射出凶巴巴的光，嘴里好像还故意压低着声音嘟哝了一句什么，我没听真切，但可以肯定是'你自己'三个字我听清了，明显是冲着我来的，不是埋怨，便是指责……"

"他还能指责老师什么呢？——这孩子！"梅秘书似乎获得了一种微妙的反客为主的感觉。

就在这一瞬间，梅秘书也有个令她诧异的发现，她刚说完上边这句话，K老师一直肃峻的脸上蓦地泛红了。但仅仅只是一瞬间而已。K老师化腐朽为神奇的妙语立即为她自己也为这个谈话的环境扭转了乾坤："不好意思呵，赵星变成这样，作为他的班主任，我当然也有责任——"

"您对学生还是很负责任的，这点我们老赵还是心中有数，既感激，又抱歉……"梅秘书毕竟是女人，女性的柔弱绵软与同情怜悯渐渐从刚才的愕然之中生发与升华起来。

然而梅秘书的"老赵"一词又令K老师惊愕不已：刚才还一口一个赵局长，怎么一下子变成亲妮妮的"我们老赵"了呢？——K老师终于卷土重来复归主位，也用狐疑的目光瞟了瞟眼前的这位漂亮女郎。

这会儿女秘书美丽的脸庞也倏地绯红了。但她干脆顺其自然，和盘托出：

"实话对您讲吧，K老师——"梅秘书坦诚相告了："我今天就是以家长的身份来的。客观地说，我就是赵星的妈妈——后妈。上个月，我和老赵就领了证了。所以，我们以后打交道的日子还长呢。我虽是后妈，但有老赵这根线牵着，赵星是龙是蛇，是沉是浮，能不让我挂肚牵肠吗？"

于是乎，两个女人，K老师和梅秘书，或曰赵太太，又说了一些相干不相干的话，关于女人，关于家庭，也关于子女等等，或投机或不投机，扯东拉西，说七道八，然后，说欢也欢说不欢也不欢地散了。离开时怀着感激与希冀又按赵局长的嘱咐将4张"大钞"的信封"落实"到了K老师的抽屉里。然后，赵局长的新宠夫人恳求再三也拜托再三，K老师呢也表态再三重复再三，说一定尽最大努力，一定尽到责任……

于是，赵局长的新宠夫人生动地敲着她的红色高跟鞋飘然而离。

K老师凝神这位新宠佳丽扭得十分生动的背影，不禁思绪绵邈。

……

（三）

梅馨不是本市人，她在鄂南的一个山村长大。高中毕业后复读过两届才考取鄂省的一所商学院，可毕业后找工作难于上青天。虽说"女人漂亮的脸蛋就是通行证，就是顶级名片"，可梅馨虽然用这通行证和名片敲开过两家公司的门，却都因为她不会陪酒、陪客，更缺乏"献身"精神的"致命"弱点被两家公司的老板炒了鱿鱼。梅馨挎着小坤包带着疲惫失落与沮丧离开了那个伤心之地。之后她经人介绍到一个经济开发区下属的一家公司谋职，公司经理见面后连问梅馨三个问题：

"你有男朋友吗？"梅馨答："有。""他是干什么的？""一家晚报的记者。""他很在意你吗？""当然。"气宇轩昂的经理从沙发里缓缓站起绷着谦和的脸挥挥手道："对不起，梅小姐，我们这个浅水滩藏不了你这条蛟龙，很抱歉！"梅馨将这些告之她的记者男友，男友冲她爽朗的一笑："你就不能来个脑筋急转弯？"

梅馨大惑不解地朝男友瞪眼："怎么急转弯？"

"你就说我不在意你呗！"男友大大咧咧笑道。

"你说的这话当真？"梅馨的胸口怦怦直跳。

"当真又怎么样？"记者的话可退可守。神情里充满了诡谲。

男友的这句话让梅馨黯然神伤了许久。

随后不久她便得之事情真相：梅馨的记者男友在采访一家民企老板时认识了老板的一位千金，一位才貌双全的中学语文教师，俩人一见钟情……而且，老板还许诺给二十万元让他们在城里买房……她男友则答

应给未来的岳丈大人写一部报告文学，展示他的创业辉煌……

梅馨几乎崩溃了。

她来到这座地级市的招商局做文秘工作是在此后的一个多月后，经她的一个远房表叔介绍的，这个远房表叔与她的现任丈夫赵局长的父亲曾是一同上山下乡插队落户的"插友"。

赵局长表情淡漠地轻轻握了握梅馨的手，很绅士地说：试用半年，但愿合作愉快。

梅馨感觉这个中年男人很深沉，很老练，有一种高深莫测之感，平时在办公室他除公务之外很少与梅馨搭讪。而且态度表情一直是讳莫如深。这让梅馨 平添了几分拘谨。有时近距离地传递文件时胸口甚至于怦怦直跳。

忽儿有一天，赵局长表情肃然郑重地问梅馨：

有个侨商的合作项目洽谈，你愿意作我的助手吗？乘飞机去T市？

梅馨不知是有一种受宠若惊的感觉还是忐忑不安的慌乱，顿时语塞，两颊都泛红了。

赵局长见状扑哧一笑："别紧张，其实我这是出于对你的尊重。其实你肯定明白，我也清楚，你肯定不会说不愿意。是吧？"

梅馨红着脸嗫嚅道："您是领导，我只有服从领导的份，一切听从领导安排呗！"

"一切？"赵局长笑眯眯地反问，眼里射出狡黠。

于是二人成行了。

进入T市的当晚，侨商陪赵局长、梅秘书二人吃过夜宵逛超市。三人在一个首饰柜台前驻足。侨商忽儿问梅馨：梅小姐，我想给女友买几件首饰作礼物，请你给我作参谋好吗？

梅馨不假思索道："好啊。"

于是乎，梅馨从她自己的审美观出发，帮着侨商一连挑了四大件：一根钻石项链、一对金耳环、一条金手链。总价值两万一千多元。

随后，他们一行又来到时装柜前，侨商又说给女友挑几件时装，也请梅小姐作参谋。梅馨犯疑："您女友的身材、体态、我全不知道，怎么参谋呢？"

侨商莫名一笑道："跟你差不多，你合适，她肯定合适。"

赵局长附和着莫名地笑起来。

此时的梅馨忽儿有所触发，胸口猝然怦怦直跳。她已经意识到了什么，喜悦与恐慌兼相袭来，但她没法左右眼前的局面，只能逢场作戏了。

于是乎梅馨又帮着挑了两套高档女装。说实话，都是梅馨十分可心的，她长这么大，还从没穿过呢。凭她的经济状况，也不敢问津啊。

第三天晚上9点，侨商"女友"的"礼品"真相大白了。

赵局长提了这些礼物敲开了宾馆梅馨房间的门。

赵局长切入的方式很简单，语气挑逗，铿锵有力，且毋庸置疑："我的房间退了，节省一点算一点吧。"

就在这一夜，按梅馨的说法，她是在亢奋兼恐惧中度过的。两人的关系这晚发生了化学变化。

没有想到上帝竟如此捉弄梅馨，就在她进入赵局长办公室的第三个星期，她便成了这个有妇之夫的猎物。

她几乎是在无可招架的情势下成为赵局长的怀中之物的。

赵与梅的关系进入实质性阶段时，赵局长曾躺在梅馨的怀里忧叹一声："那个捡中药的我并不在意，我担心的是赵星！——我儿子！"

……

（四）

光阴荏苒，犹如白驹过隙，转瞬便是半载。大千世界的芸芸众生都在匆匆演绎着各自的传奇。而对于本小说中的几个人物来说，这个半载，无一不是多事之秋。天地宇宙之间由于天象之演变，地壳之运转，珠穆朗玛峰可以履为柴达木盆地，于是高低错落，迥乎异变。大千世界潮涨潮落，诡谲多变，人生际遇亦变数无限，扑朔迷离。似乎有地震便有人震。有他震也有自震。因而人生的位置便随这震那震而变化挪移，今昔迥异。本小说中的几个人物就是在这震那震中环环相生地偏移了原

有的位置而进入了新的座标。

也就在赵局长那天听他的新宠夫人诉说她放在客厅餐桌上的皮夹里的钱莫名其妙地少了两张后，气急败坏地指着他儿子赵星的鼻子尖斥骂他简直是我们家的扫帚星的第二天傍晚上晚自习时，赵星的班主任K老师忽儿接到派出所打来的电话，简直让K老师瞠目结舌：

"赵星是贵班的学生吧？该生刚才在放晚学的路上在铁路洞口处用水果刀挟持两名他校女生，逼着她们掏钱，其中一名拼命挣扎逃脱掉，一人被赵星搜了书包搜了身，拿去手机和27元钱，之后又以一同去吃馆子为借口，将那名女生胁迫带进一个弄堂通道口，实施了强奸……案情是前边逃脱的女生给派出所打电话报的案，因为转移了现场，我们赶到时，强奸犯罪已成过去时……"

赵星之父赵局长和他的新宠夫人是在干柴烈火般的床第之欢时听K老师打来电话惊得兴味索然，顿时从火山之巅坠入冰窖雪窟的。

赵局长和新宠夫人刚刚草草处理完床第之欢的善后事宜，便听见他们的新房之门被"嘭嘭嘭"地一阵猛敲重击，客观地说不是敲门是拼命打门了。——赵局长的"黄脸婆"前妻，中医院的药剂师歇斯底里地哭闹着找赵局长——她的前夫，要人，要儿子。

药剂师一把眼泪一把鼻涕地哭喊着，流氓崽嗯，流氓崽，你害得我好苦哟，好惨哟……这在赵局长的新宠夫人听来明显地感觉不是在咒她儿子赵星，而是骂她丈夫，赵局长……

"你还我儿子，还我儿子，流氓崽耶，臭婊子耶……"

这不，一块儿搭上了，一箭双雕了。

"哭闹有什么用嘛，想办法早点把星星（她们平时都这样称赵星）弄出来才是正事！"赵局长新宠夫人强忍被辱骂被埋怨的屈辱，无可奈何地出此积极作为的高论。

赵局长和他的新宠夫人本着救儿子也是救自己家的理念，动用了各种关系斡旋，企图摆平这桩抢劫强奸案，力图淡化，以便在治安管理条例的范畴内罚点儿款，拘留个7天半月了事。为此，赵局长登门求助于赵星的班主任K老师，力求K老师出面，学校出面，从青少年失足案件重教育挽救轻惩治的角度从轻发落，大事化小，小事化了。然而，赵局长的钱没有少花，腿没少跑，无奈受害女生的家长搬起铺盖坐到法院门口告状，硬铮铮地甩出不将赵星绳之以法，他们不撤兵的硬话，看起来法律的尊严硬是不可贸然侵犯与亵渎了。

因为一切的一切都摆在了明晃晃的太阳底下……看来，赵星只能"对号入座"了。

赵局长和K老师再度切磋，企图从年龄角度打开缺口，认为赵星系未成年人，不够法定年龄，应有所区别，这其实也是秃头上的虱子——明摆着的事情，不过是当事人在病急乱投医时陷入了迷茫而已。

赵局长和K老师等的努力还是卓有成效的，赵星最终只判处劳动教养两年，另由监护人赔偿受害女生精神损失费5万元。

当地媒体用一则几百字的简讯报道了赵星一案，不期引起了正在此地采访的省教育报刊社一男一女两名记者的惊诧，因为他们依稀记起在一篇报道省优秀班主任K老师善做后进生转化工作的七八百字的通讯里举过这个学生转化工作的例子……记者赶赴赵星所在的劳动教养所采访。记者把采访重点聚焦于赵星犯罪的内外背景。

剪掉了长发理了平头，身着蓝白条劳教服的赵星谈着谈着眼珠子都发红了似的，喷火似的，他毫无顾忌痛快淋漓地竹筒倒豆子了。他说他现在最恨的是三个人，第一个是他的父亲赵某人，第二个是K老师，第三个是那个姓梅的女人……他说他偷看过他母亲藏着的一个小本本，藏在一个铁皮的月饼盒里，月饼盒放在厨房的案几下，上边压着液化气罐子。因为好奇，有一天他一人在家里，他掀开了那个月饼盒。不料里边有一个素面日记本，前边几页是写的中药单子，翻到后边才知道是个账本。写着一个个名字，名字后边是数目，三五千元不等，多的有二三万，四五万，好像一共有十多页吧……赵星说直觉告诉他，这是一个账本，也是一个"脏"本。正是这个"脏"本，使作为父亲的赵某人教训他儿子赵星作正派人清白人的说教变得苍白无力。每每当赵局长如此这般地训诫赵星时，赵星总以朝他爸莫名地眨巴几眼的方式表示抵触，并在心底里嘀咕：你正经吗？你清白吗？真是！

赵星说他还好几次趁他爸午睡时偷看过他的手机,翻看过他的短信。第一次看到"梅,你是我的玫瑰,你是我的花"时,他既猎奇又惊喜地拿给他妈妈看,因为赵星的妈妈也姓梅。结果是那个中医院药剂师女人大惊失色:没有呀,你爸他从没给我发过这短信呀?——梅女士再瞅瞅那手机号,稍稍一打听,便水落石出:"梅"者非此"梅"也,乃彼"梅"也——办公室女秘书梅馨!

这条短信引发了赵局长和药剂师的一场家庭战争,那硝烟将近弥漫了半个月之久。

赵星为此付出的代价是挨了老爸的两耳光,并削减了他两个月的零花钱,由300元降至100元。当然,老爸罚了他,老妈则奖了他,堤外损失堤内补了。

"我爱你,就像老鼠爱大米!"这则短信是药剂师亲自捕捉到的,趁赵局长醉酒之后。这女人像是战场上缴获了胜利品似的立马拿给她儿子赵星过目,其实是让他做个见证。这一回药剂师没动声色,只是将液化气罐底下的月饼盒里的东西悄悄转移了。

赵星说他父母离婚时的那笔交易他活脱脱地耳闻目睹了。他母亲握着一个20万的存折,得了一套120平方米的房子,才应允了他老爸"梅"开二度。

赵星说他看透了这笔交易,也看透了人生的大半。他只觉得无聊,乏味,太虚假,没意思……

关于K老师,赵星的话匣子是从他爸托带的那封信讲起的。他说那之前,K老师在他心里一直是喜玛拉雅山,可自从看了那封信,看到了那信里的四张"大钞",K老师在他心目中就一下子变成柴达木盆地了。之后,赵星说他问过好几个同学,有班干部,有坐前排的,无一例外地使了"银子"。赵星说正是这些给了他用水果刀逼着女生掏买路钱的胆量和底气。

"这世界怎么这么虚伪?"

赵星忿忿不平地诉说到这儿,忽然反客为主地反问记者了。

记者用深沉的目光睨了赵星一眼,自然平和地问他:你对你今天所讲的这些都能负责吗？都绝对真实吗？

"我可以用脑袋担保！"

赵星用一种哥们语气痛痛快快地抖出这一句"江湖"话。

……

（五）

女药剂师因为丈夫的背叛，又因为儿子的入监，终于经受不住这雪上加霜的打击，而几乎精神失常。从不迟到早退的她好几次刚上班不久便问同事：还有多久下班呀？甚至于有患者投诉梅医生的药怎么捡的，不是缺了一两味，就是某一味药剂量翻了倍！

无奈，梅药剂师在精神恍惚中被通知歇岗了。当纪检监察人员登门做工作向她索取那个账本时，她只觉得云天雾地。她诺诺连声：是有这么回事，我还真不知放到哪儿了。她反复说我没主动去告他就是便宜了他的，哪会包庇他呢？你们让我仔细想想，仔细想想……

于是，梅药剂师一时说在气罐底下，一时说在席梦思的靠背后边……然而事实都证明是客观上的空城计……

最终找到那个账本竟是在她娘家八旬老母的防老的棺材板里！

经查实，赵局长任职期间贪污受贿金额87万余元，另有一只劳力士手表，两台笔记本电脑……一只金手链，4只金戒指……

这些钱物将近有一半成了赵局长对他的新宠夫人梅秘书的感情投资……

与此同时，K老师的案子也查了个水落石出：她在担任班主任的10余年中，利用班团干部职位买"官"卖官，收受优等座位费金额高达16万余元……据说检察院的人员搜查并逮捕K老师时，这位年愈五旬的女教师异常镇静，面容黯晦却精神矍铄。齐肩短发已黑白参半，穿一身灰色老式服装，平底布鞋，乍一看像个保姆。

检察官问她："你一个为人师表的人怎么堕落成这样？"

K老师冷笑一声道："我这天底下最小的'主任'大小也是个主任，凭什么就该受穷？现如今普天下有几个主任受穷的？"

K老师说："我在这所中学里工作了近二十年，校长换了五六任，楼也盖了五六栋，没有一个校长没在城里买地盖私房，凭他们的那几个工资买得起几块砖几片瓦？还不都是靠盖公房搞建设树形象树起来的？有一个校长是公家的教学楼还没有峻工他自己的三层小洋楼先竖起来了。这两项工程双管齐下，公家楼和私人别墅的基建班子原是一套人马。另外人事异动评职称之类都是校长的'肥肉'"。

K老师淡定从容地说："不错，我这个天底下最小的小主任也动了点心思，也用了点小权，也收了几个小钱，今天弄成这样落得这个下场我是既后悔又无悔的。因为我收的这笔钱派了大用场了。一是救了我娘家二弟的命。2003年他患上尿毒症要换肾，母亲揩着眼泪上门找我筹钱，我责无旁贷，给了他8万元。二是帮助我自己的三女儿和我婆家的一个侄子完成了大学学业，也一共花了七八万元。我那个侄子命苦，3岁时他爸爸也就是我老公的弟弟在一场车祸中失去了双腿，弟媳妇弃夫抛子而离家出走十几年杳无音讯。没有我的资助，我这个侄子做梦也上不成大学……他现在在一家电脑公司设计软件，月工资8000多元，也许再过几年他会自己单独开公司做老板赚大钱，将来我坐牢出来还可以做我的养老靠山……"

K老师说："我曾经也对达则兼济天下，穷则独善其身顶礼膜拜，但后来我渐渐发现，这是书生气十足，这是左倾幼稚病，一湖的水都几乎浑了，你一滴水清得了吗？大环境如此浮躁功利，我认定举世皆浊而我独清是不现实的……因为我不过是一个穷教书的，一个食人间烟火的凡夫俗子，不是屈原大夫，不是圣人……"

K老师说她收的第一笔昧心钱是一个资料商给的二百元回扣。那一次她是以年级组长的身份拍板，初三三个班学生每人购买了一本中考优秀作文选。当时K老师犹犹豫豫地推辞着不肯收。染着一头黄头发的青年资料商乜斜她一眼，用不屑甚至鄙夷的语气不耐烦地说："你就放心收啰，要说受贿，你还不够级别，不够资格呢！"她尝到了甜头之后便连续动歪心思，想了一些个捞钱的招儿，包括座位费、班干部费，一个科代表也得"卖"一百元……

省教育报的两名记者自然也在K老师归案后做过专访。这迥乎于前的采访，难免令彼此有些尴尬。两记者连称令人遗憾。不期K老师坦然面对，淡然一笑："这没什么，此一时，彼一时也。不过我也是成也萧何败也萧何，你们的报道让我红过紫过。也是你们的报道叫我栽倒，叫我跌进深渊。"K老师显然是指有关赵星的专访报道。

记者连忙纠正道：我们先前的报道有失察之虞，但从根本上说你是咎由自取。

K老师很赞成记者的观点，连忙补充道："是，是，是，一切都在情理之中。我无怨无悔，也许这就叫因果报应吧。"

于是K老师很自然地陈述了她对检察官陈述的那一切。

记者问K教师的最后一个问题是："那为什么你又要给赵局长回寄那200元呢？"

K老师诡谲地笑道："这还不简单吗？因为我发觉那信被他儿子赵星拆过了嘛！而且他做了手脚，我有一种被耍的感觉。"

记者问："你是不想让学生明了这种事？

K老师不无几许尴尬地坦陈："是的，我承认我是戴着面具做戏，戴着枷锁跳舞！其实，如此这般的，又何止我一人！你们当记者的愿意读者知道你们有偿新闻的隐私猫腻不成？……"

"我们……"

"据我所知，你们到我们学校采访的那一回就给你们每人送了一床新疆羊毛毯子，外加一个红包吧？"——K老师痛快淋漓地抖出这一句。

一男一女俩记者面面相觑，错愕不已……

……

赵局长一案和K老师一案几乎是同时由检察院提起公诉的。法院判决也前后不到一星期，都是在这一年的圣诞节到来之前。赵局长被判8年，K老师3年。他们一同在铁窗里找准了位置。

……

（六）

这一年的冬天特别冷。新一年的脚步莅临之前下了一场鹅毛大雪。整个城市被银装素裹个严严实实。

跨进新年门坎的第三天傍晚，从这座城市开往省城的一列火车在凛冽的寒风里吐着烟雾缓缓驶出，在同一节车厢里坐着本小说故事里的两个既相识又陌生的姓梅的女人：女药剂师的精神分裂症日趋严重，本着以人为本关心职工，关爱生命，她所在的中医院派人护送她到省精神病院治疗疗养；赵局长的新宠夫人梅秘书，兜里揣着法院的离婚判决书，离开这个给过她痛苦多于欢乐的又一个伤心之地……

这两个姓梅的女人恰好仅隔着一排斜对面而坐，神志不甚清醒的梅药剂师木讷地斜躺着，但她仍然认出梅馨，她下意识地蹙紧了双眉，眼里几乎迸射出了火星子……梅馨立马意识到了，如坐针毡一般，于是连忙起身，走进车厢的过道里，不期差点与正搂着一大摞报纸叫卖的男中年列车员撞个满怀。卖报的中年列车员咧着嘴涩笑一声："缘份！"见对方的脸绷着，忽儿扬起手里的一卷报纸笑道："这位小姐，买张B城都市报吧，看看招商局长父子是如何双双入监的，还有痴情的晚报记者为白血病女友捐献骨髓……"

这两条新闻都给梅馨一个愣诧：怀着一种莫名的情绪，她断然买下了这张都市报，快步走到两节车厢的接榫处匆匆展开了报纸：果不其然，关于招商局长那篇洋洋数千字的报道正是与她的每一根爱恨情仇的神经牵丝挂缕的那一对可恶父子；而令她意想不到的所谓捐骨髓的晚报记者不是别人，正是那个负心于她移情别恋的她的初恋！梅馨磨了磨牙，自言自语道：

"报应，活该！"

列车加速了，过道底下，蹿起一股冷飕飕的风，直贯梅馨的裤管，她冷不丁地打了一个寒颤。睨视车窗外雪后灰蒙蒙迷茫茫的旷野，梅馨不禁黯然神伤，迷惘起自己人生下一站的位置来……

2007年冬至2008年1月26日三稿于临湘

瘸 老 头

瘸老头进入我的视线是一个很特殊的时间，不寻常的场合。

他50岁左右的年纪，中等个头，微胖，皮肤是那种健康的黝黑中见"红铜"。眉毛浓黑，鼻头肥大，厚嘴唇。给人的第一感觉即是墩实、憨厚、坦诚。

见到他时，他满脸洋溢着喜气，眼角眉梢都漾着笑意。他左手握着一盒烟，牌子很显眼，"金白沙"的，见人便笑盈盈地递烟，无论男女。对方若挥手谢绝，他便谦笑着："您别客气。"

他已经给我递过三次烟了，从楼下到楼上。尽管前两次都挥手谢绝了，到楼上坐下后，他仍很客气地递过这第三回，依然的笑容可掬，恭敬有加，虽然仍被谢绝，他仍是那句"您别客气"。

这是十月一日国庆节，在他家的三层小楼里，他的大儿子这天结婚。楼上楼下人声鼎沸，喜气盈盈。这老头儿的身影东进西出，上楼下楼很是招眼。

人们被他那满脸的喜气所感染，无不向他投以祝福的目光，也分享他的喜悦。当然，与此同时也对他的那条瘸腿有所留意，因为大多数客人此前对他都很陌生，包括我这位新娘的大舅。我发现他右腿明显残疾，显得短一点，走动时悬一悬才着地，着地之后又悬而提起，旁人看来当然很是艰难费劲，而在他显然已是习惯成自然，他走路迈步或上下楼都驾轻就熟地自然而然了。

他这日穿着一身半新的宝蓝色卡叽质地制作粗糙的中山装，在许多人眼里，尤其在时尚眼光中很不起眼，可在他，显然是来客人才穿的礼

服、盛装。脚上蹬的是一双半旧的黄胶鞋，又称解放鞋。若在上世纪70年代，这鞋可是许多青年人求之难得的稀罕之物。

婚宴的席面很丰盛，有猪肘子，扣肉，还有黄鳝，田鸡，口味都很不错，据说是从县城里请来的厨师——这家的一个远房亲戚给打理的。而瘸老头的老伴则是十分称职的下手。客人们一个个都吃得红光满面。餐桌上觥筹交错，笑语盈盈。

瘸老头挨席敬酒。他左手握着一瓶黄澄澄的啤酒，右手握着一只一次性杯子，颠着不便的瘸腿从这一桌敬到那一桌，敬酒时他举着杯子，整个身子呈现着颠直了的恭敬模样，杯子举到对方的杯子前碰着了，看着被敬者端向了嘴边，他才由缓慢向急切中激动地一举："我先干为敬了！"

按照本地的习俗，婚宴之后还有一个礼仪：新婚摆茶。即是新婚男女双方主要的长辈或主要亲友围座新房，由新郎新娘抬茶，恭请用茶——糯米糖茶。客人喝完茶，又由新郎新娘抬着空茶盘挨个收碗。客人递碗时给递上一个红包，叫茶钱。这也是一对新人与双方长辈及亲友的一种见面礼仪。女方这边，我们事先有个约定，由妹夫，即新娘的父亲统一打点，一个红包统筹处之。此前，我听我们家老二讲，是个四万元的大红包。

"四万？"我当时惊诧了一声。

"人家递过来的彩礼就是三万。"老二说。

"哦，是这样。"

妹夫插过话来："我那个瘸子亲家就是有点抠。"妹夫数落说小柳和陈延去买衣服他还悄悄嘱咐小柳别去专卖店……

我有些打抱不平："抠什么抠，人家那个样子，多不容易呀。"

妹妹插话："他是要省钱给小儿子结婚！"

"你亲家是干什么的呀？"我顺便问妹夫。

"除种几亩责任田外，还在国道边摆个摊修车、供水，两个儿子给他打帮手。"妹夫说。

茶桌边，我留意过，瘸老头的那双手，很肥硕，很粗壮，手指头一根根紧挨着，几乎没个缝，像一双非洲农夫的大手。按习俗，吃过茶，一对新人的父母或长辈都要讲几句话，一者祝福一对新人成家，二者似带某种交接（女方把女儿交给男方）的礼节性味道。

瘌老头当然是以公公的身份表态发言了。

他坐在新房的茶几旁，坐的是一只塑料小凳。身子微微欠着，给人手足无措的感觉。他用亲和自然的微笑开心兼怯意地扫了扫全场，很坦诚，也很虔诚地道："承蒙各位看得起，今天真是得罪，招待不周。亲家也好，伯叔舅爷也好，尽管放心，我们柳家准看得起陈延。我们没吃的也有她吃的，我们没穿的，也有她穿的……"

我双手这会儿捧着玻璃茶杯，清亮的茶叶片橙黄透亮，热气升腾，品一口，直觉着这茶味和小延她公公的话一样的淳厚质朴……

从我们下车进入这幢小楼的庭院里，光是茶，我们就记不清这是第几轮了，总之是甜的一轮又淡（茶叶茶）的一轮，之后又咸（芝麻、豆子）的一轮……接下来又是又稠又甜的糯米茶……

这个农户人家的礼节之周，安排之细，接待之热情到位，酒品菜肴等之丰盛，都几乎让人无可挑剔，众口称善，个个满意。婚礼仪式也是环环相扣，一丝不苟，传统而不失时尚。比如说接亲的车队，油光锃亮的崭新黑色奥迪就是三辆，另有一辆大面包车……我们几个舅辈客人本来已在面包车里坐定了，不知哪位接亲的"女特使"何以那般知情晓底，执意把我们兄弟三个连请带劝还兼拽地硬是从中巴里转移到了排序第三的那辆奥迪车里，整个迎亲车队才在欢快的唢呐声中徐徐启动……

而头天晚上，据我儿子讲，这支接亲的唢呐队在午夜12点即准时到达了我妹妹的住地，鞭炮就轰轰烈烈地放了十分钟以上……尤其令人觉得新鲜的是，迎亲队里还有一位女记者模样的，手握微型摄像机跑前跑后，将整个迎亲及婚礼场景摄入其中，记得婚宴时那玩意儿还对着我们这一桌闪过好几回，都是大家尽兴地碰杯之时……

直到这时，关于外甥女陈延的这门婚事的大致轮廓才在我头脑里清晰起来：外甥女陈延嫁的是县城之郊约3公里处的一户农家，姓柳，有一幢三层楼红砖瓦房，居于国道边，路边支有一个简易的加水加气棚

子，兼带小型维修……陈延公公是个残疾人，享受低保，他还有一个小儿子只比陈延的爱人小一岁多，也谈了对象，正筹划着明年办喜事……

多不容易呀！……这么个瘸老头子……我在心底里如此感喟。

在返程的面包车（来时接亲的那辆）里，妹妹问我的感觉如何，我只说了两个字：踏实。因为我知道，妹妹一家也是农村的，进县城定居也才几年，外甥女陈延，只念过初中，人又老实，这户人家很适合她。我特别提到，小柳人不错，人长得憨厚朴实，很有礼貌，个子高挑结实，比他爸高出半个头哩……

妹妹赶紧插话说，小柳他们两兄弟都不是他生的，瘸老头子是他们的继父，随母嫁过来时，一个两岁多，一个才一岁……小柳他们两兄弟都是他抚养成人的……

"是吗？"我愕然。

妹妹随做补充，道出个中原委：老柳原来不瘸，是前几年才瘸的。他在采石场做事，炸石头，因公伤炸坏了腿。由此获得30万元的补偿，包括治疗费和生活抚恤金。在医院住了个把星期，医生建议的方案，老柳高低不肯。医生觉着是个难题，建议转到省城大医院。老柳断喝一声："不不不，不去省城，那得花多少钱呀！"

他女人说："不是补了这些钱吗，治腿要紧……"

老柳大喝道："我说不就不，三十万一个都不能动，要给两个儿子办亲事，这腿回去用草药敷一敷，准没什么大碍，就是废了，残了也值，忙活这么多年，才攒下一点点钱，一想到人长树高的两儿子，我心里就发慌。我一条腿就是瘸了，能换两个儿媳妇进门，值！……"

老柳高声喝道："送我回去！回去！"

谁也拗不过老柳，终于回去了。此后柳妻每给丈夫敷一次草药，便落一次泪。老柳忍着痛宽慰妻子："哭什么哭，伤了一条腿，还去了我一块心病哩！"

伴着柳妻眼里闪着的泪花，柳家一幢三层小楼拔地而起。两个儿子先后带着曾一块打工的女友笑嘻嘻地进了门。村里的人都说老柳腿瘸后还比先前活得滋润些了，乐呵些了。

听妹妹讲述到这里，刚才还嘈嘈杂杂热闹轰轰的面包车里渐渐变得鸦雀无声了……

这一切对于我来说都是新闻。我的心在怦怦直跳。在关于真情是否缺失，亲情是否被铜臭污染等颇多微词的当下，人们常常陷入这类思维的荒漠中，沙尘里，茫然地嗟叹情感天地的沙化……而此刻，我则恰似豁然开朗地走进了激荡着真情与亲情的绿洲里，这里流淌着淙淙清泉，一如山涧激荡奔腾的亮亮晶晶的小溪……我有一种勘探者发现了一座金矿的惊喜。在自责对外甥女婚事太过疏于关注的同时，像一个记者捕捉到了新闻素材，一个作家获取了创作灵感一样，顿时躁动起来。

"瘸老头"……

回到市里，我便迫不及待地铺开稿纸，激动地挥笔写下这凝重厚实的三个字——本小说的标题……

2010.10.8·岳阳

（载《岳阳建设》2010·4期）

夏之寒

　　夏教授之谓者其实乃比照之称谓，实际他是中学政治课高级教师，相当于大学副教授，因接二连三地送高三毕业班且是县里的学科带头人，圈内同事们习惯于称他夏教授。他的本科专业原本是中文，且长期在高中语文课的讲台上辛苦耕耘，也送过好几届毕业班，都因为教的是"慢班"，高考成绩不叫响，以至于申报高级职称排不上号。他埋怨抓教学的副校长怎么总安排他带慢班，且是文科慢班，副校长的理由很充分：好钢用在刀刃上。副校长诡谲地笑陈道：以你的学养和谦谨对付那帮学生堪称游刃有余，他们也对你心服口服，要换了心浮气躁急功近利的，那不搅成一锅粥才怪哩！夏之寒听罢这话心中竟滋生几分窃喜，其实他哪里知道，教快班的角儿们都是到校长府上做过"夜访"的。

　　世界上总有峰回路转的事情，或者说又叫阴差阳错。那一年三月刚开学不久，抓教学的副校长突然病倒，在县医院折腾近一周后送省城确诊是癌，于是副校长一个理科快班的政治课撂下了。教导处怎么调剂都不是办法，征求副校长本人的意见时，副校长虽然沮丧却很有底气地吐出五个字："让夏之寒代！"

　　副校长做这样的决定并不是盲目的，他深谙夏老师的功底。副校长申报高级职称的论文《新时期中学生思想品德教育的特征与走势》即是经夏之寒亲手斧润的。当时副校长接过满纸见红的修改稿，心底里潜滋暗长的除了三分谢忱更有七分妒意。后来此论文在《中学政治教学》杂志全文刊发，副校长的高级职称也唾手而得，这似乎是顺理成章的事情。

虽然文史哲不分家，但严格地说起来那毕竟是先秦的事儿。中文系当然也开设了哲学、政治经济学等公共课，夏之寒对其中的原理也驾轻就熟，但落实到高三迎考的课堂上和题海里，他仍得下几倍乃至十几倍于本专业的备课功夫。但他硬是一粒栗子顶一粒壳地顶上来了，且顶得丰盈饱满，那一届的高考的班平均分竟在县里名列前茅。这一佳绩也让躺在省肿瘤医院里的副校长欣然几许。俩人通电话时，夏之寒连称是校长前期教学的底子厚实，他不过锦上添花而已。副校长说，你就可以添花，可换了别人也许会添乱哩！当夏之寒把当届的高考奖金的20%寄给副校长时，副校长大发慈悲说，我给老板（指正校长）讲了，明年你以政治课教师身份申报！（指高级职称）

夏之寒果然因祸得福，如愿以偿。从此他和高三慢班的语文课"拜拜"，由政治课代课教师"转正（政）"了。及至现代医学也对副校长体内的癌细胞无能为力，对他的生命体征无力回天时，夏之寒被推上了原由副校长雄踞的高三政治学科带头人的宝座。

夏之寒名正言顺地吃"理论与实践"的饭了，整天在主要矛盾和次要矛盾里摸爬滚打，整天在教科书里和现实生活里同各种矛盾打交道。他仍然当班主任。他的语文学养和哲学辩思总是水乳交融，面对激情勃发、才气洋溢的青春学子，夏教授常挂在嘴边的便是"扫一屋与扫天下"的辨证关系，哪怕高考前的一两天，他也要一如既往地检查教室和寝室的卫生，还要到食堂查看学生吃饭时桌上掉没掉饭粒。传说鲁迅先生当年给文学青年擦过皮鞋，殊不知夏之寒教授还给班篮球队的学生洗过裤衩哩。因为打比赛又要赶晚自习，紧张兮兮的。

然而夏教授的中文情结未了，一边在课堂讲生产力和生产关系，一边在业余弄他的小说散文，发表时常用的笔名是"踵迅"。他女儿对他这笔名很欣赏，曾笑问老爸："何不用'步迅'呢？"夏之寒谦和地笑答："我有那么不谦虚吗？"

夏教授的女儿夏常琪可谓女承父业，在某名牌大学读完中文本科又连攻硕士博士学位，如今是旅日的访问学者，客座教授，博士生导师。父女俩同为鲁迅先生的"粉丝"。今春樱花开放的时候，女儿邀请老爸

东渡观赏樱花，夏教授也视此为文化寻踪的大好契机，从东京到仙台，可谓踵迅步迅，着实体验了一下周树人先生弃医从文的心理轨迹，尤其对周先生"我以我血荐轩辕"的心态与境界平添了几许景仰，常揣对先生高山仰止的美好情怀。烂漫樱花也绽放得夏教授心花怒放，仿佛先生的气息与精神就弥漫在这樱花的世界里。

五月上旬，水果摊上便早早地摆上了一个个滚瓜溜圆的西瓜。夏教授圆满结束他的旅日行程登上飞机时，女儿竟又选了一对精致的礼品西瓜递给他，嘱咐他"路上吃"。然而基于不给机舱增加卫生负担之考虑，夏教授每每动议西瓜之享时都随即又掐灭了这念头。

退休后的夏教授现居鄂南的一座地级市T城，这里风光旖旎，气候宜人，选择此地为夏教授的养老之处系他的博导女儿和在T城师专执教数学的儿子的着意安排。他们认为老爸在那个家乡山区县城经营了大半辈子，从讲台下到讲台上又到下讲台，也该换一换空气拓展一下视野，升华一下境界了。他们所指的这种升华显然偏重于物质型享受上的级别提升，更多的不一定是指对人生意义生命真谛的领略与把握或者发挥。子女们认为，相对地说地级市应为较理想的宜居城市，现代文明的元素多无缺失，而购物、游览、休闲等较之县城则优越多了。而喧闹喧嚣的程度则又明显次之于省城，在呼吸较为清新的空气的同时又不必为大都市的喧嚣而心烦气躁。于是乎，他们尊重老爸自己的意见，在让他自力更生为主、子女赞助为辅的原则下，在T城选购了一套二居室的二手房，系上世纪九十年代初为解决城市居民住房紧张而由政府买单营建的简装商品房，那一片儿黑压压的竖起十几栋，之间的隔距也就一二十米的一方小庭院，林荫馥郁，声影相闻。整齐划一的七层高，使用面积大都为六七十平米，在近二十余载的岁月流转中，不少房子已数易其主，最早的房主中有一官半职的或经商理财的，官场仕途发达或商海弄潮拥有了第一桶金、第N桶金之后都纷纷把目光转向了豪华套房或幽居别墅，而这一片老房子里又搬进了不少新成员，有进城务工经商的农民，有旧城改造中被拆迁了的棚户区的小市民，亦有租居漂泊、四海浪迹的小情侣，等等，成分复杂，不一而足。夏教授所购的这套房子为16栋的

6楼，并非有意遴选，实属偶然巧合，却被认定为这是"六六"大顺之兆。夏教授在心里给这个陋室取名为"沁心斋"，以表他老有所居的心安与怡然。其实他还曾想过以"淘漉斋"命名，取刘禹锡诗"千淘万漉虽辛苦，吹尽黄沙始到金"之意，却又觉着自己一生仅是弄了个副高职称外加一个省作协会员的虚名，这"金"也太欠含金量了，似乎不配用此斋名。入住之后他自炊自烹，自洗自濯，三餐打理得有荤有素，屋子收拾得有条有理，每日看看电视，翻翻书报，然后笔走龙蛇，自由驰骋，三言两语顿悟，四言八句打油等，隔三岔五地流淌于笔端，若有困倦累乏之感，便下得楼去遛遛逛逛，释然几许也逍遥几许，苦乐尽在其中。

夏教授东瀛之旅的愉悦与舒展在海天云际飘逝了。回归T城，带着几分疲惫踏进这或曰熟悉或曰陌生的楼道里，一种怪味的异样感觉渐渐袭向他：楼梯间的灰尘纸屑烟屁股又旧景重现，尤其三楼楼梯间的阶梯上那块倒扣着的西瓜瓣大煞风景——显然已有时日，瓜皮变色了也变软了，起皱了，里边的瓜瓤早已腐了，烂了，红液汁变成了黄白夹陈的腐浊之液漫流出来，浸染了好一片台阶面，湿漉漉的散发着霉浊之气。夏教授忽而心口一堵。他下意识地蹙了蹙眉，脸部的肌肉都缩紧了。他愣了愣，上下张望了几眼。他极力地瞪大眼绕开这道风景，继续迈步登楼。踏上4楼，又一道奇观像拦路抢劫的小鬼突现：一个吃剩的西瓜皮倒扣着，俨如一顶变色的灰色瓜皮帽，腐浊的西瓜汁液漫出，将紧贴水泥台阶的两张花花绿绿的广告铜板纸"锦上添花"。夏教授思忖，这幅"作品"的主人是不是用广告纸兜着西瓜边走边吃，然后顺其自然地将"广告"做在了这里。附近超市的营销人员到楼道里的家家户户门口塞广告也是常事了。夏教授觉得这"广告西瓜"比3楼的那块更糟糕，若在夜间的背光里没注意一脚踩上去溜之乎也，不跌个骨折也会哎哟好半天的。夏教授虽仅是设身处地感同身受一番，都觉得浑身的骨头寒飕飕的发颤。刚刚绕过了这4楼的广告西瓜危机，踏上5楼，眼前的情景让夏教授仿佛走进了一处沙漠地带：这5楼半的拐角处遍撒着杂乱的银灰色干涸了的水泥颗粒，因为已延捱多日了，那灰白的颜色就像要冒出青烟来。显然这是该楼层的某户新近启动过什么小的装修工程，垒灶台或是铺地板砖什么的，临时在这儿和拌过水泥，然而他家里的工程竣工了，弄到家了，这片和水泥的公共地带他便不闻不问了，原生态般的摞在这儿了，让众人领略一番跋涉沙漠的感觉。夏教授脑子里顿时涌现"道德沙化"这个词，他有些无奈地闷在心里叹了一声：我走之前都扫得干干净净了的，从6楼到1楼，不，7楼也动过扫把，只是7楼不怎么脏，只是稍微表示了一下……

夏教授是鼠年的春节过后搬进这幢楼里的，具体地说是正月初九那天。有人劝他初八搬，说要得发，不离八，夏教授付之一笑反问道："那'九·一八'呢？"

夏教授的个性就是有点拧。搬家那天，这座新居的楼道从1楼至6楼迎接他的都几乎是"红地毯"——红色垃圾堆。年都过完了，可过年时家家户户放过鞭炮的纸屑灰尘都像小山一样地散落与堆积在楼道里。红色为主色调，次有黄白灰，混杂垒积着烟花爆竹的残骸，夹进五颜六色的糖果纸屑和五花八门的果皮瓜子壳之类，除了展示这楼里的人们过节的富有与铺张之外，也将各人不扫门前雪的鲜明态度昭示黔然。刚进楼道心里便有些堵的夏教授踏上6楼自家的门口时心里已是堵不胜堵了。其实夏教授的第一感觉是让他在搬家公司的几位员工面前有点难为情。所以那零七杂八的家什彩条布包裹都来不及打开，夏教授便急不可待地在这所旧房子里寻找起扫帚撮箕来。好在这屋子的旧主人算是大方，这两件宝贝疙瘩并没带走，正像模像样地摆在厨房进门的侧边，夏教授拿在手里便如获至宝。他拿起这两件宝物，毅然决然地从自家门口"下笔"，一层接一层，一级沿一级地往下扫起来。这可不是一般的工程，三下五除二便可了事，这厚厚的尘积与新年的点染积淀加在一起，足以让年逾花甲的夏教授有足够计量的劳动锻炼机会。扫完一层楼，撮箕都堆成了小山尖，而夏教授的背脊上则已是湿漉漉的典型的汗流浃背了。只好将撮箕里堆成小山尖的过年的残渣余孽倒进了院中的垃圾池再返身上楼"接榫"续扫。刚扫到4楼，沿着最后一级台阶撮垃圾，他手提的这个小铁皮撮箕便不堪重负了。厚重的尘垢纸屑果皮鞭炮渣滓压得薄铁皮撮箕的口子往下滑，夏教授只好小心翼翼地用扫把挡住撮箕口子，架护着"押运"至楼下院里的垃圾池中。真乃是"积重难返"，如此循环往复做着"减法"，减到一楼楼道口时，夏教授的内衣裤已经没有了一根干纱，湿漉漉的内衣贴紧了背脊已让他感觉到了几许寒意，不时地袭来一个冷颤。当他把厚厚实实、沉沉重重的尘土纸屑果皮倒入垃圾池那瞬间腾起的灰尘烟雾般地让他皱眉闭嘴时，他当然不无一种释然之感，但同时油然而生的还有一种莫名的沉重。——当夏教授似乎"解脱"了似的提着空撮箕返身上楼回屋时，一级一级台阶地往上跨时，他备觉了这种沉重。本来嘛，这7层的单元楼里，14户人家，上上下下，进进出出，垃圾差点将楼梯的台阶给淹没了竟没哪个"那个"一下，一律都视而不见高高挂起，清一色的君子动口"不动手"，这算哪门子事嘛？春节都过去上十天了，喜庆欢闹都化成了纸屑与尘土了，"君子"们还沉迷在那一片腾响与烟雾里吗？而收拾与处理这一切的，恰是一位常年动口舌耕的真君子，他没有动口，却默默动手了。

"豁然开朗！"——这是夏教授挥汗劳作的客观效果！此后的若干天里，夏教授都是这种感觉，虽然上楼下楼他并未遇见一张四邻的面孔，但他猜想大家的感觉应该是相差无几吧。然而这种释然的欣然刚刚拥有了两三天便被烟屁股们、瓜子壳们给吞噬尽净了。随着花生壳、香蕉皮、广告纸之类的纷纷出笼与登台亮相，整个楼道又旧景重现了。夏教授忖度这也许就叫积习难改吧。然而夏教授只见垃圾，却并未见过一个扔垃圾的人。其实即便见之又奈之若何？他想，眼下也只能是只对垃圾不对人。如此静观默想地延捱两日之后，夏教授又拿起了扫把撮箕发动了一个人的又一次"大扫除"。他选择的时间是下午三四点钟这个时段，因为此时此刻，上班的上班了，上学的上学了，了无纷扰。即便沿街摆摊叫卖的小商贩，也正是赚钱的黄金时段。待到下班放学或生意人回归楼道，又一次感到眼前一亮时，夏教授的心里自然更加亮堂。上高中的时候正赶上文革，成天背语录写批判文章，其时有一条语录常不离口，那便是"扫帚不到灰尘照例不会自己跑掉"，其内旨虽然是类比对敌斗争的必要性，现在若从本义上溯源，其道理的朴实与明了仍然可

取，问题就在于愿意弯腰拿扫帚者已经寥寥。无论从人性的层面或道义的层面上琢磨，这"各人不扫门前雪"的状况较之"各人自扫门前雪"都令人不可思议，不管人家"门内"怎么个窗明几净，怎么个富丽堂皇。

琢磨归琢磨，打扫归打扫，此后几乎是"周"而复始，夏教授每周一次的"打扫演义"。这第三周不知缘何，夏教授选择了上午10时许开扫，这一扫还扫出了一桩怪事儿。因为兼顾7楼始于6楼的减法打扫演义划上句号时，时间已接近十一点。夏教授这会儿想起了华罗庚教授的优选法，并灵活运用它来做出一项安排：将扫帚撮箕（白铁皮）置放于垃圾池边，然后去菜市场买点中饭菜来。菜场离此也并不远，向南左拐走出二三十米的样子。夏教授信步而至即在就近的摊位上选了白菜豆腐两样，还一路自得默念着"一清二白"。回归于垃圾池边时，红色的塑料扫帚和白铁皮撮箕已经不翼而飞！夏教授无奈地四顾茫然又无奈地三缄其口，因为他真不知该说什么，又向谁诉说。先前辛辛苦苦"扫楼"的夏教授这会儿就只剩下实实在在的"扫兴"了。返身上楼时，踏上干干净净的楼梯台阶，夏教授的哲思忽儿萌发了：看起来，这垃圾还不仅是在楼梯里呵！触景生情，他忽儿又萌发了打油的诗兴，情不自禁地自念自咏起来：下楼扫地匆匆匆，上楼回舍空空空！这顿午餐让夏教授吃出了怪味，他浮想联翩，各种哲思观点走马灯似地从脑子里闪过，比如古人的扫一屋与扫天下，比如树人先生的弃医从文，关于毛泽东的扫帚不到灰尘照例不会自己跑掉……

似乎唯一能给夏教授的打扫演义些许慰藉的便是居于1楼东西两单元的两户人家，四位老者。居东的姓高，身个充其量只算中等，且因为年逾古稀，已有三分佝偻。这高老头鹤发童颜，其红润的气色里透着他的和蔼与慈祥，尤其在他面带微笑时给人的这种印象更强烈。据高老爹称，他退休前在一个国营农场的供销社供职，长期从事棉麻收购工作，在苎麻堆里棉花包里摸爬滚打了一辈子。高太太则是典型的农村老太太形象，皮肤黄黑，眼睛已有些昏花，背有些驼，只不过说话的声音仍然响亮，是偏于湖北洪湖那边的口音。他们入居此楼，也是高老爹退休之后的事，据说也系子女的安排，掐指一算也是十多年的老住户了。夏教授上下楼，常见高老爹屋里话语笑声喧朗热闹，便知这家人的兴旺与和顺。与高家对门的一楼西户主人姓梁，人称梁老爹，个头超出一米七五，虽见背脊微驼，却仍显挺然气度。梁老爹出言爽朗高声，有慷然慨然之气。梁夫人虽年逾花甲直奔古稀，却仍见几分丰韵，年轻时堪称大半个美人。秀气的眉目中透着精明与灵秀，开口言笑，即给人亲和友善之印象。梁家夫妇的身份与职业背景夏教授并不明了，人家不主动介绍他也不便打听，但感觉中他们居此的时间比高家还长。这一家子也人丁兴旺，子女中且不乏较为发达显摆之人，因为偶见周末有漂亮轿车悄然驶入院中，伴舍而停，室内便男欢女笑，其乐融融。这高梁二家居之一楼，临近前院，其家居环境状态面貌与楼上诸户显然不同，一楼的楼道口及其出楼道的前面院中地坪，基本上较之楼内而言可称之为"特区"。楼道口的电表柜侧常年摆着一把竹扫帚，由它见证着这两处的洁净和清爽。即便是在夏教授刚搬来的最初感觉里，这一楼的楼道口与前边院子都不曾留给他坏的印象，只不过在未与楼上比较之前这种印象当初尚不甚强烈与鲜明。长者多劳与贤者多劳也许在此融为一体，因为执掌这电表柜边的竹扫帚者不是高老爹便是梁老爹，他俩有没有个什么契约或怎么个轮值法不可得知，但一楼楼道口及前院的明亮净爽是这两位老者给予人们的共同感觉，有的人习以为常，有的人甚至于麻木了，视此为阳光与空气的公共资源不谋而得不求可取且取之不尽用之不竭了。出楼道口处的院中两旁植有蓊蓊郁郁的樟树，此树虽然四季常青却也喜好掉叶落渣，特别是上春初夏，不是隔两日洒上一片乳黄色的花蕊铺地便隔个三五日又见细细密密的枯枝横七竖八地躺在了水泥地上，所以，高梁二老爹不得不频频出手，挥手，弯腰垂背地勤勤恳恳地挥之扫之。有一次高老爹正伛偻着身子躬勤挥扫时让夏教授遇见了，油然而生几分钦敬之意，便主动和高老爹搭讪道："高老爹，您身子骨还挺硬朗呵！"高老爹停住了打扫，双手托住竹扫把杆子谦然一笑道："不行了，一身的病呢。"高老爹边说边提起右手来指了指右边的胸部说：胆结石做过两次手术了，还有高血压，糖尿病……高老爹说到这儿朗然笑

道："我是个药罐子呢，不中用了，我扫几下子是初一十五打牙祭，梁老爹比我扫得多，他身体比我好，本钱比我大呢，梁夫人开口便夸他一餐还搬（吃）得两大碗呢，我一餐只吃得鸡蛋大一砣……"

"那您歇着，让我来……"

夏教授毫不犹豫地跨步向前，接过了高老爹手中的竹扫把……

从此之后，夏教授加盟其中了，两位古稀老人偕同一位花甲之人共同扫亮了这个前院，用夕阳的余晖映亮了这片小天地。而楼里的人们进进出出，踩着这片敞亮与明净时，又有谁会掂量"古稀""花甲"这类词的含义？

于是乎，夏教授在"独唱"之外又兼了一份"小合唱"，从6楼（兼顾7楼）扫到1楼，扫到楼道口，扫到前院中，将"扫一屋"的含义大大延伸了，但他无论如何都是不敢与"扫天下"联起来奢望与企想的，因为那是横扫千军如卷席的"扫"，虽然他在课堂上常对学生们阐析这二者的辩证关系，指望他们今日桃李芬芳明日国家栋梁，而于他自身最美好的 年华既已被十年浩劫吞噬尽净了，中年以后的拼命挣扎弄了两个虚名似乎也志得意满了。当夏教授之称谓最初传进耳膜时他不免还本能地愣一愣，或者以调侃兼诙谐的语气打趣似地跟人家轻轻"嘘"一声，并将食指竖伸在嘴皮下道：中学高级教师，括号，相当于大学副教授，行政副处级！于是乎彼此哈哈一笑，便一笑了之。之后慢慢括号与一笑就都省了。而当省作协的会员证捧在手里时，夏之寒却无愣无笑，只是感觉到了沉重，因为这时候他脑子里浮现出周立波、康濯、丁玲等一串闪光的名字，他们的光芒刺得他不免汗颜……

能"扫"多少扫多少，"扫"到哪儿算哪儿吧！扫帚撮箕丢了他从超市买来新的再扫！放下扫把又拿起笔杆在稿纸上做清洁工，打扫那些诸如子宫糜烂检查系列"套餐"之类的文字垃圾，因为这"套餐"不要说入口了，即便入目入耳都让人起鸡皮疙瘩，一如相声演员牛群曾讽刺的美女牌火腿肠实在难以下咽……

扫也白扫，但不扫白不扫。夏教授有时有聊无聊地自念自嘲地如是咏叹，恰似相声演员练习绕口令。因为烟屁股瓜子壳香蕉皮之类的垃圾可以暂时扫掉，然而这随地扔掷的陋习，更有扔者掷者的麻木淡漠与冷漠恐怕不是高粱二老爹外加花甲之夏的竹扫帚铁扫帚能轻易扫得掉的，这是精神的垃圾……

　　也曾有那么一件小事令夏教授亢奋过一阵子，激动过一阵子，甚至于给他平添了几许"扫"劲，然而随后的传闻又令他味同嚼蜡，顿觉失落……那是四月初的一个阳光灿烂的上午10时许，夏教授携包带裹地从超市购物归来，上得6楼入乎家中，已觉内衣贴紧了背脊，湿漉漉汗涔涔的了。他决定洗个澡，换下内衣裤。拧开热水器喷头，水雾朦胧之中夏教授刚刚享受了一会儿快意与惬意，刚刚换上干净的内衣裤走进客厅口，视线便触到了倚在厨房门边的一个垃圾袋，怎么忘了带出去？夏教授提起它便拉开客厅门，刚转身倚墙放下垃圾袋，楼道口的风便呼的一声将防盗门"砰"的一声给关严了！"糟糕！"钥匙没带，自己还仅穿了背心与三角裤衩呢！这可如何是好：进不了门，下不了楼，真可谓上下为难进退维谷！平日里为琐屑的家务和芜杂的思绪所困扰时何曾体味到某种偶然的疏忽可令你如此这般地尴尬与无奈！手机躺在西服口袋里，钥匙串挂在西裤扣绊上，几乎是赤身裸体的夏教授孑然孤身地愣在了6楼的楼梯间门口！他目光愣愣诧诧，迷迷涩涩，生怕这当儿有人走上楼来，用赤裸裸的目光对准他，给他来个"现场直播"！他此时思路纷乱，理不清自我解困之法，脑子里一片雾水。楼道的墙壁上牛皮癣般的小广告刺激着他的眼球，他向来对此深恶痛绝之，然而处在眼下的窘境之中，一则似盖着长方形印章的开锁小广告像一道闪电顿时在他脑际闪过，带给他"一根稻草"的救助之望。他盯着这则声称不用钥匙开各种锁、不坏锁、不伤门、公安备案的广告默念了好几遍电话号码，却又因没有手机没法联系而一筹莫展，呆若木鸡。四顾茫然之中夏教授隐隐听到了楼下不知是5楼还是4楼某户中传出的电视里发出的声音，便果断决定循声索骥，登门求助了。他鼓足勇气下楼。他铆足了劲敲门。然而5楼的东西两户均没有反应。下至4楼，电视声已甚明晰，即在紧伴楼梯的东边单元。"咚咚咚——"夏教授温文尔雅地敲了三下。没有反应。但电视声依旧。"咚咚咚——"他提高音量，又温文尔雅地敲了三下。

电视的声音按小了，门边有了动静。客厅门"吱"的一声轻轻拉开了，一张三十多岁的男子稍黑微胖的脸露出来，朝着门边穿着背心裤衩的夏教授瞪大了愕异的眼珠子。夏教授谦然一笑，用真诚的一句"对不起，打扰了"开启，诉述了刚才的遭遇与对对方的求助。青年男子的眼光里闪出了无奈："对不起，我是这家的客人，表哥表姐都上班去了，他们家没有座机，我又没有手机……我进城打工，才来不久……"

夏教授听年轻人说到这儿，情不自禁地在三分的懊丧之中夹进了"同是天涯沦落人"的悲悯情怀，十分理解地回他一句："喔，原来是这样……"便转身而离。正待转身，还没完全背过去，门里的年轻人忽儿亮起嗓子叫道："要不这样……"他顺手提起沙发里的一套旧衣裤，道："您就委屈一下，穿上我这身衣服，到下边电话亭里打公用电话——"边说边从衣兜里掏出一元钱纸币递给夏教授……

夏教授像小学生听从老师的教导那样很感激也很服贴地照办。夏教授无言。此时无声胜有声。这是他搬进这幢楼以来的第二次感动，也是最大的感动，第一次应该说是瞧着老弱多病的高老爹微笑着挥舞竹扫把扫院……

穿上这套衣服，夏教授虽也觉得有些尴尬，但比起刚才的那种尴尬来显然好了不少，自然多了，也大方多了。满意与幸福的感觉其实常常生长在比较的土壤里。离开了这种可贵的朴实、幸福，必然会被虚高成枯竭与衰亡。这套偏大的积满尘垢的牛仔服其实也许是那位年轻人的工作服，夏教授体味到了什么叫做工打工，体味到了年轻人干的活有多累多苦，更体味到了什么叫善良和淳朴……

夏教授做完一切开了自家的门，西装革履地归还年轻人的衣裤时，他本想多给些钱给年轻人，或者暗自放在他积满尘垢的工作服口袋里，但夏教授终于没有那样做，而只是当面还了他一元钱的电话费兼以再三的道谢。他想，假如给他个五十或一百，也许会被误解为对他的某种施舍型伤害。让他由一个助人者蜕变成了一个被救助者。

不出所料的倒是开锁的中年市侩乘人之危，在电话里就漫天要价：如今什么都涨了价，开锁也得涨，没有50元我去不了，费时费工打摩托要电费……夏教授恼了，放开嗓门道："给你60，总可以了吧？"中年市侩在电话里跳起来："好好好，马上到、马上到、马上……"

这一日，夏教授记了一则文学性日记：《解困的年轻人和推磨的中年市侩》。

稍黑微胖为之解困的年轻人留给夏教授的记忆将是长久的。而那个开锁的中年市侩的嘴脸夏教授则企望在脑际中早些抹去。然而生活就像魔术师一样给人开玩笑，此后不久夏教授的书房门碰锁又一次让风给扇紧了，关严了，钥匙恰恰丢在了书房里。真是无独有偶，祸不单行。夏教授无奈之下只好又给开锁的中年市侩打电话。电话接通，中年市侩听出是夏教授的声音也听清了事情原委后爆出一声阴阳怪气的哈哈大笑，夏教授问你笑什么，中年市侩说这就叫人算不如天算，上回您要是给了我一张整的老毛头（百元面额钞票）也省得我跑这第二趟啵？夏教授说，你这是什么逻辑呀？中年市侩道，什么逻辑，这叫一把钥匙开一把锁，没有钥匙也开锁，这就叫人也推磨鬼也推磨……

第二次开锁，夏教授因为刚好就着，只付给了那个修锁的两张贰十元，修锁的红着眼珠子讨要十元，夏教授笑答曰：上次不是给的你60吗？修锁的中年人鼓暴了一对着了火的大眼珠反问道：你一张10元钱做了人情还抵账呀？太抠了！说完忿忿然摔门而去……

夏教授掏出一张百元想追上去打发这小子，可刚下到5楼便听见前院摩托"嘟"的一声冲远了。

"一把钥匙开一把锁"的传统观念被没有钥匙照样开锁，什么样的锁都能开的现实情景冲击得无力招架，防不胜防。

夏教授仍然一如既往地扫楼道，扫前院，只不过他扫上扫下扫前扫后，越扫越迷糊了。这楼，这院，这……该怎么扫呵？……有一次，夏教授又正在扫楼梯时不期邂逅了两位买菜归来的少妇，她们披着卷曲的黄发，边得意地甩着卷发边开心地谈笑着上楼，人未走近，刺鼻的香水味先蹿了上来，蹿进了夏教授的鼻子。俩少妇此时也接收到了夏教授打扫的灰尘信息，于是立马中止了谈笑，漠然了一张脸，并抬起一只手来捂住了涂着口红的嘴巴，一声不吭，一语未发地与夏教授侧身邂逅，又

旁若无人地闪身上楼了。还有一次，两个初中生模样的男孩女孩一边嗑着瓜子一边嬉笑着下楼，正在打扫楼梯台阶的夏教授给他们让道，他们没有捂住嘴巴，却是毫无顾忌地边嗑边扔……

扫，夏教授扫得有些心寒了；

扫，花甲老人扫得有些心疼了……

……

所以，当女儿邀他旅之东瀛观赏樱花时，平日里不时郁积的这寒意与疼感便一扫而空了。眼下迎接夏教授归来的，是楼前葱茏郁郁的樟树和明净豁朗的前院，电表柜旁摆放的那把长长的竹扫把，竹扫把也许还沾着一楼高爹或梁爹的体温；两位古稀老人佝偻着身子怡然而扫的情景仿佛又叠现在眼前。再便是这楼道里的一级级台阶上的稀稀落落的烟屁股瓜子壳，广告纸还有西瓜皮，不，不只是西瓜皮，明摆着的是倒扣着的漫出了变腐发霉的锈红色的黄色的白色的西瓜汁液的半瓢式西瓜！

淡漠冷漠乃至于麻木依然故我，不是高老爹、梁老爹的竹扫帚能够扫除的！

但既然古稀老人都欣然扫之，何况花甲的我呢？扫总比不扫好，不扫又奈之何？

所以夏教授仍然打起精神蹬蹬蹬地上了楼，进了屋，顾不上旅途之劳顿，又立马投入到花甲之扫酸涩之扫了。

夏教授刚刚进屋落座，想稍稍喘口气再例行扫事，不期手机嘀哒哒响起来，夏教授扫过一眼来电显示，是女儿的号码！夏教授兴奋地"喂"一声，说，我到了，正准备一会给你报平安哩，不期女儿撇开这个话题问：那两只礼品西瓜您还没吃吧？如果没吃就不要吃了，我刚才从一张相关报纸上获悉，这种西瓜已被通知停止销售，因为用了过量的生长素，西瓜皮不排除隐毒性成份，食之宜慎……

怎么这么败胃口！另类西瓜！

夏教授将一对精致的礼品西瓜"咚"的一声扔进垃圾桶里，取过扫把便冲这楼道里的西瓜皮去了！

这又是一次通扫：兼顾7楼从6楼到1楼的通扫！然而与前几次不同

的是，清扫的目标更明确，重点更突出，难点也更显豁：当扫把触到那倒扣的"西瓜帽"时，那里已霉变了的锈红浅黄乳白的液汁恶臭令夏教授作呕似的难受，且使劲扫过后仍留下一片湿漉漉的濡湿印记弥散着怪味的霉气。扫至4楼，夏教授就已经汗流浃背了，上身的一件草绿色短袖衫已经拧得出"水"（汗）来。头上脸上的汗水几乎蒙住了眼睛，睁一睁便有一股咸辣味刺眼扎心，"西瓜帽"的恶臭更令他心里像塞进了一窝死老鼠。但夏教授只能强忍着一鼓作气往下扫，奋力迎战二楼的"西瓜皮"，然后利利索索地扫到一楼。果然，一楼的高梁二老爹及其两位夫人又都被"惊动"了，笑微微地倚在门边夸奖夏教授，重复着诸如夏老师真吃得苦，真爱干净真勤快之类的赞词。只有梁夫人隔着纱门发了一句全新的感叹："真辛苦呢，衣都湿透了呢……"这些话语恰似给夏教授注入强心针剂，给他几许亢奋与激动，夏教授果然很礼貌地回应四位老者："没什么，都是跟高老爹梁老爹学的呢，再说这也是自己的事嘛……"

夏教授将"扫荡"的成果倒入垃圾池披着一身湿漉返身上楼时，被两处西瓜残骸的湿漉与阴影笼罩了整个思绪，他做出一项果断的决定：用水冲洗！彻底冲洗！

这也许是这幢楼建楼以来破天荒的大事！夏教授说干就干，将湿漉漉的草绿衬衫脱下，也来不及洗了、擦了，找了一件铁红色的短袖T恤衫换上，便钻进洗手间接水了。哗哗的水响荡涤着也清理着夏教授纷乱的思绪，别的什么都管不着。冲了再说！无非是又一次湿透背脊，累个半死！勿以善小而不为，能为则为，死而已矣！

夏教授一手提着满满的一塑料桶清水，桶里放了一只塑料水瓢，另一手握着扫把，踌躇满志出门。从自家的6楼门口开始，舀起一瓢水朝地板上使劲一泼，然后立马挥动扫帚使劲地挥扫开，厚积的灰尘一下子便让捉襟见肘的水量舒展不开了，扫帚的边口已像小孩子吃青柿子一样的结涩了，被半干不湿的灰尘泥缠夹得运作不开了，夏教授只好加大了水冲的量度与力度！一瓢、两瓢、三瓢！冲，冲，冲！……马上冲，赶紧扫，扫帚追着水流，一级台阶一级台阶往下延续，整个楼里滴答滴答

的水响怪怪的有些刺耳，关键之处，比如说"西瓜帽"的重点所在，夏教授则是毫不吝啬地倾桶而注，使劲泼扫，哗啦滴答之声令局外之人茫然不知这楼里发生了什么……而这期间，夏教授也记不清他已是几次返回屋中再三再四地取水了！

夏教授正在4楼的楼口冲扫，忽儿一个三十余岁的女子走上来，此女子也不打招呼，便咄咄逼人感叹式地发问："这是干什么哟！"夏教授瞟她一眼回她一句："这是做什么还需要解释吗？"女子大为不悦，眉头一皱问："你就是6楼的吧？"夏教授听那语气里猎奇中还夹进了几许狐疑，似乎6楼来了个异星人或妖魔鬼怪什么的，自然甚是不悦，但他没理没睬自顾自地冲扫他的了。穿戴不俗口气不小的女子问而无答自觉没趣似的悻悻然跨到门边捅进钥匙，闪进门时便使劲将门一带，"砰"的一声巨响显然是冲着挥汗如雨地冲扫楼道的夏教授的！

这女人是干什么的营生呢？——租个门面做生意？在酒店坐台？要不自己开个餐馆什么的？——管她那些呢，再说了，你管得了吗，你只管你的水桶和扫帚，还只冲扫了一半呢，桶里又空了呢！

这正是3楼的楼口上，一个四十余岁长相和衣着平平的女人走近了门边，她看上去慈眉善目的，面对夏教授的冲扫之举也没打招呼但略带微笑地问了一句："又要检查卫生了吧？"

夏教授抿嘴笑笑，也没吱声。但面对自己的空桶又兼着一身疲惫的他很贸然地微笑着对中年妇女开了口："喂，借桶水可以吗？"

四十多岁的女人眉头顿时蹙紧了："哎呀，真对不起，我们家是接水用的……"

女人的话后半截说得蔫蔫萎萎的，想藏藏掖掖却没来得及藏掖，所以显出了一脸的不自在甚至尴尬。但就在这不自在或尴尬中女人并没怎么犹豫似的接过了桶，进了门，这是3楼的东门……

夏教授在喜出望外的感觉中又顿觉心里一寒。他立刻回味起女人那句"接水用"的话。所谓"接水用"其实是某些经济状况窘迫的城镇居民偷水的一种方式，即昼夜将自来水龙头拧到最小最小的限度，像打点滴那样的任其滴淌，然后用桶接着，接满了再倒进缸里，如此"滴水成河"便可省下些水费，因为那一点一滴地慢慢兮兮滴淌的水珠儿无力冲动水表的指针……这户人家是干什么的呢？下岗职工？双双下岗？她知道卫生检查的事，多半是某个单位的吧？……可这"接水用"，又省得了几个钱？——杯水车薪呵！

夏教授正揣摩着，女人提了桶出来了。夏教授满头汗水地迎上去，高兴地接住，连称"谢谢，可对方却没有回应，待夏教授接过桶她便把门给带紧了。

大喜过望，凉了半截！夏教授接过桶才知道，顶多也就两瓢水，刚刚盖住了桶底再多出一点点！

这是水吗？夏教授回忆起这女人刚才的一幕，他简直不忍心舀着这水冲楼了！多奢侈呵！多浪费呵！

夏教授这一刻才悟出，同样是水，水和水就是不同，当他将这贵如油的两瓢水轻轻地舀泼并挥扫开时，他只觉从心到手都是沉沉的，挥洒不开。

他只好又提着沉重的腿返身上6楼的自己家中取水了。

于是乎，顺乎自然，从3楼到2楼到1楼，沿级冲扫，始而哗啦哗啦继而滴滴答答，脏水沿楼级漫肆淌滴，夏教授多元的思绪似乎也在此中激荡跌宕，直到隐隐约约地听到一楼高老爹梁老爹伸长了脖子在底下叫喊说，"夏老师耶，好事变坏事了哪！"原来，在一楼的感觉里，这从6楼到1楼的"大淋浴"有如黄河之水天上来一样地惊心动魄！所有的脏水都漫流到了一楼的楼道口边，高梁二家的门顶门框门边都或滴答或漫肆地感知"汛潮"了，这才有了高老爹梁老爹的即兴之叹！

"对不起，对不起，一会儿就完了！"夏教授闻声反馈，笑微微地俯身喊道。

夏教授迅即下到了一楼。一楼楼道口亦即高梁二户的门前地面上出现了一片酽稠糊状的浊液，这是因为越是下边，楼梯台阶上的积尘越厚，有限的水稀释不了它们，于是乎粘糊糊地搅在了一块，决不能以这种状况划句号！

夏教授瞟一眼手里的塑料桶，已是桶底朝天，又空了！

倚门而立的梁夫人见夏教授大汗淋漓的焦急模样心疼地"哎哟"一声："夏老师耶，你是汗衫都湿了呢！"

夏教授抬眼一笑："梁夫人，借半桶水吧，就冲这小块地方，善始善终！"

梁夫人接过桶便转身。额头的汗水差点蒙住了夏教授的眼睛，他艰涩地眯缝着，没看清梁夫人什么表情。但直觉告诉他，梁夫人并不十分情愿。

果然一会儿梁夫人提出的顶多也就三分之一桶水。仅比那个"接水用"的中年妇女多出了一瓢半瓢的。

夏教授在心里苦笑着，嘴里却连声道谢："谢谢，谢谢……"

夏教授虔诚有加，像模像样地泼扫完这三分之一桶水后，咬紧牙关返身上楼回到家中，取来了最后一桶水……

给楼道洗个澡的浩瀚工程终于告罄。最后的扫尾工程的几扫帚是用高粱二老爹扫院的那只大竹扫把。此时夏教授操在手里尽情挥扫，一招一式显出一种大手笔的快意。就像给一个作品划上最后一个句号的那种快意。

"快上去洗澡！"梁夫人和高夫人心疼地对放下竹扫帚的夏教授说。

高老爹梁老爹也在催："都湿透两次了，会浸病的！"

"没事没事，谢谢谢谢！"夏教授开开心心地回应四位老者。

夏教授返身上楼看到清清爽爽的一级级台阶，心里也清清爽爽的拥有了搬进这楼里以来久违了的怡然。

夏教授回屋后痛快淋漓地冲了个澡。用过晚餐，顺便将一对精致的来自东瀛的礼品西瓜扔了。例行地看过央视的"新闻联播"后准备出去散步。除了几分疲惫，应该说此刻的夏教授还是气定神闲的。

刚下到4楼，便听见门里边蹿出的议论声：

"6楼的那位脑子可能有毛病，该洗洗脑！……"

"没一分钱报酬，没一个人恭维，扫什么扫！"

"要么就是个雷锋式的傻子，十足的傻瓜！"

　　"这家借水那家借水，兴许探人家屋里的虚实吧，踩点吧，现如今什么样的稀奇事没有呢？"

　　夏教授的双腿凝住了。头顶上像压了两层楼。倏忽间，这一道门"吱"的一声开了，一块西瓜皮又扔了出来，不偏不倚，恰好扔在夏教授的脚边！铁门随之"哐铛"一声关紧了。

　　夏教授吃力地扶住了楼梯扶手。他的双腿像灌了铅一样地沉重，迈不动了。一对礼品西瓜立时滑落，跌了个七零八碎。

　　六十一岁的夏之寒有一种寒之彻骨的感觉，他紧紧贴扒着楼梯扶手。生怕自己因一阵阵眩晕而栽下楼去……

　　这个夏天，对于夏之寒来说，真的是倍觉其寒。

2008年初夏于岳阳

晚间新闻头条

　　"人类灵魂的工程师"林泊一连两周身体不适，吃不下，没精神，苦苦撑持着传道授业解惑。林妻见他眼圈有黑晕，颧骨也凸了，中午特地给她加了一个油煎鸡蛋，盛饭时，先放在林泊的碗底。

　　放学一阵了，林泊还没回家，饭已上桌，那碗打了"埋伏"的饭叫上初二的小女儿给端上了。林妻一愣。她委实不情愿却又果断地对女儿说："那碗饭是你爸的，他病了这些天，我给他加了一个蛋。"

　　女儿连忙放了碗。

　　母女俩谁也没再作声。

　　女儿默默地扒着饭。

　　又过了一个时辰，仍不见林泊的影子。林妻有点不安起来，她问女儿："你爸上午上课了吧？""上了。"女儿又接着说："课间操的时候，我看见爸出去了。"

　　"准是上医院了。"林妻接着道："我昨天陪你爸去看病，少了钱，没拿药。如今药真贵，一张单子就是40多元。你爸说，我一年的药费才40元呢。我说，病还得治呀，他没吭声。"

　　女儿凄寂地扒她的饭。

　　林妻拿把椅子放在阳台上，眼睛盯着校门口。好一阵子过去了，校门口仍空空荡荡。她心里有点发慌，就像那些年林泊在老家农村戴着"右派"帽子脱胎换骨时，常被拉去批斗到半夜深更没回家，她在屋里焦躁不安，心里一阵阵发怵一样。

林妻坐也不是，站也不是。她决定去医院看看。

她找到昨天的那家医院，没见着。几个等下午上班看病的人斜靠在走廊里的条凳上，没精打采的。

她又找到另一家医院，也没人。

"县城就这两家医院呀！"林妻思忖着："余下是个体的……"

说不定他搭车回去了，刚好在路上错过了？林妻这样反过来想着，便转身往回走。

当她刚刚折回身，走到街边，两辆公安摩托呼啸着擦身而过，刺耳的警笛声刺得她心里发怵。林妻忐忑不安的心更加缩紧了：出什么事了？是不是车祸？跟我们家老头子有没有关系？

她提着沉重的双腿走到一个巷口，只见一堆人围在那里神色异常地议论着什么，一个个感叹唏嘘。林妻的心跳到了嗓子眼。她屏住呼吸凑近前去一打听，顿时一张蜡黄的脸变成了惨白。只见她身子半仰，两手一伸，凄切地哭唤一声："我的弟兄呀"便栽倒在地了。

……

这晚，该市电视台报道的晚间新闻头条是：某个体诊所使用假药给一老教师林×注射，1小时后老教师死于非命。诊所老板现已被逮捕，此案正在审理之中……

（1993年10月）

凹 形

　　H校位于城东郊的一隅，南边有大山遮挡，北面与街市接衔。长蛇般的北面围墙绵延200来米。这围墙围而不包，该校一栋4层楼的教工宿舍即被它隔开校区之外，宿舍与围墙间横着一条简易的马路。宿舍里的人们进校得顺着马路东行200米再向南折行若干米，然后进入东向的校门。路途虽不算远，然东行南折，总觉不方便。于是想走捷径的人们开始了一种新的尝试：爬围墙。现已无法考证这第一个翻越者的甲子乙丑了，只知道第一之后便有第二……更兼有这个方向的莘莘学子们的踊跃参与，亦爬亦趋，终使一块块围墙集合体——伤痕斑斑的小红砖们纷纷趴下，匍匐于围墙脚跟，围墙于是形成为一个凹形的景观。

　　在凹形处进进出出的人群中，有一个有头有脸的人物，乃是这栋宿舍的头面人物——后勤主任老甄。甄主任年逾不惑，胖敦结实，尤其精明，小眼睛眨巴几下，主意像葡萄串一嘟噜来了。人们说他尤其有基建头脑，可自从这栋宿舍楼竣工一年多来，他的基建基因就没派过用场了。甄主任的三厅室在宿舍的三楼。居高临下，面对这围墙的凹形景观，他自然不可能麻木不仁。可他一直按兵不动。不大招眼的时候，凹形处也留下他老甄的足迹。

　　往些时候的周一早晨升国旗仪式，操坪里很少见有后勤主任的影子。最近两周，他接连露面，仪式之后他还要沿着围墙转悠一会儿。

　　这阵子甄主任正荡悠间，忽有人在他后背的肩膀上拍了一下，尔后指着凹形处的风景道："主任啦，这道风景多不成样子，围墙不围嘛！"

甄主任终于像久蛰的蝉翼猛一下振翅惊鸣："是呀，大煞风景呵！"

拍主任肩膀的是校长。

于是奉校长旨意，甄主任着手一个小不点基建项目：改造凹形。

甄主任办这事乃小菜一碟。这一带有的是基建关系户。徐师傅赵师傅随叫随到，召之即来挥之即去，且跟甄主任"哥们"得很。

三天之后，随着1200元的报销凭证签过校长的大名，凹形便随之遁入了历史。

然而历史上往往有许多惊人的相似之处。不知何时，也不知何人，开始了"还乡团"的事业，凹形又旧景重现，且适逢卫生城市检查验收即将铺开之际。

这回甄主任主动多了，不等校长拍他的肩膀，他即请缨了。甄主任请出校长，二人伫立于校长室门前的走廊栏边，朝着不远处的凹形指指点点叽哩呱啦一阵子。

于是，1300元又领着凹形走进了历史。

……

当着历史又将重演之际，后勤主任有关此事的专题请示在与校长的交谈中陷入了尴尬。甄主任的小眼睛眨巴一阵后，校长并未进入氛围，却王顾左右而言它：

"教导处和语文组正联合举办全校作文竞赛，各方面都应配合这一活动。"

后勤主任怏怏而离。他眨巴着小眼睛："作文竞赛与修围墙不是风马牛不相及吗？"

第二天，校长的电话打到甄主任家里，纯粹的公文语气："请在下午3点钟到物理实验室参加作文竞赛评卷工作。"

甄主任的小眼睛眨巴出了意外的蹊跷："看文章我可外行呵！"

"你原是学历史专业的，文史不分家嘛，做文章你也很在行嘛！"电话里传来校长的哂笑。

……

　　当甄主任正襟危坐于H校物理实验室的四方朱漆实验桌前面对一叠叠作文竞赛试卷时，更具体地说是当《关于围墙的观察与思考》这个赫然的作文题目蹿入他的小眼睛时，他这才品出了校长在电话里那些关于文章话语的内涵。

　　这会儿他的小眼睛眨巴得有些惶惑与慌乱……

（1998.下期）